SUSAN NADLE

FESTIVAL DER SCHMETTERLINGE

SUSAN NADLER

FESTIVAL DER SCHMETTERLINGE

PROPYLÄEN ROMAN

Ullstein Buch Nr. 4806
im Verlag Ullstein GmbH, Frankfurt/M-Berlin-Wien
Titel der amerikanischen Originalausgabe:
The Butterfly Convention
Übersetzt von Hardo Wichmann

Deutsche Erstausgabe

Umschlagentwurf Kurt Weidemann
unter Verwendung eines Ölbildes von Lilo Rasch Naegele

Autorenfoto: Jack Wolf

Satz Süddeutsche Verlagsanstalt, Ludwigsburg
Druck May & Co., Darmstadt
Buchbinder Wennberg, Leonberg
Printed in Germany 1978
ISBN 3 548 04806 4

Für Jack,
für Jake,
für Jackson

1

Hitze läßt mich langsam und bedächtig werden – was ich bitter nötig habe. Im Grunde bin ich auch viel lieber langsam und bedächtig, weil ich dann alles gründlicher tue – und meine Hände nicht zittern. Draußen herrschten ungefähr vierzig Grad, und Lethargie war etwas Erstrebenswertes. Nur gegen den Schlaf mußte man sich wehren, weil man sonst nachts unmöglich schlafen konnte. Mein Vater arbeitete in der linken Hälfte des Gartens, zusammen mit dem Gärtner. Sie boten ein so widersprüchliches Bild: dieser alte, braune, runzlige, bedächtig schreitende Mexikaner, der die Erde liebte und sich in Braun und Grau kleidete, und mein Vater in seinem rosé Hemd, maßgeschneidert von Brooks Brothers, der gewandte, erfolgreiche Geschäftsmann. Der Gärtner konnte kein Englisch, brauchte aber Hilfe bei der Bedienung der neuen Berieselungsanlage. Er hatte keine Schneidezähne im Unterkiefer mehr und trug seine blaue Bandanna um den Hals geschlungen. Mein Vater seinerseits konnte kein Spanisch, half aber behutsam, der Erde ihr Wasser zu geben – mittels moderner Maschinerie.

Drei Schmetterlinge taumelten auf die Jalousie vor dem Fenster zu. Ich betete darum, daß sie sich nicht versehentlich zwischen den Plastikstreifen hindurch in den Flur wagen würden. Dort war es drükkend heiß, und es gab keinen Ausweg für sie. Aber sie segelten herein und machten sich auf die lange Suche nach einem Weg hinaus. Oft hatte ich versucht, diese Freunde zu retten, indem ich ruhig auf sie zuging, mich ihnen langsam, ganz langsam mit gewölbten Händen näherte, um sie aufzunehmen – ohne ihre zerbrechlichen Flügel zu berühren, ohne ihnen Angst einzujagen, ohne sie in meinem ›Netz‹ zu verletzen. Gewöhnlich aber zitterten meine Hände zu sehr. Meine Energie war zu nervös, und es endete damit, daß ich die Schmetterlinge durch den ganzen Krankenhausgang scheuchte – wobei meine achso-schläfrigen Wärter dann glaubten, ich unternähme den lange vorhergesagten, weithin publizierten Ausbruchsversuch. Deshalb verspürte ich jetzt keine Lust, diese Nummer noch einmal abzuziehen. Aber die Hitze hatte mich langsam und bedächtig gemacht – meine

Hände zitterten nicht. Ich trug keine Schuhe, meine Füße machten kein Geräusch auf dem nackten Fußboden; ich legte die gewölbten Handflächen aneinander und näherte mich langsam, geduldig und ohne Nervosität den beiden blaugrünen Größeren, die so aussahen, als wären sie auf der Fensterkurbel zu Ruhe gekommen. Ich bat um ein wenig Ruhe und Frieden und senkte die Hände, bis die beiden Schmetterlinge gleichzeitig ihre Flügel hochklappten – und zutraulich auf meine verschwitzten Handflächen zuflatterten. Ohne die Augen von ihren Flügeln zu wenden, schob ich die Hände zwischen die Jalousie-Lamellen hindurch, und die Schmetterlinge flogen hinaus zum Gärtner, meinem Vater und dem Wasser. Warum konnte niemand mich in seine Hände nehmen und hinaus in die Luft gleiten lassen? Ich würde davonfliegen und singen – vor Glück, wieder frei zu sein. Warum konnte ich nicht mich, das Essentielle in mir, von meinem Körper befreien, meinem Aggregatzustand, und aus meinem Körper hinaustreten, die leere Hülle hinter mir lassend, aus meinem Verstand hinausfliegen in eine Zeit, die kein Ende hatte? Es kamen jedoch keine Hände; der Wärter, mein einsamer Freund Francisco, rief mich zurück, ich sollte mit ihm Gin-Rommé spielen. Der Himmel wurde grau, drohte unaufhörlich mit Regen, und der Strom fiel wieder aus. Mein Vater und der Gärtner stellten die Berieselungsanlage ab und gaben einander mit zum Himmel deutenden Händen zu verstehen, daß man kein Wasser mehr brauchte, denn: »Mag sein, *señor,* daß es ein bißchen regnet.« Regen ist für die Menschen, die ihn selten erleben und in heißen Ländern leben, etwas sehr Kostbares.

Die Hitze erinnerte mich an die *khamseen* oder Sandstürme, von denen Jerusalem während der Sommermonate in regelmäßigen Abständen heimgesucht wird. Dort schloß ich tagsüber die Fenster, lag auf dem kalten Steinfußboden und trank Wasser aus einem arabischen Tongefäß. Dann, in der Abenddämmerung, in den dunstigen Stunden, wenn der Sonnenuntergang um Luft rang, öffneten wir die Fenster, ließen die abgestandene Luft hinaus, duschten kalt und rauchten Haschisch-Joints mit Menthol, um unsere Köpfe auf den Abend vorzubereiten. Wüstenklima ist überall gleich; Baja und Israel, die arabische und die mexikanische Mentalität ähneln einander – sie sind auf ähnliche Weise langsam. Noch ein heißer Tag, noch eine heiße Erinnerung.

Meine Kniekehlen waren jetzt schweißnaß. Ich zog mein klebriges Hospitalnachthemd oder *bata* etwas höher, setzte mich auf die Bettkante und wartete darauf, daß mein Vater deprimiert hereinkam, um unsere Runde mit Francisco zu spielen. Mexikanisches Gin-Rommé unterscheidet sich von allen anderen Abarten. Jeder bekommt zehn Karten und darf erst dann eine Karte aufnehmen und in sein Blatt stecken, wenn er mit ihr noch zwei andere ablegen kann; in anderen Worten, alle Karten müssen in Dreiersätzen abgelegt werden. Es ist unendlich viel schwerer zu spielen. Francisco spielte wie alle Wärter oder *policia*, die die Haftzelle im Krankenhaus bewachten, für sein Leben gern mit mir und meinem Vater Karten; es half ihnen über die langweiligen Nachmittage hinweg. Außerdem hinderte es sie daran, einzudösen und nervös im Schlaf zusammenzuzucken. Beim erstbesten Geräusch fuhren sie hoch, dachten wohl, es sei ihr *capitán*, der *comandante* des Gefängnisses oder der Bezirksstaatsanwalt, die sie als unfähig beschimpfen oder mit einem Rausschmiß drohen würden. Aber das passierte niemals, weil ich immer im Korridor für sie Wache hielt. Wenn sie eingedöst waren, träumte ich entweder vor mich hin, las, lernte Spanisch oder weinte. Isolation schärft die Sinne. Jeder Schritt ließ sich in eine Kategorie einordnen, denn der Korridor war lang und das Echo laut. Das Hospital Salvitorre, der Flachbau, in dem ich wohnte, war eines der wenigen respektablen Krankenhäuser Mexikos, das eine Haftzelle besaß: eine sehr merkwürdige Einrichtung, besonders wenn man drei Monate darin verbringen muß. Meine Zelle war auf Isolation und Ausbruchssicherheit hin geplant. Sie befand sich in einem abgelegenen Flügel, der früher einmal TB-Patienten und Gefangene beherbergt hatte, jetzt aber von allen außer den Gefangenen verlassen worden war, und lag in direkter Linie zur Küche, wo die Türen stets offen standen und die Hitze langsam in den neun Meter langen Korridor entließen. Der Gang, der zu meiner Zelle führte, war nur etwa fünfundsiebzig Zentimeter breit und mit dick verglasten Fenstern und Jalousien gesäumt. Meine Zelle an seinem Ende hatte statt einer Tür dicke Gitterstäbe und ein riesiges Schloß. Gleich vor der Zelle stand ein kleiner Tisch unter dem vergitterten Fenster, dort saßen die Wärter während ihrer Zwölf-Stunden-Schichten. Die Zelle selbst maß drei mal viereinhalb Meter und war ungefähr so groß wie meine Zelle im Edificio M. Sobarzo, dem Ortsgefängnis, wo ich den ersten Monat verbracht hatte. Die Zellenwände waren weiß. Mein Zimmer hatte zwei Betten, eine fensterlose Toilette und einen kleinen Balkon. Ironischerweise hatte mein Vorgänger die Scheibe, die das Zimmer vom Balkon trennte, zerbrochen, so daß es keinen Schutz vor Hitze oder Regen gab. Der Balkon hatte massive Betonwände und anstelle eines Daches dicke Eisenstäbe – auch das, um einen Ausbruch zu verhindern. Oft saß ich nachts draußen auf dem Zement und hoffte, daß ein Fallwind durch die Stäbe wehen würde, oder versuchte, die Sterne von dem Reflex auf dem Metall zu unterscheiden. Wenn ich auf Schritte horchte, konnte ich sagen, ob sich eine Schwester oder ein Pfleger, der *comandante* oder mein Vater näherte.

Tagsüber war es auf dem Balkon unerträglich heiß, und da es drinnen keine anderen Möbel gab, saß ich auf dem durchgelegenen Bett und versuchte, die Schritte unter den anderen Krankenhausgeräuschen herauszuhören. Diese Schritte waren langsam und dennoch elastisch-maskulin, nicht schleppend wie die der müden Polizisten, sondern fröhlich wie jene der engagierten Assistenzärzte; dennoch irgendwie sorgenvoll: mein Vater.

Der kleine Ventilator kühlte nicht. Vater blieb einen Augenblick davor stehen, wischte sich mit seinem makellos weißen Taschentuch über die Stirn. Er lächelte dem dicken kleinen Francisco zu, meinem Wärter und unserem Freund, trank etwas von meinem warmen Grapefruitsaft, sah sich um, zog seinen Stuhl zum Bett und lachte in sich hinein, als Francisco hinaushastete, um sich den Stuhl für unser Gin-Rommé zu holen. Gott sei Dank, inzwischen trauten sie mir soweit, daß sie die Zellentür unverschlossen ließen; irgendwie bekam ich so das Gefühl, ein wenig freier zu sein. Franciscos Polizeiuniform war beige, seine Haut bräunlich. Die Hand meines Vaters leuchtete kreideweiß. Wieder begannen meine Hände zu zittern. Leben, das heißt für mich, ständig mit der Wirklichkeit zu kollidieren.

»*Susanita, mucho calor, tu padre está no bien feliz.*« (Susan, es ist sehr heiß, und dein Vater sieht unglücklich aus).

Danke, Francisco, ich weiß, wie unglücklich mein Vater ist.

»Was hat er gesagt?«

»Er sagt, du siehst aus, als wäre dir sehr heiß, aber er hofft, daß du Lust zum Spielen hast.«

»Und ob, mir ist verdammt heiß. Geht es dir gut, Susan? Du siehst ein bißchen blaß aus.«

»Bestimmt, Daddy. Mir geht's viel besser.«

Warum zittern mir bei ihm so die Hände? Mein Magen krampft sich zusammen, ich fühle mich wie ein Haufen Dreck. Intensiv erinnere ich mich wieder daran, wie mir mein Vater vor zwei Tagen mein Frühstück, ein weiches Brötchen mit Gelee, aus dem Hotel in der Stadt mitbrachte, wo er während seines Aufenthalts, schon seinem dritten Besuch in Baja, wohnte. Wir hatten uns über das Leben und die Lage der Nation unterhalten. Und darüber, was ein ehemaliges SDS-Mitglied von der Uni Wisconsin, nämlich seine verlogene, betrügerische, mit Rauschgift handelnde Tochter, von einem Präsidenten wie Nixon hielt; was dessen Korruption akzeptabler macht als meine. Und eine Minute lang sah der einzige Mann in meinem Leben, den ich niemals fluchend oder grausam erlebt hatte, mich an und sagte:

»Der einzige verdammte Grund, weshalb ich hier bin, Susan, und weshalb deine Mutter krank ist und dauernd weint, ist der: du wolltest eine schnelle Nummer und einen noch schnelleren Dollar. Du hurst mit dem Leben, Susan. Du kokettierst angeblich mit dem einfachen Leben, das für dich darin besteht, Haschisch zu schmuggeln und dich mit einem unproduktiven Herumtreiber wie Andrew aufs Land zurückzuziehen. Aber wo sind eigentlich deine verdammten Prinzipien? Und was glaubst du, wer du bist?« Und dann, ach die Tränen, meine und seine und dann... »Ich bin deine Tochter, und es tut mir alles so leid.«

Warum wurde ich bloß erwischt, ich stehe doch unter höherem Schutz, bin ein Kind Gottes, bin Susan – wer, zum Teufel, bist du denn – nur mein Vater – und dann noch mehr Tränen. Aber wenn ich jetzt darüber nachdenke, Daddy, ist es denn fair, daß du mich aus dem Gefängnis holst – bei Berücksichtigung der Gesetze und meiner Schuld? Ist dein Versuch, mich rauszuholen, etwa besser als meine Schmuggelei? Und dennoch, ich weiß, daß ich viele Jahre lang hier bleiben muß, wenn er mich nicht herausholt.

»Susana – está a tú.« (Du bist dran.)

Ich legte meinen dritten Buben ab. Francisco lachte glucksend, weil er wußte, daß ich wieder mit einem Sieg rechnete. Juanita, die dunkle, dünne, schnurrbärtige Lernschwester, brachte uns einen Krug eiskalte Limonade – sie schwärmte für meinen Vater. Francisco versteckte seine Karten unter der Bettdecke, tat so, als unterhielte er sich nur mit uns. Er durfte sich nicht beim Kartenspielen erwischen lassen; vielleicht würde es jemand dem *comandante* melden. In Wirklichkeit scherte sich niemand darum. Ich sprang aus dem Bett, dankbar für die Unterbrechung und die Rettung vor meinen scheußlichen Erinnerungen, packte Juanita und kitzelte sie, bis sie schrie, nannte sie im Spaß *flacita,* die Dürre. Sie rannte durch den Korridor davon. Francisco lachte, für ihn war ich ein Star. Mein Vater schüttelte den Kopf, als dächte er: ›Sie weiß noch immer nichts vom Ernst des Lebens oder ihres Vergehens – oder ihrer Strafe.‹ Und ich dachte: ›Wenn mir nur nicht das Lachen vergeht. Das Leben mag ja ein

Karneval sein, aber der Knast, und besonders in einem fremden Land, ist ein beschissener Trip.‹

2

Im Grunde sollte dieses Kapitel ›Der Durchhäng-Boogie‹ heißen, denn mein Boogie hing immer tiefer durch, und ich stieß auf ganz neue Abgründe der Selbsttäuschung, als ich mich auf das Baja-Ding einließ. Man konnte es auch nennen: ›Wie es kam, daß ein anständiges, jüdisches Prinzeßchen aus kultiviertem, gebildetem, wohlabgerundetem (na so was) Milieu in einem mexikanischen Gefängnis landete.‹ Oder: ›Weshalb wollte oder mußte ich eigentlich fünfhundert Pfund Hasch schmuggeln – oder wußte ich nicht, was ich tat?‹ Ich könnte es auch so nennen: ›Der Bums im Märchenland‹ oder ›Wie eine schnelle Nummer und ein schneller Dollar mein Leben änderten.‹ Aber Selbsterniedrigung ist weder konstruktiv noch hilft sie einem, sich selbst zu finden. Denn: etwas erkannt zu haben, reicht nicht; hat man es erst einmal erkannt, muß man etwas damit anfangen. Ich hatte mich immer nur durchs Leben treiben lassen – wie ein Opiumträumer. Ich ließ meine radikale SDS- und *Kill-for-Peace*-Phase an der Uni Wisconsin hinter mir und trieb nach Israel – nach Ashdod zu Ausgrabungen. Dort traf ich meinen Israeli-Ehemann, Fotograf-Kameramann-Künstler-Student. Soweit paßt das alles noch zu den Lektionen in Lebensplanung und guter Erziehung, die mir Mutter und Vater erteilt hatten.

Die Nächte indessen, die ich in ausgefreakten LSD-Visionen auf dem Fußboden verbrachte, stimmten nicht ganz mit ihren Wünschen überein. Daher vermied ich es taktvoll, ihnen zu schreiben, daß ich mich aus Gründen, die jenseits meines Einflußbereichs lagen, unzufrieden fühlte und verzweifelt nach einer Einheit von Geist und Seele suchte – die nirgendwo zu finden war. Das Leben in der Fremde bot mir eine Menge Vorteile. Mein Mann und ich gingen jedes Wochenende auf *tiuls* oder Exkursionen und sahen, wo Samson Dalila begegnet war und wo König David begraben lag. Wir flüchteten vor Bomben und sympathisierten mit dem jungen Israel. Ich beobachtete, wie das Verständnis meines radikalen jungen Ehemannes für die palästinensischen Guerillas wuchs, als unsere arabischen Freunde in der Altstadt Jerusalems immer höhere Steuern zahlen mußten. Ich begann mich ernsthaft mit der Kabbala, der jüdischen Geheimlehre, zu beschäftigen, kam näher zu Gott – und während ich mich Gott näherte, entfernte ich mich immer weiter von meinem Mann, der lieber Friedhöfe malte und verzerrte Gestalten, die in der Hölle herumtappten. Wir rauchten eine Menge Haschisch, zogen in das Armenierviertel der Altstadt und kauften Opium von dem Mann aus der Wäscherei, der ›Jakobs Vater‹ hieß. Die Altstadt roch nach Kamelen, *pita* (arabisches Fladenbrot), Gewürzen, exotischem Tuch und nach Spannung. Unsere Alexandria-Quartett-Existenz wurde härter und deutlicher umrissen. Wir reisten nach London, Paris, Dublin und Zypern, immer auf der Suche nach dem Seelenfrieden – den wir weder mit ganzer Seele begehrten noch friedlich suchten. Aber so mußten wir dieses Image der Jet-Set-Freaks wahren, und glaubt mir, ich kam mir vor wie die Heldin eines viertklassigen Films. Je mehr wir uns bemühten, auf diesem Trip zu bleiben, desto schlimmer wurde es, mit Konfrontationen unter LSD und gelegentlichen Prügeln für mich. Mein Mann pflegte mir zu sagen, ich solle eine Weile verschwinden und ihn in Ruhe lassen.

Dann fand ich eines Tages einen siebzehnjährigen Kalifornier, der mir von der Freiheit erzählte – und von organischer Ernährung, Sonne und Musik (à la Westküste), vom Liebe-, nicht Krieg-Machen und von der Zärtlichkeit; und von all der Unerfahrenheit der Jugend und der Meskalin-Milde der Westküste – die leer ist, aber voll guter Vibrationen der Jesus-Freaks, Krishna-Freaks, Drogen-Freaks, Gesundheits-Freaks und Bums-Freaks, aber milde, echt milde. Und mein Gatte, stets zu beschäftigt mit seiner Produktivität, um sich mit mir zu unterhalten, sagte mir (lange bevor Women's Lib in Mode kam): »Geh und quassle Iwan und seinen mystischen Rabbifreunden die Ohren voll.« Iwan war nämlich der Siebzehnjährige. O Israel, warum hast du ein so schweres Karma, daß deine Jugend hart geworden ist vom endlosen Kampf um den Schutz des Stückchen Landes und der Familie, so schwer, daß deine Kinder nicht einmal Märchen kennen? Und so sprach ich mit Iwan und Rabbi Itzak, seinem Freund, dem dreiundzwanzigjährigen Mystiker, der mich auf die Kabbala brachte. Wir redeten und redeten, bis wir es aus derselben Wolke regnen sahen und ich mich von meinem Mann scheiden ließ. Und Iwan und ich lebten hoch auf einem Hügel von Jerusalem – aber statt Spiritualismus zu studieren, lasen wir Marvel-Comics und fuhren ab auf Liebe und Methedrin, und der bewußtseinserweiternde Nebel ergriff Besitz von allen meinen Gedanken. Das Leben ist einfach, wenn man von seinen

Eltern unterstützt wird. Wir wollten unseren Traum in Los Angeles weiterträumen und beschlossen, ein bißchen Hasch mithineinzuschmuggeln. So überredeten wir jemanden von der israelischen Polizei, es für uns nach Los Angeles zu schicken – in religiösen Büchern. Wir verlachten das Geldverdienen, weil es so simpel schien. Als wir erwischt wurden, flehte Iwans fromme, jüdisch-orthodoxe Mutter einen Rabbi um Hilfe an. Und weil ein hilfsbereiter kalifornischer Zollbeamter selbst jüdischer Abstammung war und einem jungen Landsmann aus der Patsche helfen wollte, verhaftete er uns nicht, sondern verwarnte uns nur. Allerdings wußten wir nie ganz genau, ob wir bei Interpol oder gar bei der Polizei von Los Angeles in die Akten geraten waren. Auf jeden Fall nützte die Warnung nichts. Mit der Wirklichkeit des Arbeitslebens kamen wir nicht zurecht und trennten uns, ohne Geld und ohne unsere Träume.

Danach spielte Zeit in meinem Leben keine große Rolle mehr. Ich war allein in Los Angeles und machte weiter mit meiner Suche nach dem Heiligen Gral. Ich stellte fest, daß während meiner zweijährigen Abwesenheit die SDS von den gewalttätigeren Weathermen abgelöst worden waren. Onkel Tim Leary hatte mir nie verraten, daß Antörnen einfach ist, daß Aussteigen nur ein bißchen Mut erfordert, aber beim Sicheinstimmen, beim Versuch, in die Szene zu kommen, da ist ein Trick dabei.

Ich kam von Haschisch zu Seconal und stieß schließlich auf Kokain – die Droge der reichen Leute. Ich entdeckte Rock-Stars, die im Rolls-Royce ihre Arbeitslosenunterstützung abholten, und alle die schönen Leute, die so hart daran arbeiteten, milde und schön zu sein, aber noch nie von Dylan gehört hatten. Und wenn man wirklich *in* sein – ich meine, in die Szene kommen – wollte, mußte man in Benedict Canyon neben Yvette Mimieux ein Sechszimmerhaus mit Swimming-pool bewohnen, altes Zeug aus verwaschenem Jeans-Stoff tragen und entweder einen vergammelten Kastenwagen oder einen alten Rolls fahren. Und wenn man seinen brillantenbesetzten Coke-Quirl hervorzog, wußte jeder, o Mann, die gehört zu den Erleuchteten; los, kommt, wir gehen Salat im Smog des Sunset Strip essen und 150-Dollar-Hemden für unsere verblichenen Overalls kaufen, damit jeder weiß, daß wir keine Materialisten sind. Törnt euch an bei Dallas Taylor und Stephen Stills – wißt ihr noch, die Topanga-Canyon-Boys, die Songs über die Neue Realität und das Leben auf dem Lande schrieben? Dann fahren wir heim und schießen Heroin bis zur Überdosis. Und trotzdem redeten alle immer noch davon, aufs Land zu ziehen und es mit einem einfachen Leben zu versuchen, mit Weizenkeimbrot und mit *»hey, brother and sister«*. Das war alles, was sie konnten: schwatzen. Schwätzer waren sie, keine Macher, und ich war eine von ihnen. Kein Seelenfrieden, dafür ein Haufen Vitamine, ein Haufen mystisches, astrologisches, numerologisches, Brüderschaft-des-Lichts-, kosmologisches, Ganz-im-Göttlichen-aufgehendes-Gelaber. Und keiner arbeitete oder hatte wenigstens einen Klumpen Lehm vorzuweisen, auf den er stolz sein konnte. Dann wurden sie alle elektrisch, eklektisch und fuhren ab auf *hard rock*.

Manchmal machte ich halt – auf meinen Reisen von Bett zu Bett oder von Stadt zu Stadt – und sagte mir: »He, langsam, wie komme ich von einer einundzwanzigjährigen Atomwaffengegnerin, die wenigstens noch ein Buch las und eine Ausgrabung in Ashdod mitmachte, zu einer Fünfundzwanzigjährigen, die immer noch den ganzen Mumpitz, das kuschlige Gelaber herbetet?« Anschließend begab ich mich von Los Angeles nach Mill Valley, wo jeder ein arbeitsloser Dr. phil. und derzeit Schreiner oder Spengler war und fünfzigtausend Dollar auf der Bank hatte – tja, da hatten wir die ganze selbstverwirklichte jüdische Mittelklasse. Wir zahlten fünfhundert Dollar Miete im Monat und meinten, der Natur nahe zu sein. Aber das ist überall ähnlich.

In Colorado ist jeder blond und überzeugt, das Heil in sauberer Luft, einer Menge Türkis und reinem Kokain zu finden – ach ja, und im Skifahren. Zuletzt lebte ich ganz allein für mich am Strand, zwanzig Meilen nördlich von Acapulco, in Pie de la Cuesta, wo die Sonnenuntergänge wahrhafte Meerzerschmetterer sind und die Wellen berühmt für ihre Höhe und rückgratverbiegende Gewalt. Manchmal saß ich nachts am Strand und beobachtete die Venus, wenn sie so dicht am Mond stand, daß sie sich fast küßten – und sagte mir: »Wenn ich nur genug Geld hätte und mir ein Stück Land kaufen könnte, dann brauchte ich nicht zu arbeiten, könnte *straight* werden und Gott finden.« In diese Richtung ging eben der Kreuzzug meiner Generation. Allerdings dachte ich nie in Begriffen wie: ›Warum fängst du nicht sofort damit an.‹ Denn wenn man sich genug vorgemacht hat und anfängt, über Spiritualismus zu reden, bekommt man Anwandlungen von Größenwahn. Ein bißchen Wissen über Ägypten, ein paar Joints mit Acapulco-Gold, etwas männliche Rückendeckung, und schon weißt du, daß du Kleopatra bist, zu Lebzeiten göttlich. Wenn dann der Messias kommt, schreitest du in einem weißen Gewand an seiner Seite, und er läßt das Licht seiner Liebe über dir leuchten, denn du bist ein Star. Später schlenderte ich dann zurück zu dem alten Hotel, in dem ich wohnte, schaukelte in einer Hängematte, trank ein wenig Tequila oder Marihuana-Milchmix, schoß ein bißchen Codein, nur so zum Trost, weil ich einsam war, hübsch und allein, und ging schlafen, unterstützt dabei von meinen Freunden, die überall, wohin ich auch kam, die gleichen waren: arbeitslos, oft Söhne reicher Familien, haßten sie Demokratie und Kapitalismus, weil Amerika ihre Bedeutung nicht erkannte. Ich verkaufte meinen alten Rubinring für einhundert Dollar, damit ich mit dem Geld noch einen Monat länger bleiben konnte. Dann nahm ich meine Decke und machte mich auf zum Strand, um über die Gezeiten nachzudenken, über den Preis eines Kilos *dope* zu sinnieren und meine numerologischen und astronomischen Systeme zu harmonisieren.

An diesem Punkt könntest du sagen, da haben wir wieder mal ein Produkt der erstaunlichen Sechziger Jahre, aber worauf will sie denn hinaus? Das ist alles nur Hintergrundinformation darüber, wie ich dazu kam, am 10. März 1972 an einem mexikanischen Strand ein Telegramm von meinem Anwalt in Los Angeles zu erhalten, das besagte, daß mein schon lange vergessener Verkehrsunfall sich ausgezahlt hatte: »Bitte fliegen Sie sofort zurück und kassieren Sie fünfzehntausend Dollar.« Mein Traum hatte sich erfüllt.

Ich kehrte nach Los Angeles zurück und holte mir meine fünfzehntausend Dollar von der Bank. Ich schlug mich durch den Papierkrieg, bedankte mich bei meinen Anwälten, die ein Drittel der Abfindung bekamen, und meinen Ärzten, die das zweite Drittel der Abfindung bekamen, und zog mich nach Hollywood zurück, um mir zu überlegen, was ich mit meinem Drittel von fünftausend Dollar anfangen sollte. Zum erstenmal seit vielen Jahren standen mir mehrere Möglichkeiten offen. Ich konnte mit dem Geld nach Mendocino gehen, mir ein kleines Haus kaufen und dort leben; ich konnte auch in die Acapulco-Nächte mit ihren goldenen Mondtänzen zurückfliegen oder irgendwie versuchen, die kleine Summe zu verdoppeln. Doch wie sich das so ergab, wie Mr. Karma sagen würde, stieß ich auf einen alten Freund, blond, langhaarig, absoluter *Hey-Sister*-Typ, Zwilling, Liedermacher und Ex-Streiter für die Erhaltung der Sequoias im Laurel Canyon. Da sagte er also zu mir, dieser Andrew: »*Hey Sister,* laß uns den St.-Patricks-Tag feiern.« Also gingen wir in den Quinn's Health Food Store am Melrose Boulevard und kauften eine Menge leckerer organischer Sachen. Andrew rief alle *brothers* an, währenddessen seine Lady mir böse Blicke zuwarf, nur halb beruhigt von seinem ›Das-ist-eine-alte-

Bekannte‹-Akt, und plötzlich waren zwanzig Hollywooder Ex-Hippies in Andrews Apartment – zwei Wohnebenen, Balkons, Buntglasfenster. Da gab es Mandorlas und Kissen und marokkanische Wandbehänge und Sandelholzräucherstäbchen und marokkanisches *kif.* Andrew und ich standen in der Küche und machten, ausgerechnet am St. Patricks-Tag, Kartoffelpuffer und Salat.

In Los Angeles beginnen Beziehungen so beiläufig wie in praktisch keiner anderen Stadt, in der ich gewesen bin. Weil man nämlich in Kaftans herumsitzt und Wein trinkt, sind die Vibrationen sozusagen ziemlich locker. Das kleinste Brauenzucken oder Lächeln riecht nach Aufforderung, denn die Brüder und Schwestern sind frei unter der Sonne und unter den Gewändern. Das winzigste Zeichen, wie beispielsweise ein Spektralreflex auf dem Toaster hinter euren Köpfen, und ihr wißt, daß ihr beide füreinander bestimmt seid. Andrews und mein Zeichen kam auf eine profanere, jedoch eindeutig psychokinetische oder parapsychologische Weise. Da die Küche vom *kif* und den Kartoffelpuffern ziemlich verräuchert war, bat ich Andrew: »*Honey*« (Kosewort zwischen alten Freunden), »mach doch bitte das Fenster auf«, was auf mysteriöse Weise aus dem Zusammenhang fiel und offenbar bedeutete, daß die Mächte uns füreinander bestimmt hatten. Viele Kartoffelpuffer später, und nachdem sechzehn Freunde sich verabschiedet und uns dem Kern des Abends nähergebracht hatten, bat Andrew seine Freundin, unten zu schlafen; wir dagegen kletterten recht unbeholfen die hölzernen Stiegen hinauf in eines der schönsten Schlafzimmer, das ich je gesehen hatte. Es war sehr sauber, ganz in kalifornischem Stil aus Naturholz und Glas gehalten und mit hohen Deckenbalken nach Westen zu, wo die Sonne unterging. Durch ein kleines Holzgitterfenster sah man Bäume, den Mond und die Sterne. Das Bett war ein einfaches Holzgestell, einen Meter hoch, und hatte statt einer Matratze Schaumgummikissen, über die Felle für etwa zweitausend Dollar gebreitet waren. Der Raum war sehr klein und hatte Einbauschränke. Die Ostfenster befanden sich neben einem einfachen Holzregal, in dem Bücher wie *Somewhere Over Rainbow Bridge* und *Mastery* standen, dazu alle möglichen Gläser voller Halbedelsteine, Räucherstäbchenständer aus buntem Glas, ein seidener Batik-Schal und Setzkästen mit alten Münzen und Steinen. Ich war bei diesen Zum-ersten-Mal-zusammen-im-Bett-Szenen nie sonderlich gut und schickte mich in meiner Widder-Naivität, meiner Denk-nie-an-die-Konsequenzen-Haltung an, den guten alten Andrew, der mir mittlerweile auf einem mit Halbmond und Stern verzierten Löffel

Kokain anbot, in meine finanzielle Situation einzuweihen.

Eine Zeitlang blieb er still und nachdenklich. Dann besprachen wir im Verlauf der nächsten sieben Stunden, wie ich mein Geld in seinen *deal,* der so perfekt ausgecheckt war (sind sie das nicht alle?), investieren, mit ihm in seinem Apartment leben, vielleicht nach Baja in Mexiko fliegen und das Zehnfache meines Einsatzes herausbekommen könnte, was meine Viertausend-Dollar-Investition sehr rasch in einen Vierzigtausend-Dollar-Spaß verwandeln würde. Dann versicherten wir einander, wie viel uns daran lag (»Gib mal den Joint rüber, Baby...«), Lieder zu schreiben und naturnah zu leben, einfach zu leben (»...wo hast du denn diese göttlichen Felle her?«) und für alle unsere angetörnten Freunde zu sorgen. Und zwar würden wir im Norden Kaliforniens Land kaufen und Häuser für unsere große karmische Familie bauen, lange Gewänder tragen und Musik machen (»... Hast du 'nen Joint-clip?«). Ja, Mann, das war's, wir hatten einander gefunden, waren beide Vegetarier, lasen Gurdieff, hörten gern Van Morrison und Jackson Brown und hatten ein gemeinsames Ziel. Nun brauchten wir uns bloß noch ineinander zu verlieben und die Finanzen zu arrangieren. Wieder mal ein Bums im Märchenland.

Morgen, Morgen – am Morgen kommt einem alles so friedlich vor; ich wachte dösig auf und spürte Andrews Arme um mich und Fell im Mund. Wir redeten: Verschwörer, für die der Zweck selbstverständlich die Mittel heiligt oder umgekehrt. Ausgeschlossen, daß einer von uns erwischt werden konnte. Der Plan sah vor, daß ich nach San Francisco fliegen und dort drei Tage bei Freunden verbringen sollte. Andrew würde sich seine Lady vom Hals schaffen, Kontakt mit den *dealern* aufnehmen und die Transaktion vorbereiten.

Ich flog an diesem Nachmittag aufgeregt ab, landete in San Francisco und wurde von den beiden Menschen abgeholt, die den Lebensstil, von dem wir alle redeten, wahrscheinlich am besten verinnerlicht hatten und praktizierten. Fairfax ist eine hübsche Wohngegend, nicht zu weit von San Francisco, ruhig und friedlich. Meine Freunde sprachen von Freiheit ohne Drogen, von echter Brüderschaft ohne drogeninduzierte Zustände, wanderten, aßen gut und warnten mich davor, Geld in Drogen zu investieren. »Laß dich nieder, Susan, finde den Sinn des Lebens...« Ich machte, daß ich wegkam.

Drei Tage später flog ich zurück und zog bei Andrew ein, der sich freundlicherweise bereit erklärt hatte, vorübergehend zwei alte Freunde aufzunehmen – zwei homosexuelle Sufis, die Mystiker,

Komponisten und Export-Import-Spezialisten waren. In diesem Haushalt ging es so wirr zu, daß ich bald vergaß, meinen Plan mit Andrew ernsthaft in Frage zu stellen, sondern meine Position als Köchin, Putzfrau, Geliebte, Hochleistungsfrau und mystische Seherin einfach akzeptierte. Immerhin läßt sich mit Schmeichelei allerhand erreichen.

Interessant, wie ich meine fünftausend Dollar verschenkte. Viertausend davon lagen in Zwanzigern in einem Umschlag im Kleiderschrank. Andrew und ich hatten beschlossen, eintausend Dollar von meinem und eintausend Dollar von seinem (vielleicht auch nur von meinem) Geld für Lebenshaltungskosten zu behalten. Er sollte warten, bis der *Big Man* (Ted) nach Marokko geflogen war, um das Haschisch abzuschicken. Sie verpackten es auf ganz narrensichere Weise. Ich meine, sie zogen das im großen Stil durch, Andrew und seine Kumpel; sie besaßen Wohnungen in La Paz, Marokko, L. A., Las Vegas und Nepal. Auf Teds Anruf hin würde Andrew nach Mexiko fliegen, um die Sendung entgegenzunehmen. Ich indessen, daheim auf der Farm, sollte zwei, drei Wochen in L. A. bleiben, Andrews Wagen fahren, ein paar teure Kleider kaufen, mich um die Sufis kümmern und generell für uns beide die Fahne hochhalten, bis ich auf ein Telegramm von Andrew hin nach Mexiko starten würde. Es klang alles so logisch. Drei Partner waren es, einer davon Andrew, der das wenigste Geld zu investieren hatte. Die drei verfügten zur Tarnung über eine Immobilienfirma mit Büro, Geschäftskarten und sogar über einen jungen, etwas zwielichtigen Anwalt, der später noch eine Rolle spielen sollte. Sie rackerten sich ab, um ihr Image als respektable Geschäftsleute zu wahren – mit schicker Garderobe, Gucci-Pucci und Wildleder. Hip und wohlhabend, außen bürgerlich, innen ausgefreakt und mit vollem Durchblick. Sie hatten mehr Streß zu ertragen als der durchschnittliche Angestellte. Wie auch immer, eines Morgens Ende März taucht Ted um halb acht in Anzug und Weste und einer irren Reisetasche auf, draußen wartet eine Limousine – er ist reisefertig für seinen Marokko-Trip. Meine erste Begegnung mit dem großen Mann, der sich weigert, mit mir übers Geschäft zu reden. Denn wer bin ich schon, nur der Finanzier dieses Geschäfts oder die Gelinkte. Ted schnappt sich meinen Umschlag und braust zu seiner Maschine. Andrew hat gehört, wie Ted ihm versprach, in zwei Wochen, wenn die Sendung soweit war, zu telegrafieren, worauf sich Andrew nach Baja begeben soll, um sie abzuholen. Als Ted verschwunden ist, gehen wir wieder ins Bett, ich um viertausend Dollar und viel Sicherheit ärmer.

Die nächste Woche war sehr luxuriös und machte uns großen Spaß. Wir erwachte Spiritualisten, denen das Geld gleichgültig war und die es in ein simples Haus auf dem Lande zog, fuhren überall in der Stadt herum, kauften Sonnenbrillen für hundert Dollar, gingen für fünfzig Dollar essen, schnupften Coke und lagen bis zwei Uhr mittags im Bett. Wir besuchten *dealer*-Freunde hoch oben in Bel Air, deren Butler uns in Tudor-Salons führten, wo wir mit einem Gelegenheitsregisseur und seiner Lady, einer Ex- oder Möchtegern-Schauspielerin, kunstvoll das hohe H snifften. Nachts oder in den frühen Morgenstunden lasen wir Yogabücher und gingen zu Canter's, um Schmalzgebäck zu essen, zusammen mit den Wermutbrüdern und übriggebliebenen Partygästen. Schließlich erreichte uns das Telegramm, und Andrew machte sich tränenvoll auf nach Mexiko: »*Honey,* bald bist du wieder bei mir.«

Die Wartezeit verbrachte ich mit Tablettenschlucken – *speed,* den ich von meinem respektvollen Doktor in Beverly Hills bekam, damit ich in meinen Bikini paßte. Ich ging zum Zahnarzt, kaufte Kleider, damit ich auch in meine Rolle als Managerfreundin paßte. Außerdem half ich den beiden Sufis aus der Klemme, indem ich ihren marokkanischen Berberschmuck an Jill St. John für ihre Boutique in Aspen verkaufte. Manchmal war ich einsam, aber ein paar *brothers* kamen jeden Abend vorbei, um nach mir zu sehen. Ich wurde ziemlich *high*, brachte eine Menge Zeug in die Wäscherei, blies auf der Flöte und träumte idyllische Träume von ›unserem‹ Land im Norden. Außerdem dachte ich viel über den großartigen Dienst nach, den Andrew und ich der Menschheit erwiesen. Die Zeit verging, ich fühlte mich einsamer und versuchte Andrew anzurufen, aber der saß in einer verschlafenen kleinen Stadt, die nur eine Telefonleitung nach draußen hatte – alle drei Tage wurde sie vom Regen weggewaschen und vom Wind verweht.

Endlich waren zwei Wochen vergangen, und Andrew rief an. Ich sollte mich am nächsten Morgen ins Flugzeug setzen; am Flughafen läge ein Ticket für mich bereit. Ich sollte einiges Geld mitbringen, ein bißchen Heroin und etwas Coke. Also konnte ich zum zweiten Mal in diesem Jahr ein Flugzeug nach Mexiko besteigen, wenn auch in einen anderen Teil des Landes, und am Strand leben, wenn auch in einem anderen Stil. Ich hatte mir niemals die Mühe gemacht, Spanisch zu lernen, weil ich immer so bekifft gewesen war und mich hauptsächlich mit Amerikanern abgegeben hatte. Ich erzählte herum, Andrew sei in Kanada, und ich würde ihn dort treffen. Auf dem Flug trug ich ein großes Kreuz aus Silber und Türkisen, das Andrew für mich hatte machen lassen, dazu meine braune lederne Reisetasche, schaute nach, ob der ganze *dope* in meinem Kosmetikköfferchen war, nahm zwei Quaaludes und schlief ein, als die Air-Mexiko-Maschine L. A. verließ. Ich sollte so bald nicht zurückkehren.

3

Kaum trat ich aus der Maschine – oder besser gesagt, schlurfte benommen heraus –, schlug mir eine enorme Hitzewelle entgegen. Ich begann, zwischen den Brüsten zu schwitzen, und spürte es von meinem rosa Oberteil hinunterrieseln und auf den Reißverschluß meiner Hose tropfen – eigentlich Andrews weiße Jeans. Dank des reizenden Doktors in Beverly Hills – er kümmerte sich um alle *brothers* und *sisters* unserer Familie – und meiner Appetitzügler war ich schlank genug, um in Andrews Jeans zu passen. Ich entdeckte ihn sofort, als ich von der Treppe glitt und mich bemühte, meine bereits schweißnasse Reisetasche festzuhalten, mir die Tröpfchen vom Bauch zu wischen und den Knaben im grellen Licht zu sehen. Andrew – groß, dünn, blonder Richard-Chamberlain-Typ – sah geistesabwesend aus, hielt seinen Strohhut (folkloristisch, Mann, echt folkloristisch) in der sonnengebräunten Hand und quetschte mich mit dem anderen Arm in eine verschwitzte Umarmung. »*Hey, honey, señorita, qué pasa, baby?*«

Ich sah auf meine Sandalen nieder, um mich dem Unbehagen, das ich in seinen Armen empfand, zu entziehen. Er kam mir so schwächlich vor, die Zeit der Trennung hatte sein Bild in mir vernebelt. Er aber stieg wie üblich sofort auf meine Vibrationen ein, nahm wortlos meine Reisetasche, bewunderte die alte marokkanische Münze, die ich um den Hals trug (mit den besten Empfehlungen der Sufis), und führte mich zu dem Safari-Jeep, den die Firma gemietet hatte. Er sprach so mühelos und langsam wie ein Mexikaner. Der Flughafen von La Paz war sehr sauber, die Leute sahen mexikanisch aus, aber ich spürte dennoch, daß es hier anders zuging als auf dem Festland. Ein Charakterzug jedoch war unverändert: Alle männlichen Blicke in der Umgebung konzentrierten sich auf meine halbnackten, BH-losen Brüste. Und doch waren diese braunen Augen nicht so lüstern wie die der Araber oder der mexikanischen Gigolos in Acapulco.

»*Honey*, hast du den *dope* mitgebracht?« Na, so was würde ich doch nie vergessen! Und Andrew erzählte mir, während er seine Winston bis zum Filter rauchte, wie leicht das Leben hier unten sein würde, wie sehr er mich vermißt hatte, von unserer Wohnung und seinen Freunden, dem Strand und den Restaurants. Es war ein sehr üppiges und vornehm distanziertes Leben. Als wir zu meinem neuen Zuhause fuhren, suchte ich mit den Augen die makellos sauberen, kochend heißen Straßen von La Paz nach einem Bettler mit ausgestreckter Hand ab, wie sie so viele Straßen in Mexiko dekorieren. An diesem Tag sah ich keinen, auch nicht im Laufe der fünf Monate, die ich in Baja blieb. Vielleicht deshalb, weil La Paz so nahe bei Kalifornien liegt und die Leute amerikanisiert worden sind, oder weil diese unentdeckten Menschen so viel Würde haben. Jedenfalls bettelte niemand oder versuchte, den Touristen auch nur einen Cent abzuluchsen. Auf dem Weg zu unserer Wohnung fuhren wir über die Küstenstraße, wo ich den herrlichen weißen Sand und das klare Wasser von Coromel Beach sah, jenem Strand, an dem ich so viele Tage mit Andrew verbringen und an den ich im Gefängnis so sehnsüchtig denken sollte. Die Stadt selbst war sehr ruhig. La Paz hat einen Freihafen, wie Andrew mir erklärte, und dementsprechend stammen die Einkünfte der Stadt vorwiegend aus billigen Importen an Parfüm, Pullovern, Strohtaschen aus Oaxaca, Taxco-Silber und bestickten Hemden vom Festland. Weil die Stadt so verschlafen war und einen Freihafen besaß, war es Andrew und Ted eingefallen, das Haschisch hier landen zu lassen. Große Frachtsendungen erregten hier kaum Mißtrauen.

Touristen, die La Paz besuchen, sind ganz anders als Touristen in Mexico City oder Acapulco: nämlich vorwiegend biedere Segler. Im Hafen lagen viele Yachten, und eine ganz Subkultur degenerierter Fischer zischte in kleinen Motorbooten von einer zur anderen. Ihre Skipper besuchten die Stadt nur, um Kahlua zu kaufen und in La Perla, dem größten Straßencafé, ihren Kaffee zu trinken. Da die Stadt keine Universität hatte, gingen die meisten jungen Leute entweder zur Uni in Guadalajara oder blieben daheim, um Pagen in einem der vier Hotels, Kellner in einem Restaurant, Fischer oder Polizisten zu werden. Das Leben in La Paz war sehr einfach und die Bevölkerung im allgemeinen freundlich – nicht so sehr darauf aus, die Amerikaner zu schröpfen. In entwickelteren Orten haben die Eingeboren es entweder auf Geld oder auf Sex abgesehen. Ich konnte das nicht ausstehen, weil ich mir dann wie ein Stück Fleisch oder ein Bündel Geldscheine vorkam.

Doch selbst La Paz fällt schon dem modernen Menschen und der Technik zum Opfer. Die Regierung hatte beschlossen, eine Straße von

Tijuana nach La Paz zu bauen, um das Gebiet für den Tourismus zu erschließen. Als die Straße kurz vor der Fertigstellung stand, tauchten immer mehr Prostituierte auf, die es auf das Geld der Gringos abgesehen hatten, und immer mehr junge mexikanische Gammler. Trotzdem blieb mein erster Eindruck haften. Die älteren Stadtteile, wo die Hähne nach der Melodie von Ac-a-pul-coooo krähten, und die rotbraunen Lehmziegelhäuser sahen aus wie die Desolation Row in Dylans Song. Wir kamen durch die eigentliche Innenstadt, die klein und ein wenig moderner war, mit ihren Banken, Spezialgeschäften und vielen *farmacias.* Schließlich passierten wir die Hafenanlagen und ein modernes Gebäude – das Hospital Salvitorre gegenüber unserer Wohnung.

La Paz, oder wörtlich übersetzt ›Friede‹, war still und strahlte Ruhe aus – ich stellte mir vor, daß einige der alten Westernstädte in Utah und Wyoming einmal so gewesen waren. Andrew hatte seine Rolle als Fremdenführer gut gespielt, und der Joint, den wir unterwegs geraucht hatten, wirkte beruhigend. Andrew hatte mir eine Stadt vorgestellt, von der er wußte, daß ich mich in sie verlieben würde. Schließlich erzählte er noch, daß die Kriminalität sehr gering war – Ärger gab es meist nur mit *borrachos* oder Betrunkenen, kleinen Dieben und Männern, die ihre Frauen verprügelten. Gelegentlich wurde eine Prostituierte wegen Verbreitung ansteckender Krankheiten aufgegriffen. Unter den kleinen Staatsbeamten wurden die Polizisten am besten bezahlt – sie waren geachtet, aber machtlos, und durften keine Waffen tragen. Die Bürger hätten zu viel Angst gehabt vor einem betrunkenen und dazu noch bewaffneten Polizisten. In dieser verschlafenen Stadt war bisher noch kein Amerikaner wegen Rauschgiftdelikten verhaftet worden, und die Polizei kümmerte sich nicht sonderlich um Leute, die Drogen nahmen. Mein neues Viertel bestand aus den Zwei-Sterne-Restaurants für Touristen, die Andrew mir gezeigt hatte, ein paar *orchatas* oder Reiswasserständen, einem Supermarkt, vielen Obst- und Tortillaständen und viel heiterer Gelassenheit und Frieden. Unsere Wohnung gehörte zu einem Komplex von rund fünfzehn Apartments, der einem Mr. Cortezar und seinen beiden Fixer-Söhnen Pablo und José gehörte. Die beiden waren gut Freund mit Andrew, begriffen instinktiv, welche Art von Geschäften er machte und behielten es für sich. Mr. Cortezar gab sich alle Mühe, respektabel zu erscheinen, hatte aber trotz seines Reichtums wenig Erfolg dabei, denn jeder wußte, daß seine Söhne ›mit Rauschgift zu tun‹ hatten. Die Wohnung war neu – zwei Schlafzimmer, Bad, Küche und ein kombiniertes Wohn- und Eßzimmer –, sie roch sauber und nach Meer. Die

Dekoration stammte aus Marokko und Indien; Mandorlas zierten die Wände, eine Skulptur von Krischna mit Kumpanen, die verschiedene Instrumente spielten, stand auf dem Eßtisch, und in den Türbögen hingen Glockenspiele und Mobiles aus Tanger. Wir waren ein wohlhabendes Paar aus der Immobilienbranche, das oft essen ging, im Meer schwamm, hin und wieder auf einer Yacht übernachtete und sonst für sich blieb. Ich fragte mich, wie lange es uns gelingen würde, dieses Image aufrechtzuerhalten, wenn wir uns erst richtig vollgehauen hatten und uns alles egal war. Nicht sehr lange, wie ich feststellen sollte. Andrew unterbrach meine Träumerei und verkündete, daß der größte Teil des *dope* aus Mazatlán kam und gut war, wenn auch nicht überragend. Die *farmacias* verkauften uns mehr Mandrax (französische Version von Quaaludes), als wir schlucken konnten; und wer vermochte zu sagen, was wir bei meinem guten Aussehen sonst noch alles einheimsen konnten?

Ich war glücklich. Ein kostenloser Trip in den heißen Süden, eine wunderschöne Wohnung, ein Mann, der mich zumindest mochte, so viele Drogen, wie wir wollten, und garantierte vierzigtausend Dollar als Bonus. Was wollte man mehr – außer einem bißchen Verstand, Vernunft, Voraussicht und Selbstachtung? Aber wer Drogen schluckt, vergißt die Selbstachtung. Sie rutscht zusammen mit einer Menge anderer Werte durch den Hals hinunter. Eigentlich kann man sich selbst nicht sehr mögen, wenn man das ganze Zeug nimmt, um sich selbst zu vergessen. So zogen wir uns aus, legten unsere Badekleidung an, snifften Coke und machten uns auf zum Coromel Beach. Dort war es wie an jedem anderen Strand: heiß, sandig und friedlich. Wir hüpften vollgekokst herum – schwammen, lachten, aßen Fischsuppe und gingen wieder heim. Ich gab Andrew sein Mitbringsel, einen *joint-clip* für 75 Dollar, den ich ihm aus Bernstein, einer alten mexikanischen Münze und Türkisen hatte machen lassen. Wir duschten, und dann schaute José Cortezar, unser Nachbar und etwas wirrer Freund, herein, um Andrews Lady kennenzulernen. Wir rauchten etwas Gras und beschlossen, zum Essen auszugehen, ganz toll, aber wir bewegten uns zu hastig, um als echt milde zu gelten. Ich zog meine fünf Zentimeter hohen Clogs, ein BH-Oberteil und Batik-Jeans an und bildete mir ein, ganz normal auszusehen. Auf dem Weg zum Essen beschlossen wir, bei der nächstbesten *farmacia* haltzumachen. Immerhin sahen wir doch respektabel aus, oder? (Wir haben wirklich gesponnen). Da ich mich einmal einen Monat lang in einem Pittsburgher Krankenhaus als Venenpiekserin betätigt hatte, besaß ich einen Hospitalausweis ohne Verfalldatum. Das kann ich euch sagen, ich habe nie eine Vene verfehlt, ich war das Entzücken jedes Fixers. Aha, jawohl, *Señorita* Krankenschwester. Ich bekam zwei fünfundzwanziger Röhrchen Mandrax und eine Menge anerkennender Pfiffe, stieg wieder in den Jeep, warf zwei Pillen, Andrew warf auch zwei, und der nächste Monat blinder Vergessenheit begann.

Manchmal nachts, wenn wir richtig vollgehauen waren, gingen wir in eine stickige Diskothek, tranken Bananen-Daiquiris und schmissen aufreizende Tänze für eine Gruppe junger Bajaner, die uns umstanden und beklatschten, als wären wir Helden. Das war unser Trip – wurstig, leichtfüßig und unbeschwert. Wir hatten das gewisse Charisma, das alle Verschwörer umgibt; wir wußten etwas, das die anderen nicht wußten. Wir hatten begonnen, uns ineinander zu verlieben – was zu erwarten gewesen war. Es ist leicht, sich zu verlieben, wenn man kostenlos in einem tropischen Paradies sitzt und sich mit Drogen zupflastert, bis man dumm und dämlich ist. Bald entdeckten wir, daß wir beide etwas für Musik übrig hatten. Andrew spielte auf seiner Gitarre wie ein drittklassiger Dylan und heulte dazu. Ich sang wie eine drittklassige Joni Mitchell, die Texte à la Judy Collins schreibt. Wir beschlossen, mit unserem Geld in Nordkalifornien Land zu kaufen, uns eine Studioausrüstung zu besorgen und Platten zu machen. Ein weiterer Drogentraum: ›Sonny and Cher‹ der Coke-Generation. Wir waren großartig, sagten unsere Freunde José und Pablo, obwohl sie nicht sonderlich gut Englisch verstanden. Wo war ich damals eigentlich, frage ich mich jetzt. Nichts konnte mich erschüttern, und Andrew gab mir das Gefühl, begabt zu sein. Solchen Situationen hatte ich keine eigenen Werte entgegenzusetzen, da meine Eltern immer entschieden hatten, welche Musik ich zu hören hatte und welche nicht. Nun, da ich eine Rebellin war, nahm ich an, daß alles, was ihnen nicht gefallen würde, in Ordnung war. Diese Musik hätten sie ganz bestimmt nicht gemocht. Ich rebellierte gegen ihre Werte, wurde einfach nur ›anti‹ und befürwortete alles, was ich nicht ablehnte. So ließ ich mir von Andrew den Kopf über Musik und Drogen vollreden. Selbständig zu denken, nahm viel zuviel Energie in Anspruch. Mann, ich war sowieso zu *stoned*, um mich mit Denken abzugeben. Aber als wir versuchten, die ganze Nacht lang Lieder zu schreiben, machte die Hitze uns total fertig; die Pillen nützten nichts mehr, und so standen wir morgens gegen elf auf, preßten Orangen aus, redeten über Gott in uns, tranken im Perla *café con leche,* lasen das englischsprachige Lokalblatt und gingen zum Coromel Beach – um halb zwölf am Vormittag benebelt von zwei Mandrax.

Jeder am Strand kannte uns; wir waren das Liebespärchen, das häufig ins Wasser stolperte, sehr oft einnickte und einen Haufen Geld für Essen und Gesöff ausgab. Gegen drei Uhr nachmittags zogen wir wieder nach Hause, ließen unseren Kassettenrecorder laufen, duschten, bumsten und pennten bis sieben oder so. Um diese Zeit etwa wachten wir gewöhnlich mit Kopfweh auf, bewunderten unsere braune Haut, blieben zu Hause oder gingen essen. Auf jeden Fall rauchten wir was und aßen Salat und Schokoladenpudding, wenn wir daheimblieben. Das war unser Tagesablauf. Um neun oder zehn begannen wir mit dem Liedermachen – Andrew hörte sich meine Verse an, dann harmonisierten wir und suchten uns Akkorde zusammen. Allerdings brauchten wir einen Schub, und unsere irregeleiteten Köpfe ließen zu, daß die Methedrin-Manie, der kaputte Blues, sich in unser Leben schlich. Wir hatten schon früher *speed* geschossen und dachten, daß wir mit unserem Trick alles mögliche aus der *farmacia* rausholen könnten, besonders aus der Nachtapotheke. Ehe der Monat um war, hatten wir in jeder Apotheke der Stadt unseren guten Ruf verscherzt, wir kauften die Vorräte an Mandrax, Valiumtinktur, *speed* und alle sechsundzwanziger Nadeln auf. Wichtiger noch, wir hatten unsere eigene Apotheken-*Connection* in der Stadt. Wir fuhren dort vor, ich ging hinein, zeigte rasch meinen Hospitalausweis vor, kaufte zuerst Nadeln und Spritzen und sah dann nach, was es in der *speed*-Abteilung gab. Meist waren es Pillen, die wir in Wasser auflösten und durch Watte in die Spritze aufzogen – alle eigneten sich sehr gut zum Injizieren: Eskatrol, Obetrol, Desoxyn, Ritalin, die Liste ist endlos. Wir entrichteten den geringen Preis – unser Leben –, sausten heim und bauten unsere Werkstatt auf. *Speedfixer* sind, was die Details betrifft, sehr ordentlich und hygienisch, denn sie sind so weg vom Fenster, daß sie außer Details nichts mehr hinkriegen. Wir benutzten mein wunderschönes indisches Halstuch, um uns die Venen abzubinden und gingen ins Bad, um zu drücken. Gewöhnlich half Andrew zuerst mir beim Drücken, weil meine Venen sehr flach sind und ich zu nervös war zum Herumstochern. Ich redete mir zur Beruhigung ein, daß jeder, der nicht selbst drücken konnte, eindeutig ein Amateur war: ausgeschlossen, daß ich süchtig wurde. Dann hatte ich meinen Schuß weg und rannte herum wie ein tollwütiger Hund, sterilisierte Nadeln und half auch meinem Gespielen in die Welt der irren Träume, der größenwahnsinnigen Illusionen, des organisierten Nichts und der jung-alten, ausgelaugten Körper. Wir blieben die ganze Nacht auf, schwitzten, zerbissen uns die Lippen, klampften laute Musik zusammen und nahmen sie auf Band auf. Eines Nachts sang ich ununterbrochen sieben Stunden lang immer die gleiche Melodie, mit trockenen, aufgesprungenen Lippen, hatte Halluzinationen wie verrückt, und meine Stimme klang rauh und weit entfernt. Gegen sechs kamen wir runter oder wurden müde und betrachteten den unglaublichen Sonnenaufgang. Oft sah es aus, als lächelten pfirsichfarbene Gesichter auf uns herab. Das waren die geflügelten Kinder des Morgens, die uns halfen, uns neu zu orientieren und für einen Augenblick Ruhe zu finden. Kurz darauf waren wir wieder fertig und müde und rasten ins Bad, um von neuem zu drücken. Das ist der Haken bei *speed*: Man wird so *high*, daß man sich für produktiv hält und den Schlaf als einen Feind ansieht, der einen von seinen Pflichten abhält. Also spritzt man nachts. Morgens läßt die Wirkung immer rascher nach, und man spritzt immer wieder, bis man erschöpft umfällt und zwölf Stunden lang schläft. Morgens, wenn wir gedrückt hatten und uns voller Energien fühlten, gingen wir zum Kai, angelten und fielen dabei manchmal ins Wasser. Wir waren so weg und ausgehöhlt, daß sich unsere knappen Gespräche vorwiegend auf ganz private Andeutungen auf höchster Ebene beschränkten – jedenfalls stellten wir sie uns so vor. Wir entfernten uns immer weiter von dem ehrbaren Bild, das wir abgeben wollten, und vergaßen den Grund für unseren Aufenthalt. Nur zwei- oder dreimal in der Woche waren wir klar genug, um uns an den *deal* zu erinnern. Inzwischen wohnten wir schon fast drei Wochen in La Paz und hatten nur einmal von Ted gehört, der mit der Sendung in Marokko saß. Ungefähr dreimal pro Woche gingen wir, arg um unsere Balance bemüht und unter hohen Spesen, in eines der Hotels, wo Andrew ein Gespräch mit Aero Cargo anmeldete, der kleinen Regionalfluggesellschaft, die unsere Fracht aus Mexico City einfliegen sollte. Die Hauptverwaltung war in San Diego, und Andrew sprach immer mit demselben Mann, der ihm mitteilte, daß noch keine Nachricht gekommen war; die Gesellschaft hatte Andrew schon früher davon unterrichtet, daß die Sendung vor vier Wochen Marokko verlassen hatte, und daß sie nicht durch den riskanten amerikanischen Zoll müsse. An diesem Punkt hätten wir mißtrauisch werden müssen, aber wir hatten zu viel Vertrauen in uns selbst und unseren göttlichen Schutz und waren viel zu benebelt. Wir schrieben Ted, der inzwischen wieder in L. A. war, kryptische und symbolbeladene Briefe und bekamen Geld von ihm, aber keine Erklärungen. Andrew versicherte mir, daß Ted sich bestimmt mit uns in Verbindung gesetzt hätte, falls etwas schief gelaufen wäre, und führte weiterhin Vierzig-Dollar-Gespräche mit San Diego. Um diese Zeit etwa begannen wir, vom Durchhäng-Boogie zum Klapsmühlen-Song überzugehen. Wir törnten uns immer häufiger und intensiver an und waren immer weniger in der Lage, unsere fünf Sinne zusammenzuhalten und den Anschein eines ehrbaren Paares zu wahren. Jeder in der Stadt kannte uns: wir arbeiteten nie und gaben eine Menge Geld aus. Eines Nachts – jener Nacht, in der wir es uns total versauten – bekamen wir etwas *windowpane acid*, das von dem LSD-Rausch der Mittsechziger übriggeblieben war. Wir hatten es gerade intus und machten Anstalten, den Sonnenuntergang zu betrachten, als José Cortezar hereinschaute, grün im Gesicht und völlig weggetreten, um uns zu berichten, daß er reines Heroin aus Mazatlán besäße, und ob wir Lust hätten, das zu schießen? Wir hatten natürlich. So schickten wir uns an, die ganze Nacht über abwechselnd zu kotzen, zu phantasieren und zu lachen: ich in langem lila Kaftan, Sonnenbrille und meinem riesigen Türkiskreuz, Andrew in Hut, Jeans, T-Shirt und mit einem Badetuch als Poncho. Wir tobten die ganze Nacht in der Stadt herum, parkten in zweiter Position, warfen in den Bars alle Gläser um, kotzten und lachten, fuhren bei dem einzigen Restaurant vor, das die ganze Nacht geöffnet hatte – *Cielo Azul*, Blauer Himmel. Unser netter alter Kellner kam und servierte uns das Essen im Wagen, aber das war kein amerikanischer *drive-in*, und wir benahmen uns unmöglich. Seit diesem Abend pfiffen wir auf das Image, das sowieso nur in unseren Köpfen existiert hatte, und ließen alles richtig raushängen. Da wir die *speed*-Vorräte in La Paz erschöpft hatten, schossen wir alles, was uns unterkam, selbst Valiumtinktur; pennten in Restaurants ein, kippten auf den Märkten um und fielen allgemein auf. Die Angst um unser Image verließ uns mit dem *speed*, ebenso unsere Fähigkeit, wahrzunehmen, was eigentlich vor sich ging. Es war der 22. Mai, Andrew wohnte seit sechs Wochen hier, ich seit einem Monat: aber keine Spur von der Sendung, nur die ständigen Ausreden der Fluggesellschaft; und die Hitze wurde immer drückender.

Am 23. Mai war mir sehr schlecht, weil ich so viel Methedrin und Valium geschossen hatte, außerdem bekam ich zum drittenmal meine Periode. Andrew war schwach, lachte aber noch immer. Um ein Uhr nachmittags weckte uns ein Klopfen: es war Ted, todschick in einem Anzug mit Weste. Er brauchte uns nur anzusehen – ich kaum in der Lage zu gehen, Andrew zittrig –, um zu wissen, was lief; er meinte, eine Nacht im Guadalajara Hilton würde uns helfen. Mir ging es jedoch zu schlecht, und Andrew wollte ohne mich nicht weg. Ted verbrachte die Stunden bis zum Start seiner Maschine mit Aufmunterungen, törnte uns an mit Coke, das mich hellwach machte und über unsere Situation in Staunen versetzte. Dann flog er nach Guadalajara, um einen anderen *deal* zu prüfen, und an diesem Abend erhielten Andrew und ich das Telegramm der Luftfrachtgesellschaft, daß die Sendung angekommen war. Ich hatte den Eindruck, daß der Telegrammbote uns mißtrauisch betrachtete, aber wir waren beide zu lethargisch oder nervös, um uns meinem Verdacht entsprechend zu verhalten; wir gingen aus, um reichlich zu speisen und Ted im Hilton anzurufen.

Ich allerdings wurde allmählich sehr nervös und zittrig – vielleicht, wie Andrew mir sagte, weil ich schon einmal erwischt worden war. Dennoch, als wir einschliefen, tanzten Lockbilder von Leckereien und Dollars vor unseren Augen – und geweckt wurden wir von Ted, der frohlockend in der Tür stand, um die Sendung abzuholen: zweihundertfünfzig Kilo Haschisch. Dies also war eine weitere Klapsmühlen-Arie von Ihrer sehr Ergebenen. So weit, so gut...

4

Übersättigt von Träumen, erkannte sie, hey, Mann, die sind gar nicht, was sie scheinen. So erwachte sie an einem neuen heißen Tag in La Paz. Und sie fragte sich: wenn dies das Leben ist, was ist sein Sinn? Diese Susan sagte also zu Andrew: »Vierundzwanzigster Mai, heute ist es soweit. Bald sind wir frei, verspiel nicht die Zeit, es ist alles bereit.« Und Ted steht am Tor wie am Tag zuvor, kommt mir gelangweilt vor. Guadalajara sei zu laut und zu kommerziell. Das einzige, was ich von Guadalajara kannte, war die Werbearie im Radio, wo der Operntenor so schmelzend singt: »...Guadalajara, Guadalajara (Crescendo), Guadalajara...«, als wär's das gottverdammte Paradies.

Wie auch immer, wir drei Verschwörer – ich, gekrümmt vor Schmerzen und todmüde nach dem Heroin von letzter Nacht, Andrew, der sich bemüht, *cool* zu sein (Lennons *cool fool on a hill*), und Ted, der sich fragt, ob sein Rückzug gedeckt ist – wir drei rufen bei Aero Cargo an und erfahren, daß die Sendung tatsächlich dort liegt, wir aber siebenhundert Pesos oder 56 Dollar Frachtgebühr zu zahlen haben. Einen Augenblick lang fühle ich eine ungeheure, unkontrollierbare Welle von Angst über mir zusammenschlagen und will raus – raus aus diesem Scheißkaff, wo man wartet und nie genau weiß, ob man nicht beobachtet wird. Es ist die alte Geschichte, wenn sie dich im Ausland erwischen, kannst du dich auf die mieseste Szene deines Lebens gefaßt machen.

Und Mexiko liegt in dieser Hinsicht sehr im Ausland. Ich wollte wegrennen und meine viertausend Dollar vergessen, dazu meine Arme voller Einstichnarben und den Mann, den ich angeblich liebte, der in einer Traumwelt aus Haschwolken lebte. Aber es dauerte nur einen Augenblick, denn ich wußte, daß ich zu tief drinsteckte. So kratzte Ted ungefähr dreihundert Pesos und ein paar französische Francs aus Marokko zusammen, wir klemmten uns in den Jeep und fuhren in die Stadt, um einen Scheck einzulösen, ich immer noch mit dem unheimlichen Gefühl, daß jemand mich beobachtete. Aber Andrew versicherte mir, das sei nur die alte kriechende Paranoia, und ich sollte meine Krankheit für mich behalten, denn Verfolgungswahn sei eine Krankheit und eine ansteckende dazu: wenn du sie loswerden willst, gibst du sie weiter. Auf dem Weg in die Stadt erklärte Ted, daß die sogenannte Sendung in Wirklichkeit aus 250 Kilo Hasch bestehe, die in einen Schrank eingebaut waren. Alles in allem sollte er fünfhundert Kilo wiegen (er hatte sich da um ein paar Pfunde verrechnet), Glastüren und feine Schnitzereien aufweisen. Nun ja, wir drei sind ja nicht dumm und wissen, daß wir den Schrank nicht im Jeep transportieren können, also machen wir uns eilig auf zu Cortezars Matratzenfabrik. Dort finden wir José, weggetreten und grün, unter einem Baum schlafend vor. »*Hey, brother*« (von wegen Bruder), »wir brauchen dich mal für einen kleinen *momento*.« Und Andrew und Ted erklären José, daß eine Sendung eingetroffen ist – sie brauchen es ihm nicht näher zu erläutern, er nickt, und ein Lächeln huscht über sein Gesicht; klar, Mann, er wird uns einen Laster besorgen und vier Arbeiter aus Vaters Fabrik zum Abladen. Schmuggeln an sich wirkt schon wie eine Droge. Erregung und Angst törnen dich genauso an. Ich hatte schon immer einen Mata-Hari-Komplex, aber plötzlich will ich nichts mehr damit zu tun haben. Ich will an den Strand gehen, schwimmen und in der Sonne liegen. Aber Ted besteht darauf, daß ich mitkomme – nur damit es in der Familie bleibt, geteiltes Leid ist doppeltes Leid. So treffen wir uns mit José bei der *casa* – ich in einem winzigen Oberteil und abgeschnittenen Jeans, Andrew mit seinem Hut, Ted in Hemd und Hose – und machen uns in Josés Laster auf zu Aero Cargo. Dabei will ich dort gar nicht hin und bete zu jedem, der vielleicht zuhört, daß er mich hier rausholt. Bei Aero Cargo gibt's Arbeiter und *hombres* im Überfluß, aber wir gehen mit hocherhobenen Köpfen vorbei. Alles starrt uns so scharf an, und ich merke, daß Ted versucht, übersehen zu werden; er drückt sich an die getäfelte Wand des Büros und läßt Andrew die Sendung abholen, die auf seinen Namen läuft. Andrew bezahlt die Gebühren – er schwitzt jetzt sehr –, und ich nehme seine Hand, weil ich weiß, daß er schwach ist und sich so sehr bemüht, es nicht zu zeigen. Ted benimmt sich sehr geschäftsmäßig, als José und seine vier Helfer die außergewöhnlich schwere Sendung anheben und auf den Laster laden. Doch plötzlich gerät er in Panik und flüstert mir zu: »Susan, verdammt, er steckt in einem neuen Lattenverschlag – ich habe den Schrank selbst verpackt, aber nicht in diesen Verschlag. Der ist ganz neu, ich habe ihn noch nie gesehen.« Als könnte ich ihm eine Antwort darauf geben! Dieser lässig-elegante Geschäftsmann, der überall das große Rad dreht, wird jetzt total bleich, und die Haare stehen ihm zu Berge, er sieht echt wie ein feiges Huhn aus mit seiner krummen Nase. Ich sage: »Hey, Mann, laß uns passen, laß doch den Scheiß hier stehen, bis wir checken können, was läuft.« Es triumphiert jedoch wie üblich die Gier, als Ted meint, vielleicht hätten die Mexikaner den Verschlag zerbrochen und mußten einen neuen bauen. Denn, wie er mir mit Schweiß auf den Handrücken versichert, die Sendung ging nicht durch den US-Zoll, sondern kam direkt von Tanger nach Mexiko, und außerdem, was können wir jetzt noch groß machen? Andrew hilft José und ist zu beschäftigt, um zu bemerken, wie neu der Verschlag ist, und Ted versäumt, es ihm zu sagen. Wer ist Andrew auch schon außer dem Deppen, der alle Verantwortung trägt, weil die Sendung auf seinen Namen läuft? Und wir winken den Leuten bei Aero Cargo zum Abschied zu, ohne zu merken, daß ein Viertel davon Polizisten sind. Auf der Rückfahrt sind wir sehr still – bis auf José, der den ganzen Weg über schnattert, weil er voll ist und nicht weiß, was vor sich geht.

Daheim haben die Arbeiter, José und Andrew die wenig beneidenswerte Aufgabe, den Schrank aus dem Verschlag zu holen und die Treppen hochzuschleppen. Ted und ich rennen voraus und schmeißen alles Gras aus der Wohnung, bis auf zwei *joints,* die ich mit zwei Mandrax in meinem Kosmetikköfferchen verstecke. Kokain und das Heroin für den Hausgebrauch bauen wir, eingewickelt in Silberfolie, hoch oben in unserem alten Kleiderschrank ein, wo es wohl jetzt noch liegt. Dann mache ich zum Mittagessen einen Obstsalat und sniffe das Kokain, das wir draußen gelassen haben. Endlich kommt der Schrank in die Wohnung. Vier müde mexikanische Peone, ein nun eindeutig erschöpfter José Cortezar, ein ausgepumpter Andrew und der Metaregisseur Ted laden in unserem Wohnzimmer eines der schönsten Möbelstücke ab, das ich je gesehen habe. Ich gebe allen Arbeitern große Gläser Limonade und bedanke mich bei José, der in zwei Stunden nach Ensenada fahren muß. Er zischt aus der Tür, und endlich sacken Andrew und ich auf den Boden, während Ted auf- und abgeht und mißtrauisch aus dem Fenster blickt.

Der Schrank ist ein großartiges Beispiel der Holzschnitzerkunst: knapp drei Meter hoch, rund einsfünfzig breit, die Front mit feingeschnitzten kleinen Figuren verziert, Ziegen und Rehen. Ich frage Ted: »Wo, zum Teufel, ist das Hasch?« Er grinst in sich hinein und geht zum Schrank. Er sieht jetzt wieder ruhiger aus, nicht mehr ganz so wie ein verschrecktes Kaninchen; er spielt wieder die Rolle des harten Abenteurers und Schmugglers. Ich stelle mich auf einen Stuhl und sehe, daß Aufsatz und Boden des Schranks hohl sind, doppelte Böden sozusagen. Plötzlich wird Ted wieder grün, seine Haare stehen hoch wie getrocknete Grashalme. Er flüstert: »Verdammt, jemand hat ihn aufgemacht, das ist nicht die Originalfarbe. Es paßt alles zusammen, die fremde Verpackung, die grinsenden Mexikaner. Ich mache, daß ich hier wegkomme.« Er hat solche Angst, denkt nur an sich selbst – aber der sanfte Andrew, die arme Seele, ist *cool*, läßt sich in der Stunde des Triumphes nicht einschüchtern und sagt: »Hey, Mann, langsam. Wir wissen beide, daß die Sendung nicht durch den US-Zoll gegangen ist. Wenn sie uns hätten hochnehmen wollen, wäre die Sendung gar nicht erst angekommen.« Und ich, die noch freie Susan, muß ganz dringend pinkeln und erinnere mich an den Tag vor zwei langen Jahren, als Iwan und ich vom FBI empfangen wurden. Und plötzlich muß ich weinen, denn wie ein elektrischer Schlag trifft mich die Erkenntnis, daß ich bald nur noch die Erinnerungen haben werde. Ich bleibe lange im Bad und fühle mich von aller Welt verlassen. Als ich zurückkomme, höre ich Ted weitersabbern: »... Mann, ich weiß, was läuft – wenn die uns schnappen wollen, haben sie uns jetzt umstellt. Die warten nur darauf, daß wir die Bretter aufstemmen und das Zeug rausholen. Am besten machen wir hier einen Satz, vielleicht vergessen sie dann unsere Gesichter. Außerdem können sie uns wegen etwas, das wir nicht getan haben, nicht belangen. Was uns angeht, ist die Sendung ein Geschenk für Andrew von einem Freund aus Marokko – und wir sind *cool*, weil wir keine Ahnung haben, was in dem Schrank ist.« So gackert das Huhn und sagt, daß es seinen Rückflug für heute nacht buchen will. Mich hat die Paranoia bös' erwischt, ich sage zu Andrew: »*Honey*, ich fürchte, wir sind aufgeflogen. Komm, wir fahren in die Stadt, buchen den Rückflug und bleiben weg, bis es hier wieder sauber ist.« Aber Andrew lacht vor sich hin, streckt sich aus, als wäre die Sache schon gelaufen, und sagt zu mir: »Baby, du und dein ängstlicher Freund Ted (mein Freund?), ihr beide fliegt heute abend ab, aber ich bleibe noch ein paar Tage hier und kümmere mich darum, daß alles läuft – geht und holt eure Pässe, Visa und Tickets. Wir fahren in die Stadt, buchen, und noch heute abend seid ihr wohlbehalten in L. A.« Ich beginne nachzudenken: hier stinkt doch was, warum wollte er mich dann gestern nicht weglassen? Aber an diesem Punkt, meine Damen und Herren, ging ich, um meine Papiere zu holen, meinem Instinkt zu folgen und zu verschwinden. Ich war so nervös, daß ich nicht einmal Schuhe anzog, ich band nur mein Haar zurück und ging in Shorts und einem kleinen Oberteil (wie gewöhnlich) mit Andrew und Ted zum Jeep. Ted, der fast sichtbar schlotterte, stieg hinten ein, Andrew setzte sich ans Steuer, und ich (hatte ich nicht vergessen, oben die Tür abzuschließen?) kletterte gerade auf meinen Platz, als ich aufschaute und einen riesigen Mexikaner sah, etwa einsneunzig, mit Schnurrbart, Sombrero und Maschinenpistole. Ich guckte Andrew an, und er guckte mich an, und ich guckte ihn an, und er guckte mich an, und ich sagte laut: »Hey, das kann doch nicht wahr sein?« Aber plötzlich standen dreißig mexikanische Polizisten da. Schwer zu sagen, wieviele es genau waren, weil es sich um *federales* handelte, die keine Uniform tragen; dazu dreißig Maschinenpistolen oder Pistolen und diese Hitze. Ich werde gegen ein Auto gestoßen und gefilzt, brülle: »Hey, Mann, Pest noch mal, was soll denn das?«, aber keiner versteht Englisch. Es gibt Handschellen für Señor Andrew – die Sendung ging auf seinen Namen –, will mir denn um Gottes willen niemand helfen? *Cool* bleiben, Susan! Und ein älterer Mann, vielleicht fünfundvierzig oder so, mit Schnurrbart und Revolver, fragt mich (herrje, es sieht so aus, als hätte sich die ganze Stadt um unser Apartmenthaus versammelt) nach dem Schlüssel; ich will nicht in meine Handtasche greifen, weil ich da Gras drinhabe – lieber Gott, mach, daß ich meine Handtasche behalte –, es ist wie in einem Scheiß-Film, die Bullen führen sich auf, als wären wir Bonnie und Clyde. Sie brechen die Tür auf, alles redet spanisch durcheinander, ein Höllenlärm, vier große *federales* schubsen Ted herum (der inzwischen total durchgedreht hat und mir hysterisch zuflüstert: »Sag keinen Ton, heule, benimm dich unschuldig, frag sie, was sie hier wollen.«), und mir fallen die beiden *joints* in meinem Kosmetikköfferchen ein. Inzwischen aber haben die zwei Mandrax eingeschlagen und mich bissig gemacht. Zwei *hombres* geben sich als amerikanische FBI-Männer zu erkennen und sagen ganz beiläufig zu mir: »Gratuliere, Herzchen, du hängst in der dicksten Rauschgiftsache drin, die sie in der Baja je geknackt haben. Mach dich auf den längsten und heißesten Sommer deines Lebens gefaßt.« Andrew trägt Handschellen und jammert: »*Honey*, es tut mir so leid, ich weiß, du kennst den Film schon.« Ich kann nicht weinen, aber während ich zusehe, wie vier *federales* Boden und Aufsatz des Schranks mit Macheten aufbrechen und nach dem Hasch suchen, schiebe ich die Hand in die Handtasche, ziehe den Reisverschluß meines Kosmetikköfferchens auf, behalte so viele Bullen wie möglich im Auge, hole die beiden *joints* und die Mandrax heraus und verstecke die *joints* hinter den Sofakissen. Wenigstens können sie mir jetzt nichts anhängen, weil ich Drogen bei mir gehabt habe – dachte ich! Keiner sieht mich dabei, nur Andrew, und der zwinkert mir zu. Inzwischen läuft ihm der Schweiß in Strömen übers Gesicht, und da er in Handschellen ist und ihn nicht abwischen kann, bittet er mich darum. Während ich das tue, fragt mich der ältere Herr, ob ich wohl weiß, was da in Kilosäcken aus dem Schrank kommt (das beste Haschisch, das ihm je unter die Augen kommen wird), und ich sage nein. Ein anderer Mann, der älter ist, nicht so gut englisch spricht und sehr viel angriffslustiger aussieht, prüft Teds Arme auf Einstichstellen. Ted hat sich nie getraut, ein Luftgewehr abzuschießen, geschweige denn *dope*. Und ich frage mich, ob ich jetzt dran bin, denn meine Arme haben mehr Löcher als ein Teesieb; aber er sieht nur tief gebräunte Haut und blaugrüne Flecken. Ein Mann, der sich inmitten des Machetenlärms und Geschreis als Bezirksstaatsanwalt von Baja vorstellt, schaut mich ziemlich sanft an und fragt: »Susan (Pest, woher kennt er meinen Namen?) Susan, wissen Sie, wie ernst das ist?« Und ich stoße feindselig hervor: »Keine Ahnung. Worum geht es eigentlich? Ich bestehe auf meinen Rechten.« Da fragt er mich, weshalb ich nicht weine, und ich antworte, daß ich nichts zu fürchten habe, weil ich unschuldig bin. Inzwischen belabern mich die Mistsäcke vom FBI, daß ich ihnen den Namen einer Person in den Staaten angeben soll, die sie für mich anrufen können; denn sie wollten mich an kein Telefon lassen, die Leitungen seien dauernd unterbrochen. Ich sage, nein, ich brauche keine Hilfe, mein gutes Karma wird mich retten – und einer fragt Andrew: »Okay, Mister, wen sollen wir für die Dame anrufen?« Da gibt Andrew ihnen die Telefonnummer meiner Eltern, und zum erstenmal spüre ich Angst in mir aufsteigen, weil ich das unmöglich noch einmal durchstehen kann. Die Wohnung sieht inzwischen aus wie ein Schlachtfeld – Schubladen auf dem Boden, überall Kleider, Bücher und Platten fliegen herum –, ich kann es nicht mehr aushalten. Der Bezirksstaatsanwalt sagt, wir sollen jetzt zum Wagen gehen – wir werden ins Gefängnis gebracht. So führen sie uns die Treppe hinunter und versuchen, mir Handschellen anzulegen, und ich (noch immer giftig von den Tabletten) trete nach ihnen; aber sie lachen, und ich sehe, wie einer der vielen *policía* mein Medaillon einsteckt. Es ist ein Geschenk von Vater zu meinem sechsten Geburtstag und graviert, ich schreie und zeige auf den Dieb, aber keinen schert es. Ich bin nur eine Gefangene ohne Rechte, und draußen vor dem Haus haben sich Hunderte von Mexikanern versammelt, die darauf warten, daß etwas geschieht. In einer Ecke sehe ich Mr. Cortezar, der den Kopf schüttelt. Oh, was wird das jetzt für ein Gerede geben! Ich frage mich, wo José steckt, aber der beschissene FBI-Mann unterbricht meine Gedanken und teilt mir mit, daß man in Mexiko als schuldig gilt, bis man seine Unschuld bewiesen hat. Andrew, Ted und ich werden in einen gelben VW gesetzt, ich kann gar nicht glauben, daß sie uns zusammen lassen. Ted sagt: »Baby, halt' dicht. Wir holen dich hier raus – du hast von nichts eine Ahnung.« Andrew meint, ich soll mir keine Sorgen machen, die *brothers* holen uns bestimmt raus, unser Karma ist doch so gut. Diese Illusion brach schnell zusammen – *good-bye*, ihr Träume, *good-bye* –, die Realitäten ändern sich, und wie. Der Unterschied zwischen Träumen und Fakten ist gewaltig.

Die Fahrt ins Gefängnis dauerte nicht lange; in La Paz liegt alles dicht beisammen. Das Gefängnis oder Edificio M. Sobarzo ist ein altes Krankenhaus mit dicken Wänden, vor dem immer eine Menge Polizisten stehen. Sie holten uns mit gezogenen Waffen aus dem Auto, es war jetzt ungefähr vier, und ich schrie, Andrew solle mit mir kommen. Doch er wurde weggezerrt. Der Bezirksstaatsanwalt nahm mir endlich die Handtasche ab und durchsuchte sie, stutzte und nahm sich mein Kosmetikköfferchen vor, das jetzt drogenfrei war. Dann warf er einen Blick in mein Tagebuch, und mir wurde schwach in den Knien: es enthielt meine ganzen Aufzeichnungen über die Methedrin-Manie und das Heroin. Er beschlagnahmte es. Dann wurde ich zu einer Zelle geführt, die vom Rest des Gefängnisses isoliert lag. Mindestens dreißig männliche Augenpaare folgten mir. Ich geriet in Panik, als sie die riesige Gittertür öffneten und mich in ein finsteres Loch stießen – *good-bye*, Sonne, *good-bye*, Mädchen mit den schwarzen Augen, du warst mal frei –, die Tür fiel zu, und ich fragte mich, was, verdammt, mit mir passiert war.

5

Der Song vom Knast ist kein heiterer Teil meiner Geschichte. Damals war's tragisch, und selbst rückblickend fühle ich mich noch kläglich und irgendwie überrascht. Irgendwie, irgendwo entdeckte ich Kraftreserven, die mich davor bewahrten, völlig durchzudrehen. Als die Zellentür zufiel, fand ich mich in einem Loch, ungefähr vier Meter fünfzig mal ein Meter achtzig, sehr dunkel, dumpf und dreckig. In der Mitte der Rückwand war eine Tür mit einem riesigen Schloß. Ich dachte mir, daß sie vielleicht in eine Folterkammer führte, denn ich hatte keine Ahnung, was mir bevorstand. Nachdem ich verhaftet worden war, hatte mir der liebenswürdige FBI-Mann ins Ohr geflüstert, ich sollte besser meine Ohrringe abnehmen – ›man kann ja nie wissen, ich meine, vielleicht werden sie rausgerissen‹. So etwas kam doch nicht vor, wahrscheinlich wollte dieser Kerl bei mir den großen Mann spielen. Ich schaute mich um und sah an der Wand eine Betonplatte, die als kühler Liegeplatz diente, einen wackligen alten Tisch, selbstverständlich keine Fenster und ein Bett. Jedoch war meine Freude, einen Platz zum Ausruhen entdeckt zu haben, nur kurz, denn das Bett bestand aus ungefähr fünfzig Jahre alten Sprungfedern und einer Decke voller Läuse und Kakerlaken. Eine riesengroße Spinne kletterte an der Wand hoch. Ich betrat die sogenannte Toilette und blieb wie angewurzelt stehen. Zum zehntenmal an diesem Tag empfand ich den greulichsten Horror. Zuallererst einmal war der Gestank unerträglich. Es gab keine Toilettenschüssel, nur ein Loch im Boden – kein Waschbecken, keine Dusche, nur einen kleinen Wasserhahn. Aber am meisten brachte mich aus der Fassung – ich hatte damit gerechnet, hier allein zu sein –, daß in der Ecke eine Frau in langem, undefinierbarem Kleid auf dem Boden saß, schwanger, die Arme um die Knie geschlungen. Ihr Gesicht war mongoloid, sie konnte nicht sprechen und war offensichtlich schwachsinnig. Sie kauerte zwischen ein paar vergammelten Kisten mit Kleidern und altem Brot. Panischer Schrekken packte mich: ich konnte nicht spanisch, und wenn sie sich als gewalttätig entpuppen sollte, hatte ich keine Möglichkeit, mich mit ihr zu verständigen oder auch nur um Hilfe zu rufen, denn die Wärter waren verschwunden. Ich mußte unbedingt zur Toilette, aber abgesehen von den grauenvollen hygienischen Zuständen und der Tatsache, daß es keine Toilettenschüssel gab, konnte ich das unmöglich in ihrem Beisein tun. Wegen dieser Scheu ging ich zweieinhalb Tage lang nicht. Es war ein merkwürdiger Zug an Juanita – später fand ich heraus, daß sie so hieß –, daß sie im Bad eine Wäscheleine gespannt hatte, um die Sachen aufzuhängen, die sie in schmutzigem Wasser gewaschen hatte. In ihrer Dumpfheit war sie fest entschlossen, sauber zu bleiben. Ich verließ die Toilette, gefolgt von ihren aufmerksamen Blicken, und setzte mich vor der Zellentür auf den Boden. Von hier aus konnte ich einen großen, wunderschönen Baum sehen, der vor der Zelle in Blüte stand. Auf der mächtigen Mauer, die rechts neben meiner Zelle aufragte und die Männerseite abtrennte, stand ein Wärter; draußen auf der Straße wanderten ein paar *policía* auf und ab. Ich machte diesen Baum zu meinem eigenen, denn er war das einzige Symbol freien und wachsenden Lebens, das ich sehen konnte.

Was, in Gottes Namen, fing ich jetzt an? Ich hatte keine Ahnung, ob sie uns festhalten konnten, besaß außer fünfzig Pesos kein Geld und konnte keine rechtlichen Schritte einleiten. Ich schätzte, daß es gegen halb sechs war, als ich eine Gruppe von rund dreißig Polizisten auf meine Zelle zumarschieren sah – du meine Güte, wohl eine Massenvergewaltigung, so ähnlich wie das, was mir der FBI-Mann angekündigt hatte. Wenn sie einem die Ohrringe herausrissen, waren sie doch zu allem fähig, oder? Und wer würde je erfahren, was geschehen war? Aber die Polizisten hielten gleich neben meinem Baum an, stellten sich in einer Reihe auf, und der Sergeant begann Befehle zu brüllen; sie exerzierten – ein Schritt nach rechts, zwei nach links, kehrt marsch, und bei jeder Wendung konnte ich Augen sehen, die mich mißtrauisch musterten, mich, die *gringita*. Das Alter der Polizisten variierte zwischen achtzehn und sechzig, sie wiesen alle Größen und Figuren auf und sahen nicht sehr trainiert aus. Wie Andrew mir gesagt hatte, waren Polizisten die am besten bezahlten Beamten, und allein das zog die Männer an. Hinter dem Baum ging die Sonne unter; ich wußte, daß in dieser Richtung das Meer lag. Plötzlich hörte ich es hinten in meiner Zelle und an der Tür, die mir aufgefallen war, klopfen und schreien, schreien, immer lauter schreien, laut genug, um mir Angst zu machen. Wer war da hinten? Vielleicht die männlichen Gefangenen, vielleicht Andrew. Ich lief hin, schlug auf die riesige Stahltür ein und rief: »Andrew!« Je lauter ich hämmerte, desto lauter klopften sie, bis ich weinte und schrie und hämmerte und mich in einen Zustand der Besessenheit hineinsteigerte.

Da schwang die Zellentür auf, und vier *policía* kamen herein. Sie winkten mich beiseite, und ich wich zurück. Der größte Polizist nahm einen riesigen Schlüssel von seiner Kette und schloß die Stahltür auf. Ich stürzte vor, um zu sehen, ob Andrew dort war, wurde aber von einem kleinen, schnurrbärtigen Polizisten festgehalten, der mich mit riesengroßen, freundlichen, braunen Augen ansah, als wollte er sagen, tut mir ja so leid, *señorita*. Ich versuchte, die Polizisten zu fragen, wer hinter dieser Tür sei; niemand verstand jedoch Englisch, und ich hatte dummerweise nie Spanisch gelernt. Der kleine, dicke, sanfte Polizist wies auf seinen Kopf und machte die internationale Kreisbewegung, die ›verrückt‹ bedeutet – ich wurde sauer, weil ich dachte, er meinte mich. Aber als ich durch die Tür schaute, sah ich einen älteren Mann in einem Trikot der Yankee-Baseball-Mannschaft und einer Baseballmütze. Er sagte auf englisch: »Ich Tony«, und fing an, den mexikanischen Huttanz zu singen, begleitet von einem sehr alten Mann, der ein Micky-Maus-Hemd trug und keine Augen mehr hatte. Tony rief: »Er Felix«, und der kleine Wärter tippte sich wieder an die Schläfe. Mir wurde klar, daß hinter mir die schwachsinnigen oder geistig labilen Gefangenen eingeschlossen waren, ein Gedanke, der mich entnervte. Die Polizisten schlossen die Tür wieder ab und gingen – ihr abendlicher Inspektionsgang war vorbei –, und ich blieb mit der schwachsinnigen, schwangeren Frau allein. Die Nacht kam.

Ausgehungert kauerte ich mich auf dem Boden zusammen, denn ich hatte Angst vor den Läusen im Bett; es war kühl und windig, noch immer Mai, und draußen standen die Sterne dicht an dicht. In tropischen Gegenden ist der Nachthimmel so schwarz, daß man meint, nach den Sternen greifen zu können. Es war so still und friedlich wie an allen Abenden in La Paz, daß ich mich etwas beruhigte. Aber ich hatte Gänsehaut an den Beinen, und mir war übel – das kam wohl vom Heroin der vergangenen Nacht. Plötzlich hörte ich, wie ein Radio sehr laut gestellt wurde, eine Stimme las in schnellem Spanisch etwas vor: die Nachrichten – und dann hörte ich meinen Namen, Susan Beth Nadler, gefolgt von Andrews und Teds Namen, und mir wurde klar, daß wir tatsächlich eine Sensation waren. In jener Nacht und im Laufe des darauffolgenden Tages hörte ich meinen Namen stündlich, bis ich glaubte, sie redeten von jemand anderem. Gegen halb acht Uhr abends kam der Wärter, ein Knabe mit gerade genug Haar für einen Schnurrbart, schloß die Zelle auf, knipste die grelle Glühbirne an und reichte mir einen Pappteller mit gebackenem Fisch und Kartoffeln, eine Plastikgabel und eine Decke. War das die Gefängniskost? Gab es besonderes Essen für die Frauen? Er sah mich an und sagte: »*Señor* José Cortezar.« Ich dachte mir, daß José alles gehört und uns etwas zu essen geschickt hatte, aber diesen Fisch konnte ich nicht hinunterbringen; deshalb ging ich in die Toilette, wo die Frau auf dem Boden kauerte, und stellte das Essen auf eine ihrer Kisten. Sie rührte sich nicht, und ich fragte mich, ob sie überhaupt merkte, was vorging. Ich setzte mich draußen auf die Decke, knipste die Glühbirne aus und fragte mich, was werden würde. Aus Sehnsucht nach Andrew begann ich zu weinen, und dann brachten sie wieder diese verdammten Nachrichten. Josés Name fiel, und ich begriff, daß sie auch ihn erwischt hatten. Wir hatten nicht nur unser Geld und das Haschisch verloren, unsere Zeit verschwendet und wahrscheinlich unser Leben ruiniert, sondern auch das Leben von Menschen, die versucht hatten, nett zu uns zu sein. Oh, warum war ich an diesem Tag bloß nicht am Strand gewesen? Aber ich wußte, daß die Antwort auf meine Fragen sehr viel tiefer lag. So schaute ich zu den Sternen auf, holte mein kleines Adreßbuch und den Stift hervor und schrieb die Texte zu zwei Liedern auf, die Andrew und ich gemacht hatten. Wir hatten so große Hoffnungen gehabt.

Gerade als meine Erinnerungen mich zu überwältigen drohten, ging in der Toilette das Licht an, und ich hörte Gesang. Du meine Güte! Juanita kam nackt durch die Zelle geschwebt, ihr langes, strähniges schwarzes Haar wehte hinter ihr, die länglichen Brüste mit den schwarzen Warzen schwangen hin und her, ihr schwangerer Leib wirkte riesig und irgendwie tröstlich. Sie tanzte und sang, als sähe sie mich nicht, führte ihren eigenen, ganz besonderen Tanz der Freude und bevorstehenden Mutterschaft auf. Dann schlängelte sie sich zurück in die Toilette, stellte den roten Eimer unter den Hahn und sang zu den Tröpfchen, die langsam in ihre Hände fielen. Offensichtlich kam nur nachts Wasser aus dem Hahn. Juanita nahm ein kleines Stück Seife aus der hohlen Hand und wusch sich, unentwegt singend, bis sie sauber war. Als Handtuch benutzte sie ihr Kleid und kämmte sich mit den Fingern die Haare. Dann kam sie schüchtern auf mich zu und bot mir die Seife an, die ich ablehnte. Sie schüttelte den Kopf, tanzte zurück, machte das Licht aus und kauerte sich in ihre Ecke, um einzuschlafen. Diesen unheimlichen und irgendwie religiösen Tanz wiederholte sie jeden Abend um die gleiche Zeit, bis man sie, als die Wehen einsetzten, halb verrückt vor Schmerzen wegbrachte. Ich fragte mich, wer wohl der Vater war. Allerdings blieb mir nicht viel Zeit, denn kurz, nachdem sie eingeschlafen war, kamen mich vier *federales* abholen: angeführt von dem großen, schnauzbärtigen Adolfo, der ersten Person, zu der ich aufgeschaut hatte, als ich verhaftet worden war. Alle waren mit Maschinenpistolen bewaffnet, als wäre ich eine Schwerverbrecherin. Sie brachten mich zu einem VW-Bus und bedeuteten mir, ich solle einsteigen. War es jetzt soweit? Ließ man mich frei? War jemandem eingefallen, daß es sich nur um ein Versehen handelte?

Wir fuhren ins Zentrum der Stadt, vorbei an einem Restaurant, wo Andrew und ich oft gegessen hatten. Der Bus hielt, Polizisten öffneten die Tür, und Adolfo – offenbar der Boss – reichte mir die Hand und half mir beim Aussteigen. In einem kleinen Raum mit grellem Licht erwarteten mich vielleicht fünfunddreißig Männer. Ich wollte nicht vom Fleck, aber Adolfo zog mich in den Raum und wies auf einen Stuhl vor einem riesigen Schreibtisch, an dem der ältere Mann saß, der meinen Namen gewußt und sich als Bezirksstaatsanwalt der Baja vorgestellt hatte. Außerdem sah ich den Mann, der meine Arme nach Einstichen abgesucht hatte, die FBI-Männer und einige Fotografen. Ein Reporter mit Presseausweis am Jackenaufschlag und einer Kamera zwinkerte mir zu. Die konnten mich mal, es kam überhaupt nicht in Frage, daß ich Fotos von mir machen ließ. Ich dachte an meine Eltern – nur ganz kurz, denn der FBI-Mann kam auf mich zu, ich spürte seine falsche, hinterlistige Ausstrahlung, sie war schleimig, ungesund. Er trug ein großes Messer, das er fester packte, sobald mein Blick darauf fiel – als wollte er mir Angst machen. Tolle Sache, wahrscheinlich versuchte er, mir mit dem Dolch seine beschissene Männlichkeit zu beweisen. Er sagte: »Hören Sie mal zu, Susan, ich habe Ihnen drei Dinge mitzuteilen. Erstens werde ich morgen Ihre Eltern anrufen, wenn ich nach San Diego abfliege. Zweitens: unterstützen Sie diese Leute, lassen Sie sich fotografieren. Dieser Mann hier ist der Bezirksstaatsanwalt, er wird Sie jetzt verhören, zeigen Sie sich hilfsbereit. Und schließlich«, er kam dichter heran, als wollte er eine geheime Verbindung mit mir herstellen, »wenn Sie mir alles über Andrew und Ted sagen oder Andrew dazu bringen, daß er gesteht, verspreche ich Ihnen, daß Sie binnen zwei Tagen hier rauskommen und ohne Probleme in die Staaten abgeschoben werden.« Herrje, die alte Bullenleier: verpfeif' deine Freunde. Auf so was falle ich nicht rein. Ich erklärte ihm freundlich, daß niemand mich fotografieren sollte, aber da machte es klick im Hintergrund. Ich gab dem Zeitungsmann mit einer Geste zu verstehen, was ich von ihm hielt, und verdeckte mein Gesicht.

Ich sagte dem FBI-Mann, ich wäre froh, wenn er meine Eltern anrufen würde, hätte aber keine Ahnung, was überhaupt vorging, und es sei ziemlich *passé*, seine Freunde reinzureißen. Er war überrascht, sagte, er hätte mich für klüger gehalten und wünschte mir dreißig Jahre Gefängnis. »Leben Sie wohl, Susan, hoffentlich verknackt man Sie tüchtig.« Oh, ich bin ja so dankbar, daß Sie versucht haben, mir zu helfen, Sie beschissener Bulle.

Er ging, und ich sah ihn nie mehr wieder; aber er rief meine Eltern an und brachte ihnen die Geschichte sehr schonend bei. Nun begann das Verhör, und man bat den Zeitungsmann, sich zu entfernen. Aber die Kamera erwischte schließlich doch noch ein Foto von mir. Ich war sehr braun, hatte mein Haar zurückgebunden, und da mein Paß in Jerusalem neu ausgestellt worden war, kam die Zeitung nie so ganz mit meinem Lebenslauf zurecht und brachte Schlagzeilen, die besagten, daß ich aus Indien stammte, eine Spionin sei und mich nur für Sex und Drogen interessierte. Eine Dolmetscherin war anwesend, eine dicke Frau, die für den Richter arbeitete und später alle Informationen an meinen Anwalt weitergab; er verpaßte ihr den Spitznamen ›die fette *connection*‹. Sehr komisch, ha ha. Der Bezirksstaatsanwalt stellte mir eine Frage, sie übersetzte, dann antwortete ich englisch, sie übersetzte für ihn, er machte eine Bemerkung dazu, sie tippte sie in die Schreibmaschine. Eine lange, aber unvermeidliche Prozedur, die ein kurzes Verfahren über vier Stunden ausdehnte.

Man informierte mich über meine wenigen Rechte und sagte mir, für den Bezirksstaatsanwalt sei ich schuldig – zumindest bis meine Unschuld bewiesen war. Die ersten Fragen waren elementar: Name, Alter, Körpergröße, Gewicht, Nationalität. Ich sagte ihnen, daß ich Amerikanerin sei, auch wenn mein Paß in Jerusalem ausgestellt war. Aha, dachten sie, jetzt haben wir die ganze Situation: Jerusalem liegt in Marokko, also hat sie das Haschisch abgeschickt. Mann, stritten wir über diesen Punkt. Wieder weiß ich nicht, woher ich den klaren Verstand nahm, ich wußte nur, daß meine Aussagen sehr wichtig waren und die Grundlage für meine Verteidigung bilden würden. Mag sein, daß die Hitze in diesem Büro mich langsam und bedächtig werden ließ, jedenfalls dachte ich mir jede Antwort genau aus. Die Anklage lautete auf Besitz, Erwerb, Einfuhr und Transport von zweihundertfünfzig Kilo Opium. Ich war nicht nur erstaunt über alle diese Anklagepunkte, sondern auch wachsam genug, den fehlerhaften Gebrauch des Wortes Opium nicht zu korrigieren; schließlich hatte ich noch nie zuvor Rauschgift gesehen – wie sollte ich da den Unterschied zwischen Haschisch und Opium kennen? Nein, ich hatte nicht gewußt, daß Andrew Rauschgift schmuggelte, und wußte auch jetzt nichts davon. Ich wußte nur, daß er auf eine Sendung gewartet hatte, ein Geschenk von einem Freund aus Marokko, dessen Namen ich nicht kannte. Wußte ich, daß der Schrank Hasch enthielt? Selbstverständlich nicht, ich hatte noch nie Haschisch gesehen. Daß der Schrank Rauschgift enthielt, wußte ich nur, weil die FBI-Männer es mir gesagt hatten. Andrew arbeitete für eine Baugesellschaft. Wie, zum Kukkuck, sollte ich wissen, woher er sein Geld bekam? »Werden Sie denn von *Ihrer* Frau gefragt, woher das Geld kommt?« Keine Antwort, geschickter Zug.

Ich wußte, daß Andrew am 23. Mai ein Telegramm von Aero Cargo bekommen hatte – mehr nicht. Ja, wir hatten recht gut gelebt, Andrew besaß Geld und ich auch. Ich hatte Paß, Visum und Ticket nur deshalb in meiner Handtasche gehabt, als ich verhaftet wurde, weil es mir sehr schlecht ging und ich nach L. A. zu meinem Arzt fliegen wollte. Nein, nicht um den Verkauf des Haschischs zu arrangieren, schließlich wußte ich noch nicht einmal, daß Hasch in dem Möbelstück war (diesen Punkt vergaßen sie immer wieder). Ja, ich hielt Andrew für einen rechtschaffenen Geschäftsmann, ich war mit ihm bei Grundstücksmaklern in La Paz gewesen, wo er versuchte, Geschäftsbeziehungen für die Landentwicklungsprojekte seiner Firma herzustellen. Die Firma beabsichtigte, in der Baja Hotels zu bauen. Nein, Ted war kein Architekt, und ich hatte mit den Geschäften nichts zu tun. Nein, wir waren nicht verheiratet, hatten aber ernsthafte Absichten. Ja, ich war Ted einmal in L. A. begegnet (der Scheißkerl Ted kam aus der Sache raus wie ein Unschuldslamm). Nein, Andrew und ich nahmen keine Drogen. Nein, José Cortezar war nur ein Freund. Ich konnte nicht sagen, ob er etwas wußte oder nicht, da ich schließlich selbst nichts wußte. Ich war mit Andrew zum Aero-Cargo-Büro gefahren, weil er mich darum gebeten hatte, wäre aber lieber an den Strand gegangen. Wußte ich, daß José Cortezar verhaftet worden war und als Mittäter im Gefängnis saß? Herrje, das hatte ich nicht gewußt, war aber ausgesprochen sicher, daß José unschuldig war. Wie sollte ich die Hintermänner kennen? Ich wußte ja nicht, was lief.

Ja, ich besaß einen akademischen Grad in Geisteswissenschaften, Englische Literatur (sah ich nicht gebildet aus?). Ich hatte mein Diplom in Jerusalem erworben, sprach etwas arabisch, hebräisch und las französisch. Ja, ich hatte eine Familie: zwei jüngere Schwestern, und mein Vater besaß eine Fabrik, und wenn man mich nur meine Eltern anrufen ließe, würde man schon sehen, daß alles nur ein Irrtum war. Ja, ich hätte gern ein Coke (ein richtiges Coke). Man ließ mich wissen, daß man mich am Nachmittag des kommenden Tages zu unserer Wohnung bringen würde, wo ich meine Sachen holen könne, ein paar Kleider, etwas zu essen, den Kassettenrecorder, Platten, alles was ich brauchte. Der Bezirksstaatsanwalt sagte außerdem, daß meine Zelle die einzige Unterkunft für Frauen war – ins Gefängnis kamen nur Prostituierte, die nie länger als fünfzehn Tage blieben –, deshalb gab es keine anderen Frauenzellen. Gewöhnlich warf man alle Prostituierten in eine Zelle und behandelte sie wie Tiere. Nein, zu essen gab es nichts, und jetzt Schluß mit der Fragerei. Ich schloß mit einer Unschuldsbeteuerung und wurde von den bewaffneten *federales* zurück zum Bus eskortiert. Um halb drei Uhr früh war ich wieder in meiner Zelle, schnappte mir meine Decke, breitete sie auf dem Boden aus, hörte die Wärter einander zurufen und die Nachrichten. Juanita wälzte sich im Schlaf herum, Tony und die anderen Klapsmüller schrien im Traum, ich war schmutzig und fror. Einen Augenblick lang erwog ich, Wasser im Eimer zu sammeln, entschied mich aber dagegen; es war zu dreckig. Die Sonne ging auf, aber ich konnte sie nicht sehen – die Tür führte nach Westen, nicht nach Osten. Um sechs Uhr früh stolperten vier Wärter über mich, um nach den Verrückten zu sehen; offenbar wurden die Gefangenen von sechs Uhr abends bis sechs Uhr früh eingeschlossen und konnten dann in den Innenhöfen herummarschieren. Die Hähne krähten ihr ›Ac-a-pul-cooooo‹, und ich hatte mich in meinem ganzen Leben noch nicht so miserabel gefühlt. Meine Füße waren dreckig, mein Leibchen stank, und meine Shorts hatten jede Form verloren.

Plötzlich tauchte ein Mann in Zivil an der Zellentür auf, begleitet von einem Wärter. Er war eindeutig Mexikaner, sprach aber perfekt englisch. Er sagte: »Susan, ich bin Ernesto Duran, Kalfaktor in diesem Gefängnis. Stellen Sie mir keine Fragen, ich habe keine Zeit zum Antworten, hören Sie nur zu: Ich komme später am Abend und bringe Ihnen Essen von Andrew – er sendet Ihnen liebe Grüße und sagt, daß alles gut ist oder wird. Ich werde eine Genehmigung besorgen, damit Sie später Ihre Eltern anrufen können. Die Verhandlung findet in zwei Tagen statt – weinen Sie nicht, machen Sie sich keine Sorgen, das ändert oder nützt nichts. Heute wird man Sie zu Ihrer Wohnung bringen, dort können Sie Ihre Sachen holen. Andrew sagt, Sie sollen mitbringen, was Sie können. Morgen kommt ein Anwalt von Andrews Leuten, er hat den Anruf vor kurzem erhalten.« Wie war die Nachricht so schnell nach L. A. gelangt? Sie mußten in der Wohnung angerufen haben, um sich zu erkundigen, wie die Dinge sich anließen, und von Mr. Cortezar alles erfahren haben. »So, passen Sie gut auf sich auf, ich bringe Ihnen heute abend eine Valium, machen Sie sich keine Sorgen.« Er ging, und ich fragte mich, was, zum Kuckuck, wohl ein Kalfaktor und wer der Anwalt war, und was ich meinen Eltern sagen sollte. Nie hätte ich geglaubt, daß mir ernsthaft etwas passieren könnte – ich gehörte zur Pepsi-Generation: frei, bunt und schön.

6

Der zweite Knasttag war die Hölle. Ich dachte immer noch, alles sei nur ein Traum, aber wir hatten jetzt halb neun Uhr morgens, und ich durfte eindeutig nicht weg. Offensichtlich wurden die Wärter alle zwölf Stunden abgelöst, eine Schicht dauerte von sechs Uhr früh bis sechs Uhr abends, die andere vom Abend bis zum Morgen. Ich hatte einen Tag lang nichts gegessen und spürte trotzdem keinen Hunger. In der Zelle war alles so leblos: die kalten Steine, das trübe Licht, die Gerüche. Juanita schlief weiterhin stumm auf dem schmierigen Boden zusammengerollt. Ich begann, auf und ab zu gehen, und dachte nach, wie ich mich beschäftigen konnte. Ich wollte mir die Niederlage noch nicht eingestehen, aber der Traum war eindeutig vorbei oder zumindest unterbrochen. Die Verzweiflung wurde meine einzige Gefährtin, so nahe und wirklich, wie Mr. Karma es in der Vergangenheit gewesen war. Verzweiflung, weil ich in einer Situation gefangen saß, auf die ich keinen Einfluß mehr hatte. Man muß in der Lage sein, mit dem Leben zu arbeiten, statt vom Leben verarbeitet zu werden. So weinten wir schließlich, die Verzweiflung und ich, und ich erinnere mich, viele Stunden geweint zu haben.

Der ältere Wärter öffnete kurz die Zellentür. Ich wäre gern weggelaufen, aber Weglaufen war nutzlos. La Paz ist wie eine Insel, auf drei Seiten von Wasser umgeben, mit Tijuana an seiner Nordgrenze. Und wo konnte ich hin? Der alte Wärter setzte sich auf die Bettkante und bot mir sein Taschentuch an. Dann kramte er in seiner Brieftasche und zog einen Zeitungsartikel hervor, einen sehr langen Artikel, und ich betrachtete mir die Fotos, von denen mir mein eigenes Gesicht entgegenstarrte. Es war die Geschichte von Andrew, Ted und mir und sollte mich aufmuntern, mir zeigen, daß ich in die Zeitungen gekommen war. Doch ich weinte noch mehr. Der alte Wärter lachte leise, ob nun aus Unbehagen oder Boshaftigkeit, erfuhr ich nie. Ich konnte mir aber denken, daß auch er einmal die Verzweiflung kennengelernt hatte. Er verließ meine Zelle, und ich blieb weinend auf dem Boden sitzen, mehrere Stunden lang. Fast hatte ich mich in den Schlaf geweint, da blickte ich auf und sah einen sehr schmutzigen jungen Mann dastehen und mich anstarren. Ich war zu schwach, um so aggressiv zu reagieren wie noch vor zwei Tagen. Statt dessen bestaunte ich die Sanftheit seines Lächelns und die Schmiere an seinen Händen und Kleidern: er war offenbar Mechaniker. Er lächelte mir erneut zu und bedeutete mir mit einer brüsken Handbewegung (obwohl er seine echte Besorgtheit damit nicht verbergen konnte), ich solle mir die Tränen abwischen. Er nannte mich Susana, also mußte er im Radio von mir gehört haben. Aus seiner Hüfttasche zog er zwei Mangofrüchte, die er mir durch die Gitterstäbe zusteckte. Warum, fragte ich mich, interessiert er sich für mich, wenn er kein Sensationshungriger oder Polizist ist? Dann schaute er sich nach den Wärtern um und zog ein kleines Kreuz, aus der Schale eines Meerohrs geschnitzt, aus seiner Brusttasche. Er versuchte, es mir zu geben, aber ich wußte nicht, was ich damit sollte. »*Jesús Cristo, Jesús Cristo*«, wiederholte er immer wieder, und ich verstand, daß er seinen Gott mit mir teilen und mir irgendwie helfen wollte. Ich nahm ihm das Kreuz aus den Händen, er lächelte einfach immer weiter; dann drehte er sich um, sah den alten Wärter nahen und verschwand rasch. Für den Rest meiner Haft kam er danach immer frühmorgens und wurde mit dem Obst, mit Eis und dem Glauben, die er mitbrachte, zu einem Teil meines Tageslaufes. Später brachte er noch Mutter und Vater mit, sehr arme Leute, damit sie versuchten, mir mit Tortillas und Religion zu helfen. Die armen Mexikaner sind bei weitem das freundlichste und zärtlichste Volk, das ich je kennengelernt habe. Sie haben unbegrenztes Mitgefühl mit den Getretenen und den Pechvögeln, und ich war der Pechvogel der Saison. Vor der Verhaftung hatte ich sechs Wochen lang mit Andrew in La Paz gewohnt und mir nie die Mühe gemacht, auch nur einen Menschen kennenzulernen; wir hatten immer nur in unserer eigenen kleinen Welt gelebt. Die Türen zu dieser Welt sollten sich jetzt öffnen und neue Menschen einlassen; mir waren sie vorher einfach entgangen.

Mir war so viel entgangen. An manchen Tagen, wenn die Niedergeschlagenheit übermächtig wurde und ich sie nicht zu überwinden vermochte, wurde meine Freude am Leben durch eine Mango von Tommy wiederbelebt oder von einem mitfühlenden Scherz, den ich nur halb verstand. Auf irgendeine Weise drangen diese Leute direkt zum Kern des Lebens vor, wichen der offenkundigen Verzweiflung einer Situation aus. Wahrscheinlich deshalb, weil sie einen so großen Teil ihres Lebens in Verzweiflung verbrachten: Verzweiflung, weil sie kein Geld hatten, um ihre Kinder auf höhere Schulen zu schicken oder sie auch nur zu ernähren, Verzweiflung, weil sie niemals frei über ihre Regierung sprechen konnten. Vielen meiner amerikanischen Freunde war über der Anstrengung, politisch zu sein, die Tatsache entgangen, daß es in unserem Land jene Art von Verzweiflung, die in so vielen anderen Ländern existiert, nicht gibt. Wir waren eine verwöhnte Generation, die immer nur genommen hatte. Die Armen Mexikos besaßen Respekt vor dem Leben und die Fähigkeit, Freude selbst an den profansten Ereignissen und Gesprächen zu empfinden. Ihre Freude am Essen, an einem guten Witz, am Regen ließ ihre verzweifelten Geldsorgen in den Hintergrund treten. Sie hatten gelernt, Freude dort zu finden, wo es für viele andere nur Langeweile gab. Wichtiger noch: sie hatten gelernt, ihre Freude zu teilen. Wie konnte mir das bisher entgangen sein? Ich war eben viel zu sehr mit Nehmen befaßt gewesen. Als genußsüchtige Tochter der Sechziger Jahre hatte ich mir nie die Zeit dazu genommen.

Ich konnte die Botschaft, die der Junge mir gebracht hatte, nicht sofort ganz ermessen, denn ungefähr fünfzehn Minuten nach dem Besuch, als ich auf dem kühlen Boden saß, die Mangos vertilgte und mir die Finger an meinen Shorts abwischte, ging die Zellentür auf und der Bezirksstaatsanwalt stand da, die Hände in die Hüften gestützt. »Sie müssen mehr essen, Susana.« (Warum frißt du keinen Dreck?) »Sie dürfen auf keinen Fall das Wasser aus der Toilette trinken, davon werden Sie krank. Ich kann nicht hineinkommen – es stinkt zu sehr. Kommen Sie heraus, hierher unter diesen kleinen Baum. Sie werden jetzt im Auto zu Ihrer Wohnung gebracht, damit Sie Ihre Sachen abholen können. Juanita, die Verrückte in der Toilette, ist harmlos, sie wurde von ihrem eigenen Vater vergewaltigt. Beeilen Sie sich jetzt, Susana.« Wieder schlug mir die heiße Luft entgegen, als ich hinausrannte. Unter dem schönen, blühenden Baum warteten zwei *federales* mit Maschinenpistolen auf mich. Sie tippten an ihre Sombreros, ich tippte mir mit dem Finger an die Nase, von wegen, ihr Schlaumeier; das entging ihnen jedoch. Der Bezirksstaatsanwalt sah in seinem frisch gebügelten Hemd sehr sauber aus. Die beiden *federales* rochen nach Seife und Lavendelwasser, nur ich roch nach Urin und Tränen. Eines muß ich der Baja-Brigade lassen, sie war peinlich sauber. Mag sein, daß es an der großen Hitze lag, wenn sie empfindlicher für Gerüche waren. Nicht einer dieser Männer kam jemals in meine Zelle, der Gestank war einfach zu viel für sie. Das sagt einiges über das mexikanische Strafvollzugssystem aus. Für den Mexikaner ist die Frau ein Besitzstück, das ins Haus gehört, um zu kochen, zu putzen und die Kinder zu versorgen; wenn sie eine Prostituierte ist, tja, dann wird sie eben nicht mehr als Frau angesehen, denn mit dem Respekt verschwindet die menschenwürdige Behandlung. Die Haftbedingungen für Prostituierte waren danach. Der Bezirksstaatsanwalt sagte: »Oh, Susana, wenn Ihre Mutter und Ihr Vater jetzt ihre älteste Tochter sehen könnten, wie würden sie sich schämen.«

Ich hatte erst weniger als vierundzwanzig Stunden im Gefängnis verbracht, aber der Schock des Tageslichts war überwältigend. Wir fuhren im Wagen des Bezirksstaatsanwalts, meine Schenkel klebten an den Kunststoff-Sitzbezügen. Ich begann mich zu fragen, ob die FBI-Männer wirklich meine Eltern verständigt hatten. Lieber wäre ich fünf Jahre lang im Gefängnis geblieben, als meinen Eltern gegenüberzutreten; jetzt, da ich zum zweitenmal und sehr viel ernsthafter erwischt worden war, fühlte ich mich sehr erniedrigt.

Als wir bei der Wohnung vorfuhren, stöhnte ich innerlich auf: die Türen waren mit Brettern vernagelt, ebenso die Fenster. Wir stiegen die Treppe hoch: ich, der Bezirksstaatsanwalt und die Polizisten. Die Wohnung war als mein früheres Heim nicht mehr wiederzuerkennen. Alles lag auf dem Boden – Geschirr, Kleider, Papiere, Songs, mein Herz, meine Lügen, meine Hoffnungen. Ich wußte wirklich nicht, wo ich anfangen und was ich mitnehmen sollte. Ich wollte duschen, aber der Bezirksstaatsanwalt verbot es mir. Also sammelte ich zuerst meine Unterwäsche ein, zum Erstaunen der beiden kichernden *federales* – was ist, habt ihr noch nie Schlüpfer mit amerikanischem Flaggenmotiv gesehen? Da ich nicht viel nach La Paz mitgebracht hatte, stopfte ich alles in eine Tasche, holte dann Andrews Kleider und packte sie in seinen Koffer. Teds Anzug mit Weste würde in der Zelle ein Hit sein; er kam in sein Bordcase.

Besonders grotesk erschien mir mein Gang ins Bad. Dort stand ich und sammelte Elizabeth-Arden-Reinigungsmilch, Feuchtigkeitscreme, Parfüm, Rasierer ein und, wie der Staatsanwalt vorschlug, auch Tampax. Dann machte ich ihnen die Tür vor der Nase zu und setzte mich auf die Toilette – das sauberste Ding, das ich seit langer Zeit gesehen hatte. Kaum hatte ich angefangen, als ich den Staatsanwalt schreien hörte: »Kein Selbstmord, Susana!« Ich gab zurück: »Ich will nur mal...« Na, was wäre jetzt eine damenhafte Definition gewesen?

Als ich wieder herauskam, waren alle erleichtert, und ich sammelte ungefähr zwanzig Kassetten ein – Joni Mitchell, James Taylor, Jackson Brown und Roberta Flack. Außerdem meine Blockflöte und Andrews Gitarre. Der Staatsanwalt meinte, ich sollte auch alles von den Wänden nehmen; als hätten Mandorlas zum Spinnweb-Dekor in meiner Zelle gepaßt! Er konnte nicht wissen, daß das Krischna-Orchester ursprünglich mit einer anderen Haschisch-Sendung gekommen war – das war der Witz, den wir uns über ihn machten. Außerdem nahm ich Tassen, Messer, Gabeln und Teppiche mit – auch die Mexikaner führen alle ihre Habseligkeiten bei sich, wohin sie auch gehen. Der Obstsalat von vorgestern stand verdorben auf dem Tisch. Wir verließen die Wohnung, und ich sah mich noch einmal um: ein Adieu für vergangene trügerische Träume.

Im Gefängnis mußten meine Päckchen erst mal vom *alcaide*, dem Direktor der Strafanstalt, durchsucht werden. Ich wurde in ein Büro eskortiert, so groß wie der Warteraum eines Krankenhauses, was es auch gewesen war, als das Gebäude noch ein Krankenhaus beherbergte. Ich sah ein Telefon und dahinter einen kleinen Tisch, eine Tür, die ins Büro des *comandante* führte. Seine Ausstrahlung hing drohend in der Luft. Ich verstand das nicht: Wenn er nicht der Direktor war, was war dann eigentlich ein *comandante*?

Wie sich herausstellte, war der Direktor ein alter Mann von etwa fünfundsechzig, mit einem kleinen, runzligen Gesicht, einem kleinen, runzligen Sombrero und dem schlimmsten Körpergeruch, dem ich je bei einem menschlichen Wesen begegnet war. Normalerweise stören mich solche Dinge nicht, aber dieser kleine Mann mit der starken Schnapsfahne und dem Zwinkern in den versoffenen Augen stank einfach. Da er außerdem nicht englisch sprach, war unsere Unterhaltung beschränkt. Er nahm Andrews und Teds Sachen und klopfte dem diensthabenden Wärter auf den Rücken. Das Gefängnis kam mir riesig vor, ich konnte nicht sagen, wo die Männer saßen. Später erklärte mir Andrew, daß sie in der ersten Woche in einem großen, allgemeinen ›Loch‹ gehalten wurden, gemeinsam mit dreißig Säufern, ohne sanitäre Einrichtungen. Später wurden sie in kleinere Zellen verlegt. Wie auch immer, der Wärter nahm alle Sachen, zwinkerte, der Direktor kicherte, der Staatsanwalt seufzte, und ich wurde in meine Zelle zurückgebracht. Wo kam meine Habe hin?

Die Zelle stank, ich spürte Übelkeit in mir aufsteigen, merkte aber, daß ich mich nicht einmal erbrechen konnte, weil ich nicht in die Toilette wollte. Ich war so müde. Allerdings hatte ich es fertiggebracht, ein Notizbuch, die *joints* und Mandrax in der Wohnung heimlich in meiner Handtasche verschwinden zu lassen. Von den Mexikanern wurde ich nie richtig durchsucht.

Ich muß mehr denn je gesponnen haben, als ich auf der Decke auf dem Boden saß und zusah, wie die Sonne hinter meinem adoptierten Baum unterging, Andrew einen Liebesbrief schrieb und mir ab und zu heimlich einen Zug aus dem *joint* genehmigte, dem Inbegriff der Selbstzerstörung und des Verlustes aller Werte. Wenn man mich erwischt hätte, säße ich heute noch dort: meine Verteidigung basierte darauf, daß ich Rauschgift noch nie gesehen hatte. Als es auf sechs Uhr abends zuging, sah ich durch meinen Rausch Ernesto Duran auf mich zukommen. Mein Herz begann zu flattern, ich fing an zu zittern. Er aber beruhigte mich: »Susan, dieser Wärter hier versteht etwas englisch; in ein paar Minuten werden sie dich abholen, damit du deine Eltern anrufst. Auch José Cortezar ist im Gefängnis, aber nicht in einer Zelle, er schläft im Büro des Direktors, weil er verhört werden soll. Er schickt dir bald etwas zu essen. Ich werde dir eine Valium ins Essen tun, heute abend gibt's Fischsandwich. Als Kalfaktor genieße ich hier Vertrauen und bin deshalb verantwortlich für die Ausgabe von Arzneimitteln an die Gefangenen und fürs Dolmetschen; zudem kann ich mit einem Wärter in die Stadt gehen, um Lebensmittel und so weiter zu kaufen. Unterbrich mich nicht. Andrew läßt dich grüßen, sie haben ihre Sachen bekommen und danken dir. Du bekommst deine morgen, allerdings nicht die Gabel, das Messer und die Pinzette, weil diese Idioten befürchten, daß du einen Selbstmordversuch unternehmen könntest. Morgen kommt ein Anwalt für Andrew, du wirst Andrew und Ted sehen können, wenn er hier ist. Die beiden schmieren den Direktor. Andrew meint, du sollst deinen Leuten sagen, daß du alle Hilfe brauchst, die du nur bekommen kannst. Jetzt muß ich gehen.« Ich bat ihn, Andrew meinen Brief zu bringen, was er auch tat. So begann unser Nachrichtenaustausch. Es war sehr eigenartig, ihn als Freund zu haben, und ich traute ihm nie. Er war in zu viele Ärsche gekrochen, um Kalfaktor zu werden, und würde das auch weiterhin tun. Man konnte nie sagen, was oder wen er verraten würde, um sich zu nützen. Und er machte uns dauernd Anträge, entweder Andrew oder mir – wenn ein Typ in dieser Beziehung nicht weiß, was er will, wer kann ihm dann trauen?

Auf jeden Fall kamen die Dinge in Bewegung. Die Wärter wurden abgelöst, und Billy, der junge Wärter, brachte meine Kleider und

Habseligkeiten. Ich beschloß, die Mandorlas an die Wände zu hängen, und stellte das Krischna-Orchester auf den Tisch. Ich hatte Putzmittel mitgebracht und schrubbte stundenlang Wände und Boden, wobei Juanita abwechselnd lachte und schlief. Ich kippte Lysol auf den Boden, in die sogenannte Toilette, auf die Wandbretter. Ich rollte meinen Schlafsack auf dem Bett aus, damit ich vor Ratten sicher war und mehrere Schutzschichten zwischen mir und den Läusen hatte. Außerdem besaß ich jetzt Kerzen und Bücher, die ich neben dem Bett aufbaute. Alle meine Toilettensachen kamen in einen Strohkorb auf dem Tisch. Später am Abend wollte ich mich an Juanitas Reinigungsritual beteiligen. Andrew hatte mir den Kassettenrecorder gelassen, und ich beschloß, Jackson Brown aufzulegen. Doch als ich ihn gerade angeschaltet hatte, kamen mich die Wärter holen. Wahrscheinlich sollte ich meine Eltern anrufen. Ich war sehr nervös und hoffte, daß Juanita nichts anrühren würde.

Barfuß und fröstelnd trat ich in die Nachtluft hinaus, die jetzt kühler war; meine Hände rochen nach Lysol, auch hatte ich einen Lappen in meine Shorts gesteckt. Die Luft, die frische Luft gaukelte mir höhnisch das Leben vor, das ich bereits so sehr vermißte. Das Büro war inzwischen leer, und ich sah, wie Ernesto durch eine Tür gebracht wurde, die offensichtlich zu seiner Zelle führte. Er deutete auf einen Teller, auf dem ich mein Fischsandwich sah. Ich würde Kleinholz aus ihm machen, wenn irgend jemand das Valium entdeckte, das er hineingetan hatte, aber was konnte ich denn schon dagegen unternehmen. Besser, ich überwand diese nutzlose Feindseligkeit. Niemand im Büro sprach englisch. Die Wärter deuteten auf das Telefon, und ich wählte gut zehn Minuten lang das Fernamt an, betete, daß die Leitungen heute frei waren. Pittsburgh schien so weit entfernt zu sein; ich konnte mir meine Eltern vorstellen, milde und sanft, dazu Little Bit, meine jüngere Schwester, mit ihrem langen schwarzen Haar und dem perfekten Schulspanisch. Jetzt saßen sie wohl im Wohnzimmer und sahen zu, wie Patches, der achtjährige Pudel, auf dem Orientteppich spielte; Anni, das Dienstmädchen, servierte ihnen Kaffee. Heute war Little Bits Geburtstag – alles Gute von deiner großen Schwester. Plötzlich: »Hallo?« – »Hallo, ich habe ein R-Gespräch für Sie, von Susana.« – »Ja, Fräulein«, sagte meine Mutter, »wir übernehmen die Gebühren.« Und dann ich, die ich so verdammt schwitzte: »Hallo, Mutter, kannst du mich hören?« – »Ja, Susan.« – »Mutter, ist Daddy am anderen Apparat?« Little Bit maulte im Hintergrund: »Immer muß sie mir meinen Geburtstag verderben.« Wieder Mutter: »Ja, Susan, dein Vater ist hier.« Sie war so kurz angebunden, ich hatte gemischte Gefühle, verstand ihren Zorn, verlangte aber Mitgefühl. »Mutter, hat der FBI-Mann angerufen?« – »Ja, Susan«, sagte mein Vater (mein Gott, Daddy, ich hab dich so lieb). »Er hat heute früh angerufen.« – »Oh, Daddy, seid ihr böse auf mich?« – »Susan«, erklärte meine Mutter, »du bringst dich um und versuchst obendrein, uns mithineinzuziehen.« – »Mutter, bitte, nicht jetzt.« – »Susan«, sagte mein Vater, »der FBI-Mann hat berichtet, daß du in einer ganz bösen Geschichte steckst. Wir werden versuchen, dir zu helfen.« – »Du wirst deinen Vater noch ins Grab bringen, Susan.« Mein Vater: »Susan, wir wissen nicht, was wir tun sollen, aber wir versuchen, hier einen Freund zu erreichen. Er hat dort unten einen sehr einflußreichen Freund, der Manuel heißt. Wir kommen hinunter zu dir, aber du hast dir eine unmögliche Zeit ausgesucht, um dich erwischen zu lassen. Mexiko hat gestern von den Vereinigten Staaten fünfundsechzig Millionen Dollar für die Bekämpfung des Rauschgifthandels erhalten. Es ist die ungünstigste Zeit, aber...« Meine Mutter: »Susan, war dir denn Israel keine Lehre?« (Mutter, hätte ich am liebsten gebrüllt, weshalb hälst du nicht den Mund, hier unten darf kein Mensch wissen, daß ich schon mal erwischt worden bin.) Statt dessen sagte ich: »Bitte, Mutter, jetzt haben wir keine Zeit für so etwas. Wann kommt ihr? Übermorgen ist meine Verhandlung.« Mein Vater: »Wir haben hier Wochenende und Heldengedenktag« (Junge, kam mir das weit entfernt vor), »die Banken sind geschlossen, wir müssen uns das Geld leihen. Nimm dir auf jeden Fall noch keinen Anwalt, Susan. Wer sind diese Gangster, mit denen du zusammen warst? Das FBI sagt, es wären ziemlich finstere Typen.« – »Ach, Daddy, nur Andrew und...« Die Verbindung brach ab, wie in La Paz so oft. Wenigstens kamen sie runter – mein Gott, gib mir die Kraft, ihnen unter die Augen zu treten. Ich schwitzte, als wäre ich gerade drei Meilen gerannt, und hatte einen Bärenhunger; der Wärter gab mir mein Abendessen zurück, das ich auf dem Rückweg zur Zelle aß, wobei ich das Valium vergaß, das ich zusammen mit dem Essen hinunterschlang.

Ich betrat meine Zelle – sie war stockfinster, und ich erstarrte. Ich fand Streichhölzer und zündete meine Kerzen an, die verdammte Zelle sah jetzt aus wie ein Mausoleum mit indischen und tibetanischen Wandbehängen und diesem Krischna-Orchester – oh, spielt ein Lied für mich! Juanita wachte gerade auf, um ihre üblichen Waschungen zu veranstalten. Sie begann zu singen und zu tanzen, schwebte mit schwingenden Brüsten hinaus in die Zelle, kratzte sich ihr verlaustes

Haar. Sie blieb wie angewurzelt stehen und schrie auf, als sie die Kerzen und meine säuberlich aufgebauten Sachen sah. Auch ich stand nackt da, nur mit einem riesigen Badetuch bekleidet. Immer wieder sagte sie ein Wort, das, wie ich später herausfand, ›Kirche‹ bedeutete. Für mich sah die Zelle wie ein Mausoleum aus, für sie wie eine Kirche. Ich hatte ein Stück Seife und einen Waschlappen in der einen, ein Paket Waschmittel und meine schmutzigen Kleider in der anderen Hand. Sie verstand, daß auch ich sauber sein wollte, und ein Lächeln, das gelbe Zahnstummel sichtbar werden ließ, breitete sich auf ihrem Gesicht aus. Sie nahm mich beim Arm, führte mich in die Toilette, und ich begann mit ihr zu singen, la-la-la in irgendeiner Sprache. Wir warteten gemeinsam, derweil die Wassertropfen erst langsam, dann rascher in den Eimer fielen. Schließlich nahm sie den Eimer und goß das Wasser über mich – es war eiskalt, ich kreischte auf, grapschte mir aber Waschlappen und Seife und tat mein Bestes. Sie schaute mir zu und pickte sich emsig die Läuse aus den Haaren. Den nächsten Eimer voll eiskaltem Wasser ließ ich über mein Haar laufen, um die Seife herauszuspülen. Ich schnatterte vor Kälte, sang aber weiter, während Juanita wartete, daß ich in dem Ritual fortfuhr. Ich fing das Wasser im Eimer auf, schüttete es über sie und dachte die ganze Zeit dabei, in L. A. glaubt mir das kein Mensch. Die Toilette stank wie verrückt, und je mehr wir froren, desto lauter sangen wir. Mag sein, daß Juanita gar nicht so verrückt war. Dann spülte ich sie ab, schnappte mir mein Badetuch von der Wäscheleine und trocknete mich ab, während sie sich mit ihrem Kleid abtrocknete. Ich wartete, bis etwas mehr Wasser in den Eimer getropft war, gab ein wenig Waschpulver dazu, warf meine Kleider hinein und beschloß, sie über Nacht weichen zu lassen. Jetzt fühlte ich mich eindeutig sauberer und zog ein riesiges Hemd von Andrew und ein Paar Jeans an. Mittlerweile hatte ich rund sieben Pfund abgenommen, die Jeans schlabberten an mir herum. Mein Haar war klatschnaß, aber es gab keine Möglichkeit, es zu trocknen. Ich hechtete in meinen Schlafsack und beschloß, Teile von ›Narziß und Goldmund‹ noch einmal zu lesen. Nach sieben Seiten schlief ich ein. Um sechs Uhr früh wachte ich mit steifem Nacken und klappernd vor Kälte auf, vier Wärter starrten die neu dekorierte Zelle an und mich in meinem Schlafsack. Mein dritter Tag im Gefängnis war angebrochen und sollte sich als der merkwürdigste von allen erweisen.

Den ganzen Morgen über fühlte ich mich schlecht – mein Haar war noch immer feucht, und im Schlafsack war es sehr heiß gewesen, so daß ich zugleich geschwitzt und gefroren hatte. Trotzdem hatte ich so gut geschlafen, daß ich beim Erwachen ganz fest angenommen hatte, mit Andrew im Bett zu liegen – nicht auf uralten Sprungfedern mit Spinnen, Gestank und Gitterstäben. Ich versuchte zu trainieren oder zu lesen, hatte aber für beides nicht die Kraft; nahm mir jedoch ein Buch vor, das ich in der Wohnung angefangen hatte. Vor Monaten hatte es mir jemand in L. A. gegeben, und ich hatte mich endlich darangemacht. Es war kein sehr bekanntes Buch. Es hieß *The Ultimate Frontier* und behandelte Themen wie Karma, Wiedergeburt, Yoga, höhere Bewußtseinsebenen und die Fähigkeit, sich diese Bewußtseinsebenen selbst unter widrigen Umständen zu bewahren. Ich hatte mich seit Jerusalem für Spiritualismus interessiert, glaubte an viele Dinge jedoch nur, weil es als schick und irre galt. Die Jahre intellektueller Studien hatten mich zu den halluzinogenen Studien des irren LSD-Gottes geführt, der verborgenen Kräfte, die man nur verstehen konnte, wenn man Eingeweihter eines Geheimkults war. Diese Studien wurden vornehmlich in L. A. betrieben, wo jeder zu den Erwählten zählen wollte. Deshalb gründete man Sekten. Diese Phantasien von den geheimen Kräften waren jedoch kaum realer als das Geld, das ich mir aus Drogen erhofft hatte. Ein guter Teil meines persönlichen Interesses hatte in L. A. einem faulen Spiritualismus gegolten, der predigte, daß der Rausch ein Weg zu Gott sei. Seine Bücher handelten von Leuten, die herausfanden, daß sie in Wirklichkeit König David waren, sehr ähnlich meinen drogen-verwirrten Visionen, am Strand von Acapulco Kleopatra zu sein. Diese Bekräftigungen eines von außen kommenden Spiritualismus dienten vorwiegend zur Unterstützung jener, die selbst keinen Geist hatten, Gott ohne Drama oder Melodrama nicht finden konnten. Diese Leute gingen auf gigantische Ego-Trips und erwarteten, daß man ihnen die Bäuche pinselte. All das hatte mit Beziehungen zu tun, die mit dem Spektralreflex auf einem Toaster begannen. Wenn man ein verzweifelt suchendes menschliches Wesen ist, sucht man eben in allem und überall nach Seelenfrieden. Ich hatte immer außerhalb meiner selbst danach gesucht, jetzt aber begann ich langsam einzusehen, daß ich mir selbst helfen mußte. Wenn ich glaubte, die Reinkarnation einer anderen Person zu sein – na und? Das half mir auch nicht aus dem Knast. Es wurde langsam Zeit, daß ich begriff, weshalb ich hier war und wie es kam, daß die Idole meiner Generation mir nicht halfen. Ich hatte nur mich selbst.

Mit diesen Gedanken im Kopf versuchte ich, alle Geräusche und Probleme abzublocken. Ich ließ das Gefängnis, die Verzweiflung und mich selbst zurück und brachte meinen Geist in absolute Stille. Ich hatte das Gefühl, neben meinem Ich in einer klaren, kühlen Welt der Gedanken zu treiben – ähnlich der Meditation, die in all den Büchern beschrieben worden war, die ich selbst aber nie für erforderlich gehalten hatte. Ich muß mindestens eine Stunde so dagesessen und den ersten Seelen- oder Körperfrieden seit drei Tagen genossen haben, aber ich wurde wie üblich unterbrochen. Diesmal von Duran, der es recht sanft tat, da er Privatsphäre und Stille ein wenig respektierte. Er verkündete: »Entschuldige, Susana, der Anwalt aus L. A. ist bei Andrew und Ted und wartet in der Halle auf dich – beeil' dich und zieh' dich um, Mädchen.« Mir blieb jedoch keine Zeit, weder meine Kleider noch meine Stimmung zu wechseln, denn die Wärter waren schon da. Ich hatte Andrew seit drei Tagen nicht gesehen. Sie führten mich barfüßig, im T-Shirt und mit herunterhängenden Haaren ins eigentliche Gefängnis; dort auf den Bänken erspähte ich Andrew mit Ted und einem anderen Mann – offenbar unserem Anwalt. Einen Augenblick sah ich nichts außer Andrew, stürzte in seine Arme, wir weinten, er sah so dünn aus und sagte mir, daß auch ich so aussähe, versprach mir, daß es für uns nur noch eine kleine Farm auf dem Land geben würde, wenn wir erst rauskamen. Wir wußten beide, daß es eine Illusion war. Ich war so gerührt, daß ich sogar Ted umarmte. Angst und Kummer hatten ihn voll erwischt, er hielt sich nur halb so gut wie Andrew. Unsere Zeit war knapp; der Direktor war mit zwei Flaschen Rum bestochen worden, damit wir uns vor der Verhandlung besprechen konnten. Alle Wärter waren verschwunden.

Es ging sehr merkwürdig zu in dieser Vorhalle. William Laughlin, offiziell der Anwalt der sogenannten Immobilienfirma in L. A., wurde mir vorgestellt. Die dicken Boys hatten ihn geschickt – jene, die Ted mit Geld und Kontakten versorgten; sie waren sehr professionell und hielten zweimal im Jahr in Kanada Konferenzen ab. Ich lernte sie nie kennen, erfuhr auch ihre Namen nicht und bin jetzt sehr froh darüber. William hatte gangstermäßige Untertöne, war groß, bärtig, sah nichtssagend und arg schick aus in seinem leichten Anzug und der gepunkteten Krawatte. Andrew flüsterte mir zu, daß er in Mexiko bisher drei Leute aus dem Gefängnis geholt hatte; einer davon hatte in Hermosillo wegen Mordes gesessen. William hatte bis zum Besuchstag gewartet, ihn dann als Frau verkleidet und am hellichten Tag aus dem Gefängnis geschmuggelt. William nahm uns unter seine Fittiche, erzählte uns, daß er vergangene Nacht mit zehntausend Dollar angekommen war. Er hatte den Kanzleivorsteher des Richters besucht, um ihn zu kaufen, aber La Paz war eine anständige Stadt. Der Richter war sehr auf sein Image in der Öffentlichkeit bedacht, und es war ausgesprochen unwahrscheinlich, daß er den größten Knüller seit der Tijuana-Straße einfach sausen ließ. Da amerikanische Anwälte hier nicht praktizieren konnten, würde William mit einem Mr. Gonzales zusammenarbeiten – dem einzigen der vier Anwälte in La Paz, der weder soff noch zu alt war. Morgen würden wir ihn sehen. William sagte: »Vor allem merkt euch, daß ihr nichts wißt. Es gibt hier kein Kammer- oder Schöffengericht, nur einen Bundesrichter. Er allein entscheidet über Schuld oder Unschuld und anschließend über die Strafe. Nach der Verhandlung kann er sich mit der Urteilsverkündung ein Jahr Zeit lassen, sofern der Fall nicht für eine Berufungsverhandlung in Hermosillo in Frage kommt. Solange eure Unschuld nicht bewiesen ist, seid ihr schuldig. Die Verhandlung muß spätestens zweiundsiebzig Stunden nach dem Verhör stattfinden, diese Zeit ist morgen früh abgelaufen. Die Anklagepunkte sind bei euch allen gleich: Erwerb, Transport, Einfuhr und Besitz von zweihundertfünfzig Kilo Haschisch. Die Höchststrafe dafür beträgt siebenundzwanzig Jahre.« Mich überlief es heiß und kalt, Ted wurde noch eine Schattierung grüner. »Es besteht jedoch kein Grund zu der Annahme, daß sie Ted und Susan nach übermorgen noch weiter festhalten werden.« (Mein Gott, Andrew, du mußte alles auf dich nehmen.) »Solltet ihr jedoch schuldig gesprochen werden, müssen Gonzales und ich eine Verteidigung ausarbeiten und in die Berufung gehen. Heute braucht ihr euch nicht aufzuregen. Ich werde in der Stadt alles kaufen, was ihr braucht, und euch aus einem Restaurant ein gutes Abendessen mitbringen. Susan, hast du ein Kleid, das du vor Gericht tragen kannst?« Ich mußte mich erst an diese Realität erinnern. »Nein, ich hab' keins.« William wollte mir eins kaufen, hatte aber eigentlich nicht die Zeit dazu, und ich konnte doch auch kein Kleid nehmen, das ich nicht vorher anprobiert hatte.

Ernesto Duran schlich herum, und Andrew rief ihn herbei. Ernesto lachte, als Andrew ihm von unserem vermeintlichen Problem erzählte. Er sagte, ich brauchte mir keine Sorgen zu machen. »Chino wird sich darum kümmern.« Chino war, wie sich herausstellte, der Anstaltsschneider. »Ich gehe ihn holen.« Anstaltsschneider? Da erklärte Andrew mir, wie sehr dieses Gefängnis sich von unseren in den Staaten unterschied. Die Männer hatten Einzelzellen oder lebten zu viert in einem Raum. Ihre Zellen waren zwischen sechs Uhr abends und sechs Uhr früh abgeschlossen und wurden dann zum Innenhof hin geöffnet; dort konnten sie den ganzen Tag Basketball spielen, herumlungern, an den Schalen von Meerohren schnitzen, mit Silber oder Gold arbeiten. Ein Insasse wusch für alle Gefangenen die Wäsche, und Chino schneiderte für die Gefangenen, das Anstaltspersonal und auch für die Leute in der Stadt. Es war zwar sehr merkwürdig, aber praktisch.

Chino wurde durch die Tür eskortiert, die zum Innenhof führte, ein sagenhafter Typ, halb Chinese, halb Mexikaner. Wie Ernesto uns sagte, hatte er im Gefängnis seine eigene Nähmaschine und war Kalfaktor wie Duran. Er versorgte die zehn *federales* und den *comandante* mit Garderobe, und diese Männer waren immer makellos gekleidet. Außerdem nähte er für die Majore der Armee, den Richter und die wohlhabenderen Frauen und Kinder der Stadt. Zu diesem Behufe wurde er höchstpersönlich zu den Kunden gefahren. Jetzt trat er mit ungefähr zehn Stoffmustern und einem breiten Grinsen in die Empfangshalle. Er nahm lässig meine Maße, und Ernesto übersetzte, als Chino mir erklärte, daß das Kleid Epauletten, Goldknöpfe und zwei Taschen haben würde. Als Farbe suchte ich mir ein kräftiges Pink aus. Das war einfach der Gipfel, ein Schneider im Knast, wie direkt aus ›Dr. Fu Manchu‹ (schon wieder so ein beschissener Film). Sehr früh am Morgen würde er zur Anprobe in meine Zelle kommen. Laughlin zahlte, und Chino wurde weggebracht. Dann fragte mich der Rechtsverdreher, ob ich einen BH hätte (Pest, nein). Die drei, einschließlich Andrews, beschlossen, daß ich mir Heftpflaster auf die Brustwarzen kleben sollte, um den Richter nicht aufzureizen.

Unsere Zeit war fast abgelaufen, ich hielt mich an Andrew fest, der Tränen in den Augen hatte. Wir sagten Laughlin, daß wir Toilettenpapier, Zahnpasta, destilliertes Wasser, Kopfkissen und ein Nachthemd für mich brauchten, die Liste war endlos – und schien so sinnlos, da doch alle so sicher waren, daß ich morgen herauskam. Der Direktor kehrte zurück, gab uns mit einer Geste zu verstehen, daß es Zeit zum Gehen war, halb vier, und William versprach, uns abends gutes Essen zu schicken; er sorgte dafür, daß Andrew und Ted von nun an durch den Küchenchef Louis mein Essen dann hinüberschicken lassen würden, wenn ihre Mahlzeit serviert wurde. Es gab so viele neue Informationen zu verarbeiten: ein Gefängnis mit Küchenchef und *haute couture,* ein Direktor, der mit Whisky bestochen werden konnte, ein neues Kleid, ein ziemlich verdächtiger Anwalt und mein Leben – welchen Weg nahm es? Ich gab mir Mühe, die Muntere für Andrew zu spielen, der sich seinerseits Mühe gab, den Munteren für mich zu spielen und uns nicht zu hassen um der Liebe Gottes willen, der sowieso alle Antworten wußte. Ich sagte Andrew, wir könnten ein System arrangieren, Briefe mit Ernesto hin- und herschicken – dem auch er nicht ganz traute. Er sagte mir, ich sollte den Kassettenrecorder laufen lassen und nicht weinen. Ich fühlte mich so ungezwungen, wenn ich mit ihm zusammen war, konnte nicht glauben, daß sie mich wegbrachten. »Oh, Andrew!« schrie ich, alles drehte sich um und guckte, Laughlin schüttelte den Kopf. »Andrew, ich hab dich lieb, laß nicht zu, daß sie uns kriegen.« Weinend wurde ich von dem alten Wärter weggeführt, der den Kopf schüttelte und versuchte, mir an den Hintern zu fassen – primitiv. Andererseits, wer war ich eigentlich, daß ich einen Strich zwischen Hoch und Niedrig ziehen wollte? Ist ein Rauschgiftschmuggler kriminell? Wenn ich es geraucht hatte, mußte irgendwer es doch bringen, oder? Ich wußte, daß ich nicht kriminell war – was sollte ich also aus dem ganzen Salat lernen? In Zukunft vorsichtiger zu sein, oder daß Haschrauchen schlecht ist? Oder daß ich im Wahn gelebt und geglaubt hatte, göttlich zu sein und unter einem besonderen Schutz zu stehen? Waren meine Werte wirklich echt, konnte ich Schmuggeln rationalisieren und zugleich Nixon für korrupt halten? Bedeutete Karma, daß man kein Geld bekommen konnte, das man nicht verdient hatte? War alles nur ein gigantischer Test für mich? Bezahlte ich Schulden aus früheren Leben? Wo waren sie, die Großen meiner Generation, die alle Antworten wußten?

Als ich die Zelle betrat, trugen mehrere Polizisten die schreiende Juanita hinaus; ihre Wehen hatten eingesetzt. Alle ihre Sachen waren verschwunden. Schluß mit nächtlichem Tanz und Spukgesang. Ich blieb allein mit den Ratten und meinen Fragen.

7

27. Mai. Ich setzte mich auf den Schlafsack, körperlich erschöpft, geistig ermüdet von der Auseinandersetzung mit all den Fragen, auf die ich keine Antwort wußte. Siebenundzwanzig Jahre Haft waren eine lange Zeit. Wenn ich wieder herauskam, würde ich zweiundfünfzig sein, viel zu alt, um ein Heim zu finden oder ans Kinderkriegen auch nur zu denken, eines der Hauptziele in meinem Leben. Ich wollte mein Leben in Frieden verbringen, meinen Mann versorgen, schreiben und Kinder bekommen. Meine Wünsche schienen mir so simpel, meine

Bedürfnisse so gering, und dennoch wollte ich mehr: mehr Drogen, mehr Geld, mehr Herumgerenne. Ich war die geborene Prinzessin, die Prinzessin der Schwäche, die Prinzessin jener, die es nur beinahe geschafft hatten, die es vortäuschen mußten und nie über die Konsequenzen nachdachten. Und schließlich hatte ich mich in jenem selbstgebastelten Gefängnis, wo ich unter jedem Zauberpilz nach einer leichten Antwort gesucht hatte, in eine Lage gebracht, in der es so gut wie nichts gab, was ich tun konnte. Das leichte Leben hatte zu einer harten Realität geführt, und ich mußte lernen, selbst damit zurechtzukommen – Prinzessin der Ratten, der Läuse und der Klapsmüller, die gegen meine Zellenwand hämmerten. Jetzt war ich allein in der Frauenzelle – merkwürdig – und fragte mich, wie lange es dauern würde, bis man eine Prostituierte hineinwarf, die mir Gesellschaft leisten würde. Obwohl Prostitution in La Paz nicht erlaubt war, hatten die Mexikaner realistische Ansichten über dieses Gewerbe. Jeden Sonntag mußten sich alle Prostituierten der Stadt beim Gefängnisarzt zur Untersuchung melden. Wenn sie sauber waren, wurden sie dreimal kurz angeschaut und dann wieder auf die Straßen entlassen. Wenn der untersuchende Arzt jedoch eine Geschlechtskrankheit feststellte, gab man ihnen eine Woche Zeit, sie auszuheilen; wenn sie dann noch immer infiziert waren, wurden sie entweder für fünfzehn Tage ins Gefängnis gesteckt oder gegen eine Kaution von fünfzig Pesos entlassen. Wenigstens, dachte ich, hatten sie die Kaution oder einen Amateurzuhälter, der für sie zahlte. Für uns gab es keine Kaution.

Anfangs schien es mir eine interessante Erfahrung zu sein, zusammen mit einer Prostituierten und nicht mit einem Mörder oder Psychopathen eingesperrt zu werden. Wenn man es jedoch genauer überlegt, wer will schon sein Brot und die sanitären Einrichtungen mit einem akuten Fall von Tripper teilen? Ich begann nervös zu werden und wünschte mir Juanita zurück. Die hatte wenigstens die ganze Zeit geschlafen. Meine Gedanken wurden von einem Geklapper an der Tür unterbrochen: der Wärter brachte einen alten Mann herein, Mitte Fünfzig oder so, der weder Zähne noch Haare und nur drei Finger besaß. Er lächelte lüstern und mir wurden schon die Knie weich. Aber er zog nur einen Eimer, Mop und eine Flasche Lysol herein und begann, die Zelle sauberzumachen. Offenbar waren meine Putzanstrengungen dem *comandante* gemeldet worden, und um keine Schande über den makellosen Ruf der Bajaner zu bringen, wollte er mir zeigen, daß auch sie reinlich waren. Allerdings starrte der Mop vor Dreck, das Wasser war grau, das Lysol war kein Lysol und roch fast so schlimm wie die Toilette. Ich ließ ihn saubermachen. Mein größter Triumph war, daß ich draußen beim Wärter stehen und die Blüten des kleinen Baums riechen konnte, während er den Boden aufwischte. Es war wunderschön draußen, wenn auch heiß, dennoch zog ich die Hitze der Kühle des Zellenbodens vor. Dann war der alte Mann fertig, lächelte wieder und wartete, als wollte er bezahlt werden. Ich sah, wie er das Krischna-Orchester beäugte, die zierlichen kleinen Plastikfiguren, deshalb gab ich ihm eine, einen alten Mann in Blau, der die Laute spielte. Dem Reinemacher gefiel sie sehr gut, er ließ sie in seine Tasche fallen und schlenderte weg. Ich setzte mich aufs Bett und stellte meine Joni-Mitchell-Kassette an. »*... I wish I had a river I could skate away on...*« Ich auch, Baby, ich auch. Ich begann einen Brief an Andrew, in dem es um die Brüderschaft des Lichtes ging und den Versuch, unseren Verstand zu bewahren ohne den faulen Spiritualismus und ohne die faulen Rollen, die die Leute in L. A. so häufig spielten. Ich dachte über Jerusalem nach und König Davids Grab oben auf dem Berg Zion, wo ich zum erstenmal in die jüdische Mystik eingeführt worden war. Das Unfaßbare und selbst das Unerreichbare halten den unwissenden Schüler in seinen Schranken, denn beide haben ihm nur Angst vor dem Unbekannten zu bieten, und die Unfähigkeit, mit dem Bekannten fertigzuwerden. Mir war dieser Punkt völlig entgangen, ich hatte nie versucht, mich selbst richtig einzuschätzen. Ich fingerte an der uralten marokkanischen Münze herum, die ich um den Hals trug, und versuchte Andrew zu schreiben, daß wir nur Mist in den Köpfen gehabt hatten, daß man seinen Brüdern ganz bestimmt nicht helfen konnte, wenn man sich selbst zu helfen nicht imstande war.

Schon wieder eine Unterbrechung. Ich schrieb rasch den Brief an Andrew fertig, faltete ihn und wartete, während der Sechs-Uhr-Wärter die Zelle aufschloß und mir mein Abendessen von Andrew gab. Ich reichte ihm den Brief und ein paar Pesos von Laughlin, in der Hoffnung, daß er verstand. Mein Essen kam aus einem vorzüglichen Restaurant: Shrimps, Salat, Kartoffeln, Knoblauchtoast und Schokoladenkuchen. Allerdings hatte ich keine Gabel und aß mit den Fingern; es schmeckte unerhört gut. Ich dachte gerade darüber nach, was ich trinken konnte, als ein Junge, der Orangenlimonade verkaufte, draußen an meiner Zelle vorbeikam. Ich rief ihn herüber und kaufte eine (man ließ selbst die Straßenverkäufer zu meiner Zelle kommen). Der Himmel wurde schwarz, ich fröstelte und zündete gerade eine Kerze an, als das recht anziehende Gesicht von Adolfo, dem Anführer der *federales*, lächelnd an meiner Zellentür auftauchte. Dann hörte ich einen mächtigen Aufruhr und sah, daß hinter ihm fünf Polizisten einen riesengroßen Mann trugen. Er hatte ein sehr gutes Gesicht mit feinen, sensiblen Zügen; aber er weinte. Adolfo hielt seine Hand. Als sie meine Zelle aufschlossen, wurde mir klar, daß der arme Mann geistesgestört war und mit den anderen Gefangenen hinter mir eingeschlossen werden sollte. Ich schaute ihn an, er sah mich an, hörte einen Moment lang auf zu weinen und sagte in perfektem Englisch: »Mein Name ist Jaime, ich liebe Sie.« Dann trugen sie ihn in die Abteilung hinter der Tür. In dem ganzen Tumult, und weil Adolfo eine besondere Zuneigung zu mir hatte, schlüpfte ich mit ihnen hinein. Der Raum hatte auf der linken Seite ungefähr zehn primitive Zellen – ich sah Tony, den Irren, daneben kicherte Felix auf seiner Matratze, und für Jaime schlossen sie eine dritte Zelle auf. Sie führte zu einem Innenhof mit Springbrunnen. Die Männer sollten sich im Innenhof bewegen oder in der Sonne sitzen können. Der ganze Komplex war von einer mächtigen Mauer umgeben und von Polizisten scharf bewacht. Adolfo redete sanft auf Jaime ein, schien sehr gütig mit ihm umzugehen. Er versuchte, ihm eine Tablette zu geben. Jaime schaute auf und sah mich, sprach kurz mit Adolfo, worauf Adolfo mich herüberwinkte. »Susan, geben Sie ihm die Tablette. Haben Sie keine Angst, er wird Ihnen nichts tun.« Ich ging zu der Zelle, trat ein und nahm Adolfo die Tabletten ab. Dann legte ich sie Jaime in den Mund; er trank einen Schluck Wasser, spülte sie hinunter, schaute mich an. Adolfo schickte mich mit einer Geste weg; und plötzlich begann Jaime zu schreien. Ich machte, daß ich in meine Zelle kam. Der Mann war offensichtlich intelligent und gebildet, denn er sprach englisch mit einem guten Akzent. Ich fühlte mich traurig, als Adolfo die mächtige Stahltür schloß.

Wie aus dem Nichts fiel mich die Verzweiflung an. Ich mußte irgend etwas tun und nahm meine Blockflöte. Sie brachte einen Schwall von Erinnerungen zurück: ich war sieben Jahre alt, da übte ich Tonleitern; dann folgten zehn Jahre des stundenlangen Übens und Duettspielens mit meiner Schwester Barbara (Violine) oder meiner kleinen Schwester Elizabeth (Klavier); dann Israel, wo ich am Freitagabend Sabbathlieder blies; später mit Andrew unsere wütende Musik. Ich legte eine Roberta-Flack-Kassette auf, sie sang *Angelitos Negros* auf spanisch, ich drehte die Lautstärke voll auf und blies meine Blockflöte im Takt dazu, während mir die Tränen übers Gesicht strömten. Jetzt empfand ich voll die spanische Leidenschaft des Liedes und die Trostlosigkeit der Armen Mexikos, die so sehr der Bestätigung bedürfen, daß der Himmel wirklich für alle da ist. Voller hoffnungsloser Liebe zu Andrew spielte ich die Oberstimme zu Roberta, dem Mond und meinem Herzen. Ich weinte, und nach dem Song war das Schweigen ungeheuer, ich atmete schwer. Schließlich hörte ich Jaime, Tony und Felix weinen und klatschen, und Jaime schrie: »Spiel, Susan, spiel! Ich bin kein Irrer, ich bin ein schwarzer Engel, Engel, ich komme nach Guadalajara zur Behandlung. Ich bin ein Mann, ein Mensch...« Er hämmerte gegen die Gitterstäbe, ein Mensch, verletzt, verloren, erniedrigt. Ich ließ das Band zurücklaufen und begann wieder; der Ton der Blockflöte klang kräftig zwischen den Steinwänden, und an meiner Zellentür tauchten Adolfo und zwei Wärter auf, beäugten mich, und ich spielte schöner, als ich jemals gespielt hatte; nicht für sie, sondern für Jaime, weil ich wußte, daß er an mich glaubte. Dann jedoch wurde alles zuviel für mich. Ich stellte die Kassette ab, legte die Blockflöte hin und blies die Kerzen aus. Alle gingen, nur Jaime weinte die ganze Nacht und schrie, ich solle weiterspielen. Manchmal dachte er zusammenhängend und erzählte, daß er die Universität besucht habe und Ingenieur sei. Manchmal war er auch Jesus Christus.

Gegen zwölf Uhr ging ich ins Bad und spülte die Kleider aus, die ich seit dem vorhergehenden Abend eingeweicht hatte. Im Licht der Glühbirne betrachtete ich die Widerwärtigkeit meiner Zelle, die fetten Insekten an den Wänden, den Schleim, der vom Boden hochkroch, und meinen armseligen Besen und die Putzmittel; weinend ließ ich kaltes Wasser in den verdammten roten Eimer laufen, wartete, bis er voll war, und goß es über mich, wobei ich halb erstarrte. Ich mußte mich beeilen und mein Haar waschen, damit ich hübsch aussah für den Richter, der mich ganz bestimmt freilassen würde, denn ich hatte Heftpflaster über den Brustwarzen und Goldknöpfe und war ganz offensichtlich unschuldig. Zufällig sah ich zur Wand und kreischte auf, denn da war ein Loch, das direkt zu Tonys Zelle führte, und dahinter stand er mit seiner blöden Yankeemütze, ein Auge am Loch. Aber in diesem Augenblick war mir das egal: ich wickelte mich in das Badetuch und knipste das Licht aus. Aber vorher verstopfte ich noch das Loch mit Toilettenpapier. Zitternd zog ich ein anderes T-Shirt und meine Flaggenunterhosen an, es überlief mich heiß und kalt; wurde ich krank? Ich fiel in den Schlafsack, zog den Reißverschluß zu und schlief ein, um fünf Stunden später von Jaimes Geschrei und vier Wärtern geweckt zu werden, die auf mich herabstarrten. Chino wartete schon mit dem Kleid zur Anprobe. Kannst du dir das vorstellen – eine Anprobe? Ach ja, Mann, das hatte ich ganz vergessen: heute ist mein großer Tag vor Gericht. Jeder hat mal einen großen Tag vor Gericht, sagt man jedenfalls. Schnatternd pellte ich mich aus dem Schlafsack und dankte Gott für das T-Shirt, das lang genug war, um meine Unterhosen zu bedecken. Mein Haar war immer noch feucht, aber bald würde ich vor Hitze dampfen. Ich nahm von Chino den Pink-Fetzen entgegen, ging ins Bad und probierte ihn an. Er hatte einen Stehkragen, Epauletten und Goldknöpfe. Der Stoff war sehr dick. Mir war es gleich, ob er lang oder kurz war, Chino aber nicht. Er rief mich heraus und fragte: »Schön?« Ich sagte: »Klar, wie von Yves St. Laurent.« Er lächelte. »St. Laurent, er auch gut.« Er ging mit dem Wärter zurück, um dem Kleid den letzten Schliff zu geben, und ich setzte mich hin, um auf die Verhandlung zu warten. Ich konnte jetzt nichts weiteres tun. Also pfiff ich mir eine Kassette ein, elektrischer Led Zeppelin – und ging auf und ab, bis ein Wärter mit einem Becher voll dampfendem Kaffee, Eiern und Frühstücksspeck in einer blauweißen Schüssel an meiner Tür auftauchte. Das Essen schickte mir Andrew, zubereitet hatte es Louis, der Koch. Laughlin hatte dafür gesorgt, daß ich dreimal am Tag etwas zu essen bekam. Wenn das Essen verteilt wurde, füllte Andrew meine Schüssel, und der Wärter brachte sie zu mir hinüber. Diesmal brachte man mir zusammen mit dem Essen einen Sack, in dem ich Kleenex, Toilettenpapier, Puder, Nivea-Lotion für meine Haut und ein Nachthemd fand. Auf dem Zettel, der dabeilag, stand: »Für alle Fälle«. Wohl für den Fall, daß ich nicht freigelassen wurde. Außerdem gab es einen Wecker, noch mehr Kerzen, Räucherstäbchen, ein *Vogue*-Heft, ein Kopfkissen mit Bezug, eine Tüte Aprikosen, eine Schachtel Rosinen, Radiobatterien, eine Schachtel Schokoladenplätzchen, ein neuer Becher, mein Silberbesteck und die Pinzette – ich wußte, daß sie deshalb den Direktor hatten bestechen müssen – und andere Sachen. Ich bedankte mich beim Wärter, machte mich über mein Frühstück her und dachte mir dabei, wenn du so weitermachst, nimmst du hier noch zu. Dann räumte ich meine neuen Habseligkeiten weg. Plötzlich tauchte ein Wärter an der Zelle auf, schob mir das Kleid hinein und gab mir zu verstehen, ich solle mich anziehen, und zwar fix. Ich rannte ins Bad, nahm zwei Streifen Heftpflaster mit und versuchte, damit meine Brustwarzen zu bedecken, schwitzte aber so dabei, daß es mir kaum gelang. Schließlich blieben sie kleben, ich zog mein Kleid über, band mir die Haare zurück und war mir unschlüssig, ob ich Make-up auflegen sollte oder nicht. Da Make-up mir für diesen Tag komisch vorkam, entschied ich mich für den natürlichen Look. Die Wärter kamen mich holen, als ich gerade meine Sandalen anzog. Ich schnappte mir meine Handtasche und das Kreuz, das der Junge mir gegeben hatte; man kann nie wissen.

Dann wurde ich ins Büro geführt, wo Andrew und Ted bei William und einem kleinen Mexikaner standen, den sie als Mr. Gonzales, unseren mexikanischen Anwalt, vorstellten. Nachdem er uns bedeutet hatte, wir sollen den Mund halten, erklärte er in langsamem, stockendem Englisch, er sei sicher, daß ich heute herauskommen würde, ich solle mir keine Sorgen machen. Dann übersetzte Laughlin, der ziemlich gut spanisch sprach, die Fragen, die Gonzales mit uns durchging und die der Richter jedem von uns stellen würde. Man würde uns getrennt verhören. Gonzales' erste Frage an mich war, ob ich gewußt hatte, daß der Schrank Haschisch enthielt – das kam mir als Anfang ziemlich blöde vor. Warum fragte er nicht nach meiner Herkunft, um meinen Fall oder Charakter aufzubauen? Es war jedoch keine Zeit, ihm Fragen zu stellen, und ich mußte annehmen, daß irgendwo irgendwer, ich hoffte, daß es mein Anwalt war, wußte, was er tat. Ich hatte nie gewußt, was der Schrank enthielt. Nein, ich hatte ihn nie geöffnet. Ja, ich lebte mit Andrew zusammen. Ich war fünfundzwanzig, nicht neunundzwanzig. Und das war alles. Am Ende sollte ich von meiner Unschuld reden. Diese Verteidigung kam mir ganz schön beschissen vor, selbst bei meinen laienhaften Vorstellungen. Laughlin versicherte mir, daß er mit mir im Raum sein würde, und ich sollte mir keine Sorgen machen. Und Ted machte doch tatsächlich mit den Fingern das *peace*-Zeichen. Andrew versuchte einfach, mir Kraft zu geben, aber das war schwierig, weil er zitterte. Nach der Verhandlung ließ sich der Richter vierundzwanzig Stunden Zeit zur Urteilsfindung und -verkündung. Laughlin würde bleiben, bis das Verdikt ausgesprochen war, später am Tag würde ich Andrew und Ted noch einmal sehen können. Ich wünschte allen Glück und wurde wieder zurück in meine Zelle geführt, wo ich in meinem Kleid drei Stunden lang wartete, bis ich gerufen wurde. In Mexiko geht alles so langsam, daß eine dreistündige Wartezeit nichts ist. Ich war so nervös, daß ich im Sitzen einschlief. Der Wärter kam mich holen, ich wurde von drei mit Maschinenpistolen bewaffneten *federales,* die mir zupfiffen, hinauseskortiert.

Die Fahrt zum Gericht war – gelinde gesagt – nervenaufreibend. Übelkeit stieg in mir hoch. Ich konnte nicht rauchen. Vor dem Gericht hielt der Wagen an. Ich schrie Andrew etwas zu, der in Handschellen und seinem alten Strohhut von einer zehn Mann starken Polizeieskorte zurück ins Gefängnis gebracht wurde, als sei er ein Mörder.

Laughlin hatte eine Nikon-Kamera, redete und fotografierte wie verrückt und lächelte aufmunternd. Ich wurde in einen vergammelten Raum geführt, wo es einen einsamen Ventilator gab, der für die Katz war. Da saß die dicke Frau, die ich vom Verhör her kannte. Laughlin schlich sich hinein und sagte mir, der Richter wäre mit dem Bezirksstaatsanwalt und seinem Kanzleivorsteher im Nebenzimmer; alles sei gut gegangen. Ich sah Adolfo, der sich in der Ecke die Haare kämmte, er lächelte, zeigte alle seine blitzweißen Zähne und versuchte, mir Mut zu machen. Aber ich wußte, daß er doch keinen Einfluß auf das Urteil nehmen konnte.

Mr. Gonzales, der eben aus dem Amtszimmer des Richters trat, kam lächelnd zu mir herüber und sagte, ich solle mir keine Sorgen machen. Er hätte gerade mit dem Richter gesprochen, alles sei in Ordnung. Laughlin setzte sich neben mich und erzählte mir, daß er bei Andrews und Teds Verhandlung anwesend war, und daß der Richter einen sehr verständnisvollen Eindruck gemacht hätte. Gegen Ted lagen kaum Beweise vor. Er war nur ein Freund, der auf dem Weg nach Guadalajara vorbeigekommen war, um uns zu besuchen (das dachten die sich so!). Selbstverständlich kannten Laughlin und ich die Wahrheit. Ich war sauer auf Ted, er war der sogenannte Kopf, und das hieß nur, daß er schlau genug gewesen war, seine Haut zu retten. Andrew war der einzige, der wirklich tief drinsteckte. Was mich betraf, würde es dem Richter wahrscheinlich schwerfallen, zu glauben, daß ich mit Andrew zusammengelebt hatte, ohne etwas von dem Drogendeal zu wissen. Aber Laughlin versicherte mir, daß der Richter ein alter Mann sei und sich leicht umstimmen ließe.

Ich hatte bereits meine Zweifel, was Laughlin und Gonzales betraf. Ich überlegte mir, daß ein älterer Mann, so wie der Richer, festgefahrene Ansichten haben mußte und deshalb an der Tatsache, daß Andrew und ich zusammengelebt hatten, eher Anstoß nehmen würde. Der B.A. kam aus dem Amtszimmer des Richters. »Hallo, Susan, wie geht's denn heute?« (Oh, phantastisch, Mann, ich komme mir vor, als ginge ich zu einem Fest.) »Und wie fühlen Sie sich jetzt, Susan, wo Sie alle Ihre Sachen in der Zelle haben?« (Ganz wie im Hilton, warum kommen Sie heute nicht zum Mittagessen? Es gibt Scampi-Cocktail aus Spinnen.) Laughlin und Gonzales standen auf, Laughlin nahm mich am Arm und führte mich ins Amtszimmer des Richters. Ich warf einen Blick auf den Richter in dem kleinen Schwitzkasten, den sie sein Amtszimmer nannten, und wußte sofort: bei dem kannst du passen, Susan.

Später ging ich dazu über, ihn *El Pinche Juez* oder den Mistrichter zu nennen, was so gut wie unübersetzbar ist. Er war ungefähr einszweiundfünfzig groß, trug ein kurzärmeliges, dreckiges graues Hemd, und in seinem Schnurrbart klebten Eigelb-Reste. Er war so um die Achtundsechzig oder Siebzig. Da habt ihr ihn, Leute, den einzigen Vertreter der mexikanischen Bundesgerichtsbarkeit in La Paz, Baja California sur Mexico. Er bewegte sich dermaßen langsam, er mußte einfach senil sein. Und in diesen zittrigen Händen lag mein Leben. Aber er lächelte mir zu – sie lächelten alle dort –, und ich nahm vor seinem Schreibtisch Platz. Gonzales setzte sich neben mich, Laughlin blieb weiter hinten (ungefähr einen Meter entfernt); er war nur mit Sondergenehmigung anwesend. Der Richter vertiefte sich fünfzehn Minuten lang in seine Notizen und klatschte zwischendurch die Fliegen weg. Es war unvorstellbar. Mein eigener Fall wurde verhandelt, und der Richter konnte nicht einmal englisch. Dann begann die Vernehmung. Ich wurde nicht einmal vereidigt; der Kanzleivorsteher, über den Laughlin am Abend zuvor herausbekommen wollte, ob der Richter bestechlich war, saß hinter dem Richter und stenografierte mit. Es waren die gleichen Fragen, die Gonzales mir vorgebetet hatte. Der Richter fragte, Gonzales übersetzte. Immer, wenn ich eine Frage beantwortete, sank der Blick des Richters auf Brusthöhe. Hey, das Mädchen da ist unschuldig, es hat Heftpflaster auf den Brustwarzen. Und jetzt konnte ich endlich über meine Unschuld reden. Ich hatte nie gewußt, daß Andrew Rauschgift bezog; diese Art von Leben hatten wir nicht geführt (zumindest nicht, seit wir erwischt worden waren); ich war eine gebildete und verantwortungsbewußte Frau aus guter Familie, und die ganze Sache beruhte auf einem Irrtum.

Der Richter dankte mir, nahm sich ein Buch und fing an zu lesen. Dies war das Zeichen, daß die Verhandlung vertagt war. Ich zog mit Laughlin, Gonzales und zwei *federales* ab. Ehe ich ging, bat ich um die Erlaubnis, auf die Toilette zu gehen, und wurde durch einen mit Blumen und Farnen zugewachsenen Innenhof geführt. Im Gestrüpp versteckt standen kleine Stühle und einige Statuen. Es war ein reizender kleiner Innenhof, und ich hätte mich gerne hingesetzt. Aber das war unmöglich. Direkt vor der Toilette stand der Schrank, hoch, majestätisch und voller Shit: Ich konnte den durchdringenden Duft des Haschischs sogar riechen – es war noch immer da. Ich ging in die Toilette, kam wieder heraus und stieg in den Wagen. Auf der Rückfahrt holte Laughlin seine Kamera heraus und teilte mir mit, daß wir uns am nächsten Morgen treffen und das Urteil hören würden. Dann gab er mir hundert Dollar in Pesos und sagte, daß er mir wieder das Abendessen schicken lassen würde. Ich hätte mich vor Gericht gut gehalten, und er hätte Aufnahmen vom Gefängnis gemacht, falls wir einmal überstürzt ausbrechen müßten. Als wir angekommen waren, begleitete er mich bis zu meiner Zelle, fotografierte, steckte mir eine Valium zu und ging. Ich sah ihn nie wieder.

Gegen halb sechs endlich war ich ausgezogen und wusch mich mit dem Wasser, das vom vergangenen Abend übriggeblieben war, und schlüpfte in meine Levis und das T-Shirt. Dann hockte ich mich auf die Pritsche, hörte Radio und wunderte mich über die verdammte Werbung. Die Werbespots wurden so schnell heruntergerasselt, daß bestimmt nicht einmal die Mexikaner etwas mitbekamen. Dafür klangen sie sehr jovial, fröhliche Frauenstimmen sangen von Suppe und Klopapier. Aber mit der mexikanischen Musik war das etwas ganz anderes. Sie ist sehr erdhaft, romantisch, mit einer schweren Atmosphäre. Sie setzt sich – wie Country und Western – mit den Grundfragen des einfachen Lebens auseinander: Liebe, Untreue, Tod – in dieser Reihenfolge. Alle Verrückten hinter mir, Tony, Felix, später auch andere, sangen mit, und bei den traurigen Passagen weinten sie. Jaime begann, nach mir zu schreien. Er könne französisch und deutsch und englisch und italienisch sprechen, brach es aus ihm heraus. Im Zweiten Weltkrieg hätte er für Mexiko spioniert; ich hatte noch nicht einmal gewußt, daß sie teilgenommen hatten. Er schrie, sie hätten ihn eingesperrt wie ein Tier, dann erzählte er mir etwas über Philosophie und Kant, seinen berühmten Freund, und daß für ihn Kant der einzig Reine unter allen Philosophen sei. Und ich saß neben der Stahltür auf dem Boden und sprach zu ihm von meinen Ansichten über Gott und daß wir alle schon einmal gelebt haben und wie wir alle zusammenhängen. Wir lachten, bis er plötzlich weinte und mich bat, ihm zu vergeben und ihn wegen seiner Tränen nicht als Mann zu verachten.

Die Zellentür rasselte auf. Adolfo und Jaimes Bruder brachten mein gepflegtes Abendessen – Muscheln, Reis und Eiscreme. Sie waren gekommen, um Jaime sein Essen, seine Schokolade und die Tabletten zu bringen. Als sie die Tür aufschlossen, kreischte Jaime nach mir. Sein Bruder entschuldigte sich. Er erzählte mir in gebrochenem Englisch, daß Jaime eigentlich ein guter Junge sei, halt nur krank im Kopf, aber sehr klug, und daß er zur Schockbehandlung ins Krankenhaus käme. Er sei schizophren, und wenn diese Perioden ihn überkämen, trank er und verweigerte seine Medikamente, ohne die er als Einzelperson nicht leben könne, weil er dann Anfälle von Größenwahn hatte und sich für alle möglichen Leute hielt. Ich ging hinüber zu Jaimes Zelle, wo er in seinen Unterhosen auf dem Boden lag und weinte. Er spuckte nach mir, sagte, ich solle abhauen – er sei normal, ich sei verrückt. Dann erzählte er mir, daß er mich liebe, und ich gab ihm seine Medizin. Er entschuldigte sich, und ich nahm die marokkanische Münze von meinem Hals und hängte sie ihm um. Jetzt weinten wir beide; Adolfo schaute weg, Jaimes Bruder versuchte, mir Geld zu geben. Ich ging in meine Zelle zurück und versuchte zu essen, brachte aber nichts hinunter. Adolfo und Jaimes Bruder gingen mit den Polizisten weg. Sie redeten über mich. Einen erkannte ich wieder, er hatte tags zuvor exerziert. Er lächelte. Ich nahm eine Valium und kroch in den Schlafsack. Es war erst acht Uhr, aber ich schlief erschöpft ein.

Um drei Uhr früh wurde ich von einem Riesentumult vor der Zellentür geweckt. Ein riesiger Wärter schaltete die nackte Birne an und warf eine junge Frau auf den Boden. Sie war klein, zierlich, dunkelhaarig und trug ein kurzes, dünnes rotes Kleid. Außerdem war sie betrunken und angriffslustig wie die Pest. Sie kotzte auf den Boden, dann sah sie mich, und schon wurde ich gepackt, getreten, an den Haaren gezogen und auf den Boden geworfen. Die Zelle stank nach Schnaps und Erbrochenem: meine erste Begegnung mit einer Prostituierten. Ich verbrachte eine kalte und angsterfüllte Nacht auf dem Fußboden. Die Wärter weckten uns um sechs. Jaime schrie für mich um Hilfe, er hatte Angst. Die Prostituierte schlief und schlief. Mein fünfter Tag im Gefängnis hatte begonnnen.

8

Fünfter Tag Knast-Riff. Da sitz' ich in der Zelle, rauche und lache über diesen Akt der Komödie, die nicht aufhören kann. Die Wärter waren weg, Gott sei Dank, Jaime schrie immer noch, und mir war schlecht vom Gestank. Ich sah mir die kleine Prostituierte an, die auf dem Bett schnarchte. Sie konnte nicht älter als vier- oder fünfundzwanzig sein, aber sie hatte mit der wilden Verbissenheit eines eingesperrten Tieres gekämpft, und um ihren Mund herum zogen sich scharfe Linien wie bei einer fünfzigjährigen Neurotikerin. Alle Wärter hatten sich gegenseitig angestoßen, als sie sie auf dem Bett sahen.

»Ah, Juanita.« – »Hihi, Juana.« So reimte ich mir zusammen, daß sie Juanita hieß wie die schwachsinnige, schwangere Juanita, die mittlerweile wahrscheinlich ihr Kind bekommen hatte. In der Nacht war sie ekelhaft zu mir gewesen, aber am Morgen sehen die Dinge immer anders aus. Sie tat mir leid: ihr Haare und ihr Kleid waren mit Erbrochenem verklebt. An der Zellentür klapperte es, ein Wärter brachte mir einen dampfenden Becher voller Kaffee und die Eier in der blauweißen Schüssel. Ich trank den Kaffee, die Eier rührte ich nicht an. Mir war zu übel. Der alte Reinemacher schlurfte in die Zelle und stieß Juanita mit dem Besen an. Sie fuhr hoch, fauchte und sah sich um, schüttelte dann den Kopf, stand auf und ging ins Bad. Sie war nicht zum ersten Mal hier. Ich rollte meinen Schlafsack zusammen und ging hinaus, um unter meinem kleinen Baum zu warten, bis der Mann meine Zelle saubergemacht hatte. Ich fragte mich, ob Juanita meine Sachen klauen würde. Auf der einen Seite wollte ich meine Habseligkeiten nicht wie ein Schießhund bewachen, andererseits wollte ich sie aber auch nicht mit ihr teilen. Ich stand unter dem Baum und genoß die Sonne, als ich den jungen Mechaniker herankommen sah. Zwei Tage lang war er nicht aufgetaucht, jetzt kam er mich wieder besuchen. Ich fragte mich, ob der Wärter ihm Ärger machen würde, offensichtlich aber waren sie alte Freunde; sie küßten sich auf die Wangen. Der Mechaniker erkundigte sich nach Susanitas Befinden und zog dann eine Orange, eine Schachtel Zigaretten und Schokolade für mich hervor. Und ich hatte nichts, womit ich ihm meine Dankbarkeit beweisen konnte. Er schüttelte meine Hand und sagte mehrere Male: »Tommy, Tommy«, und ich erwiderte: *»Gracias, amigo Tommy, gracias.«* Mehr ließ mein kümmerliches Spanisch nicht zu, aber es reichte. Er lachte in die Sonne, seine Augen waren klar und hell. *»Amiga, Susana amiga.«*

Der alte Mann war fertig mit Putzen und verließ die Zelle. Ich ging wieder hinein. Auf dem Boden saß Juanita und sah aus wie ein nasser roter Spüllappen. Sie hatte sich gewaschen – in allen Kleidern. Sie sah blöde zu mir auf, zu mir, die ich Angst hatte, nervös war, es nicht schaffte, die Ruhe zu bewahren, breitete die Arme aus, schloß mit der Geste die Zelle ein, mimte Erbrechen. *»Sorry, sorry, sorry«*, sagte sie. *»Sorry«* hörte sich chinesisch an, so wie sie es sagte. Ich wußte nicht, was ich erwidern sollte, mein Vokabular war zu beschränkt, so gab ich ihr halt meine Eier und die Tortillas, die sie gierig mit den Fingern in sich hineinstopfte. Ich wollte mit ihr sprechen, etwas von ihrem Leben erfahren, aber verdammt, was hieß »Leben« auf spanisch? Sie wischte sich die Hände am Kleid ab, stieg auf die stinkende Matratze und schlief wieder ein, schnarchte mit offenem Mund. Ich mußte irgend etwas tun, um mich von diesem ganzen Wahnsinn abzulenken und um meine Ängste wegen des Urteils zu verdrängen, das ich an diesem Vormittag von Laughlin erfahren sollte. Also versuchte ich, noch einmal *Narziß und Goldmund* zu lesen. Ich war so in Goldmunds hochfliegende Erfindungen vertieft, daß ich den Wärter an meiner Zellentür gar nicht bemerkte. Eine Stunde war vergangen. Der Wärter schloß die Tür auf, bedeutete mir, ihm zu folgen, und ich schnappte meine Handtasche. Dann war ich draußen an der Luft: Rennen, Laufen, Spielen, haben wir noch Mai? Ist der Juni schon angebrochen? Ich dachte an Andrew und an mein Urteil, als ich die Verwaltung des Gefängnisses und den Raum, den ich das Wohnzimmer nannte, betrat. Heute war es kalt und leer. Beim Eintreten sah ich Adolfo und vier *federales*, die einen kleinen dicken Mann in sauberen grauen Hosen flankierten. An seinen Hüften baumelten zwei 38er. Es war derselbe Mann, der meine Arme nach Einstichen abgesucht hatte. Da stand er also vor mir – ein Überbleibsel aus dem Wilden Westen –, hatte die Hände auf seinen Schießeisen und gab Befehle. Er tippte an seinen verdammten Sombrero, und ich fragte mich, weshalb man mit dieser Geste Respekt für eine Frau bekundete. Die Türen, die normalerweise verschlossen waren – sie führten zu den Zellen der männlichen Dauerhäftlinge –, standen offen und gaben den Blick auf eine Gittertür frei, hinter der sich die Häftlinge versammelt hatten, um ihre Post in Empfang zu nehmen. Es war ein bunt durcheinandergewürfelter Verein. Die meisten gebräunt von der Sonne im Innenhof; viele mit langen Haaren und abgeschnittenen Jeans. Andrew und Ted wurden gerade herausgelassen. Wann hatte man sie aus den Durchgangszellen geholt und zu den Dauerhäftlingen verlegt? Ich fand es entsetzlich, daß sie nicht mehr als Untersuchungshäftlinge galten.

Andrew rannte auf mich zu und packte mich um die Taille. Ted bedachte mich mit einem liebevollen Hallo und dem *peace*-Zeichen – schon wieder das verdammte *peace*-Zeichen, wie ein Scheiß-Hippie. Er war grüner denn je und sah aus, als hätte er zehn Pfund abgenommen. Ernesto Duran kam aus einer anderen Tür, und wir vier setzten uns. Meine erste Frage, nachdem wir die Hallos und Wie-geht's hinter uns gebracht hatten, galt Laughlin: Warum war er nicht hier? Ted räusperte sich und erklärte mir, daß der *comandante* wegen des vielen Fotografierens sehr mißtrauisch geworden sei und ihn des Landes verwiesen habe. Man sah in Laughlin schon den Boss einer im großen Stil operierenden Bande. Ted fand das toll, es polierte sein Ego auf. Wenn er gewußt hätte, wie lächerlich er aussah in all seiner Nervosität, hätte er wohl kaum noch die Rosinen im Kopf gehabt. Wie auch immer, sie befürchteten, daß Laughlin bei der Mafia war und unsere Flucht plante; gar nicht so dumm, diese Leutchen. *Good-bye,* Laughlin. Andrew küßte mich und sagte: »*Honey baby*, du, die sind echt so nervös wegen unserer Flucht, daß sie die Armee gerufen haben, um nachts das Gefängnis zu bewachen. Stell' dir das mal vor, die mexikanische Armee in Baja verschleißt Soldaten am Edificio M. Sobarzo. Was ist los, *honey*, siehst du nicht, wie komisch das ist?« Klar und wie, das ganze Ding war umwerfend komisch – ich im Knast und merkwürdige Anwälte, die fotografieren, und die Armee kommt, um mich zu bewachen. Ich weinte, weil ich die Antwort auf meine nächste Frage wußte. »Andrew, der Richter hat uns schuldig gesprochen, nicht wahr? Und sie brummen uns siebenundzwanzig Jahre auf! Wir können in dem verfluchten Gefängnis verrotten, an Tortillas und falschen Hoffnungen ersticken. Oh, Andrew, es tut mir so leid, ich weiß, daß es nicht deine Schuld ist. Ich kann es einfach nicht glauben, wir haben so viel von Liebe und Gott und Karma geredet und sind erwischt worden bei einem so blöden Ding, nur um einen Haufen Geld zu machen.« Andrew schüttelte den Kopf. Ernesto mischte sich ein: »Hör zu, Susan, ja, es hat euch erwischt, ihr seid schuldig gesprochen worden. Aber ihr seid in den Händen eines sehr kompetenten Anwalts, Mr. Gonzales. Keiner eurer amerikanischen Anwälte darf hier praktizieren, auch euer Geld kann euch nicht freikaufen, ihr müßt euch daran gewöhnen, geduldig auf mexikanisch zu waren. Wißt ihr, wie ich hierhergekommen bin? Ich wollte ein paar Freunde im Gefängnis besuchen und schmuggelte ihnen zwei *joints* in einem Laib Brot hinein, die Polizei fand sie. Ich bekam fünf Jahre, aber wegen guter Führung, und weil ich ihnen nützlich war, wurde meine Strafe auf zwei Jahre verringert, und jetzt bin ich Kalfaktor.« (Ist ja Klasse, Ernesto, vielleicht kann ich meine Strafe auf fünfzehn Jahre verringern lassen und Kalfaktor werden wie du.) »Auf jeden Fall, Susan, Laughlin hat mich gebeten, dir einiges zu sagen.« Ted von der Seite: »Keine Sorge, Baby, wir haben *connections.*« (Und wie, über deine *connections* weiß ich Bescheid.) »Laughlin ist *heavy,* bald sind wir alle raus.« Und dann wieder Ernesto: »Susan, in Teds Koffer ist eine Schachtel Pillen gefunden worden, der Richter ließ sie von einem Chemiker verbrennen und glaubt, daß dies bereits eine chemische Analyse war. Der Schnüffler sagt, die Pillen riechen nach Hasch, und das reicht dem Richter. Sie behaupten, die Pillen gehören dir, hundertfünfzig Haschpillen.« Jetzt blickte ich wirklich nicht mehr durch. Hasch läßt sich nicht zu Tabletten pressen, und was für ein Test sollte das gewesen sein? Die Tabletten in einem Laboratorium verbrennen! »Aber Ernesto, das waren keine Haschtabletten, das war *Innerclean,* ein pflanzliches Abführmittel, und es waren auch nicht meine. Meine waren im Medizinschrank, wo sie wahrscheinlich noch liegen. Diese gehören Ted. Ted, um Himmels willen, sag ihnen, daß es deine waren! Bringt den verfluchten Gonzales dazu, weitere Tests zu machen, das sind doch Abführtabletten, die haben mit *shit* nur das Wort gemeinsam.« Ted schüttelte belämmert den Kopf. »Susan, wenn ich jetzt sage, daß es meine waren, ändert das auch nichts, sie werden bald merken, daß das kein Haschisch ist.« Du meine Güte, das kann doch nicht wahr sein, siebenundzwanzig Jahre für ein Abführmittel, das nicht einmal mir gehört.

Ernesto und Ted fingen an, Gonzales' Verdienste hochzujubeln, und Andrew und ich begannen, uns leise zu unterhalten. Ich sah ihn an und er mich, und wir wußten beide, daß wir nie mehr so miteinander reden konnten wie früher, als wir so getan hatten, als wären wir ganz oben. Er sagte mir, wie sehr er mich liebe, daß er die ganze Schuld auf sich nehmen würde, wenn er wußte, daß ich dadurch freikam. »*Honey,* wir haben den Direktor bestochen, Ted und ich haben zusammen eine Zelle. Es ist ganz irre bei uns, alle haben ihre Zellen eingerichtet, manchmal sind vier in einem Raum mit Etagenbetten. Wir spielen den ganzen Tag Basketball, hören Kassetten und spielen Gitarre. Der Koch will dafür sorgen, daß du gutes Essen bekommst, du brauchst nur nach jeder Mahlzeit deine Schüssel mit destilliertem Wasser abzuspülen und sie mit dem Wärter zurückzuschicken. Donnerstags und sonntags gibt es so eine Art Übereinkunft, da können die Frauen ihre Männer den ganzen Tag lang besuchen, von morgens um neun bis abends um sechs. Wir wollen mit dem *comandante* reden, damit er das für dich und mich einrichtet. Das ist wie ein Familienpicknick, *honey, honey,* hör mir doch zu. Wir können in der Einzelzelle eines Freundes kochen und bumsen und uns antörnen. Wirklich, irgendwie kriegen ein paar Freunde *dope* rein. Ich weiß, daß die Zustände bei dir schlimm sind, aber Laughlin hat für dich getan, was er konnte, und wir haben Geld. Wahrscheinlich wird deine Familie dir Geld schicken, wenn du im Gefängnis bist, bekommst du von der Regierung den Gegenwert von zwei Pesos pro Tag. Die bezahlen dich noch dafür. Ich hab dich lieb, Baby, ich weiß, wie schwer das für dich ist, halt' die Ohren steif.«

Ich hörte ihm zu, aber ich hatte mich innerlich schon entfernt. »Klar, fände ich toll, in deine Wohnung zu kommen und mir deine Briefmarkensammlung zu betrachten. Zusammen könnten wir wunderschöne Musik machen.« Ich würde die Einladung für kommenden Sonntag annehmen. Ich sagte ihm, daß ich mich schlecht fühlte, er ermahnte mich, das Wasser nicht zu trinken, und ich erzählte ihm von Jaime und der Prostituierten. Er versprach, dafür zu sorgen, daß ihre Kaution bezahlt wurde, damit ich die Zelle wieder für mich allein hatte. Allerdings war er äußerst mißtrauisch wegen Jaime, besprach sich mit dem Geistesriesen Ted und beschloß, ich solle mich fernhalten. Ich hörte ihm überhaupt nicht zu, hörte ihm von diesem Zeitpunkt an nie mehr richtig zu. Wenn man erst einmal den Respekt vor einem Mann verloren hat, ob es nun eigenes Verschulden ist oder nicht, sieht man ihn plötzlich mit anderen Augen; ich sah in ihm eine hilflose Figur. Ernesto störte unser kleines *tête-à-tête.* »Susan, deine Eltern scheinen in der Stadt zu sein. Sie haben heute früh angerufen, sie melden sich später noch einmal. Offenbar warten sie auf irgendeinen Freund aus Mexico City, mit dem sie sich hier treffen wollen. Ich habe mit ihnen gesprochen. Deine Mutter klang sehr aufgeregt. Aber sie sagte mir, daß sie dich unbedingt hier rausholen wollen.« Ich kam mir vor, als hätte mir jemand einen Schlag versetzt, als würde meine ganze Welt einstürzen. Meine Eltern, meine wohlhabenden Eltern, für die das Leben ein Spaziergang durch ihr Märchenschloß der schönen Künste und der erlesenen Antiquitäten war, wo wir Kinder uns vor ihnen produziert hatten mit Ballettstunden, Musikunterricht und guten Noten. Im Sommer fuhren wir in Strandhütten in Massachusetts, und meine Mutter nahm Unterricht in Bildhauerei. Sie hatten keine Ahnung von amerikanischen Gefängnissen, und nun sollten sie mich hier auf der Baja-Schönheitsfarm erwischen. Ich wurde von ungeheuren Schuldgefühlen gepackt. Andrew, der meinen familiären Hintergrund kannte, bemerkte dazu: »*Sister*, wenn sie auf dir rumhacken, sag ihnen, sie sollen einen Satz machen, verstehst du, wir holen dich nämlich raus.« Klar, Andrew, genauso wie du mich reingebracht hast. Was war ich jetzt für sie, eine Kriminelle? Wie sollte ich ihnen unter die Augen treten?

Mir blieb keine Zeit, Andrew deutlich zu machen, was ich empfand; unsere gemeinsame Zeit war für diesen Tag abgelaufen. Ehe sie gingen, gab Andrew mir ein Spanisch-Englisches Wörterbuch, damit ich versuchen konnte, mich mit den Wärtern zu verständigen. Wir gaben uns einen Abschiedskuß. Ernesto riet mir, mich stark zu geben. Ted machte wieder das *peace*-Zeichen, das ich mit einer groben Geste erwiderte. Ich sah, wie sie wieder eingeschlossen wurden, und war schon auf dem Weg zu meiner Zelle, als Duran angerannt kam. Er packte mich an der Hand und sagte, meine Mutter sei am Telefon. Mir brach der Schweiß aus. Langsam, ganz langsam ging ich zum Telefon und steckte mir die erste Zigarette seit zwei Tagen an. Ernesto beobachtete mich aufmerksam. »Das schaffst du schon, Mädchen.« – »Hallo, Mutter.« Schweigen. »Wie gefällt dir La Paz? Es tut mir leid, daß ich Daddy und dir solchen Ärger mache. Wann kommt ihr vorbei?« Und dann brach ich schluchzend zusammen. Jetzt hatte sie mich in der Tasche, jetzt brauchte ich sie. »Susan, weine nicht. Wir sind da. Und frag' mich nicht, wie es mir in La Paz gefällt. Wir sind hier, um dir zu helfen, auch wenn du es nicht verdienst.« (Wahr genug.) »Heute kommen wir dich nicht besuchen. Wir haben fünfzehn Stunden lang im Flugzeug gesessen. Wir mußten von Pittsburgh nach Chicago fliegen, dort vier Stunden warten, dann weiter nach L.A. fliegen. Das dauerte insgesamt neun Stunden, du weißt ja, wie lange es dauert, in dieses Höllenloch zu kommen. Wir treffen uns mit einem Freund deines Vaters, einem sehr einflußreichen Geschäftsmann. Er wird später hier eintreffen. Morgen früh kommt er mit uns zum Gefängnis, um zu dolmetschen. Wir haben dir Sachen mitgebracht. Wir wissen nicht so ganz, was hier eigentlich vorgeht, aber von Ernesto Duran haben wir erfahren, daß deine Höchststrafe siebenundzwanzig Jahre beträgt. Wer ist das eigentlich? Und du sprichst nicht mit Andrew. Hast du mich verstanden?« (Oh, Mutter, bitte). »Wir wohnen im Bristol Hotel, falls du uns brauchst. Wir haben dich lieb und kommen dich morgen besuchen.« – »*Good-bye,* Mutter.« *Good-bye,* Mutter aus dem Märchenland, das ist der wahre Kern der Sache.

Ich legte den Hörer auf und setzte mich erschöpft hin. Ernesto riet mir, es leicht zu nehmen, und dann wurde ich zurück zu meiner Zelle eskortiert. Juanita saß auf dem Boden, sie wies auf das Bett. Sie wollte mir zu verstehen geben, daß ich auf der lausigen Pritsche schlafen konnte. Ich breitete meinen Schlafsack auf der Pritsche aus und betrachtete mir den Sonnenuntergang hinter meinem Baum. So häßlich mußte das also alles enden. Ich, zusammen mit einer Nutte, und meine Familie. Pest noch mal, was sollte das alles?

Und der Sonnenuntergang war wunderschön wie immer. Und wie immer tauchten die Wärter vor meiner Zelle auf und begannen zu exerzieren. Sie lachten so laut, daß ich glaubte, sie wollten mich damit ärgern. Deshalb stellte ich meinen Kassettenrecorder auf volle Lautstärke und legte Led Zeppelin auf. Es war so laut, daß ich selbst zusammenzuckte und unter den Exerzierenden ein solcher Tumult entstand, daß sie nicht einmal mehr ihren Sergeant verstehen konnten. Der kam wutschnaubend an meine Zellentür und zog ein Messer (ich mußte grün geworden sein, als dieser Mordskerl versuchte, mir Angst einzujagen). Aber ich weigerte mich, die Musik leiser zu stellen, ein letztes Überbleibsel meines sinnlosen Aufbegehrens. Da legte er draußen an der Wand einen Schalter um, und der Strom blieb weg. Er war Sieger.

Ich wartete, bis sie fertigexerziert hatten, dann kam er zurück und stellte den Strom wieder an. Die vier Wärter kamen, um nach den Männern hinter mir zu sehen. Ich ging mit ihnen hinein, um Jaime seine Medizin zu verabreichen. Er war sehr blaß und still und sagte kein Wort zu mir. Als ich ging, steckte er mir einen Zettel zu. Ich las: »*Haben Sie Dank dafür, daß Sie eine so gütige Frau sind. Wollen Sie mich heiraten?*« Ich schüttelte beim Weggehen den Kopf. Der Wärter brachte mir das Abendessen, Bohnen, Schweinefleisch, Reis, Salat und zwei Tortillas. Juanita beäugte mein Essen und machte sich an den Wärter ran. Der sah mir direkt in die Augen und grapschte nach ihrer Brust, spielte eine Zeitlang damit, schlenderte dann weg und brachte ihr von einem kleinen Stand auf der anderen Straßenseite etwas zu essen. Ein bißchen Sex, ein bißchen was zu beißen. Mittlerweile war es dunkel geworden, und ich spielte für Jaime auf der Blockflöte. Er schrie nach Bach und Beethoven, ich gab mir Mühe, mich an etwas Einfaches von Bach zu erinnern. Aber sein Interesse ließ schnell nach, er war wohl in einen seiner katatonischen Zustände verfallen. Ich blieb mit Juanita allein. Sie lächelte mir zu und setzte sich neben mich auf das Bett. Ich holte mein Wörterbuch hervor. Sie berührte immer wieder mein Gesicht und sagte: »*Bonita*«, was ›hübsch‹ bedeutet. Ich fragte sie in meinem sicherlich sehr merkwürdigen Spanisch nach ihrem Leben. Sie gab keine Antwort. Die Unterhaltung kam zum Stillstand. Dann kehrte der Wärter von vorhin zurück, und Juanita trat zur Gittertür, wo die beiden sich unterhielten. Ich ging ins Bad und beschloß, mich zu duschen – oder zu eimern, wie ich es inzwischen nannte. Ich zog mich aus und goß mir eimerweise kaltes Wasser über den Kopf, dabei summte ich eine spanische Melodie vor mich hin und wusch mir die Haare. Ich trocknete mich gerade ab, als Juanita und der Wärter hereinkamen. Was, zum Kuckuck? Sie bedeutete mir, ihr zu folgen, dann zeigten beide auf das Bett. Der Wärter schaute sich immer wieder um, die Zellentür war zu. Sie wies auf das Bett und nahm Alberto, den Wärter, und mich bei der Hand. Nach dem Motto, na dann wollen wir mal. Herrje, in so etwas hatte ich mich noch nie und mit niemandem eingelassen, und schon gar nicht mit einer versoffenen mexikanischen Prostituierten, die geschlechtskrank war, und einem Gefängniswärter. Aber wie sollte ich mich verteidigen? Ich fing an, wie eine Wahnsinnige zu schreien, brüllte nach Gott und meinem Vater und vor allem nach dem *comandante* des Gefängnisses. In dem Augenblick, als ich nach dem *comandante* schrie, rannte der Wärter aus der Zelle und begann die Hände zu ringen: »*Susanita, no problema, sch-schsch.*« Von wegen, du miserabler Kerl, die Notlage eines Mädchens so auszunutzen. Bald tauchte Adolfo an der Zellentür auf, mein Held. Herrje, ich war von einem Löwen angegriffen worden, und ein Leopard kam, um mir zu helfen. Ich konnte mich nicht verständlich machen. Er schüttelte immer wieder den Kopf und sagte: »*Miedo, miedo.*« Ich schlug das in meinem Wörterbuch nach, es bedeutete ›Angst‹. Ich sagte: »*Si.*« Mittlerweile war Jaime aufgestanden und schrie: »Meine Geliebte, meine Geliebte. Ich helfe dir!« Ich hatte alles auf die Beine gebracht. Adolfo ging und wußte nicht, was eigentlich los gewesen war. Mit wem konnte ich reden, der mich verstand? Ich schrieb einen Brief an Andrew, erklärte ihm, was gespielt wurde. Er würde es dem Direktor sagen, der würde es an den *comandante* weitergeben, und dem war es egal. Ich zitterte, war verängstigt und verspürte Übelkeit. Juanita hatte Schiß und schlief auf dem Boden. Ich kramte meine Handtasche nach einer Tablette durch, damit ich schlafen konnte, fand aber nichts. Ich begann mich zu fragen, ob ich jemals aus dem Gefängnis herauskommen würde. Es hing von meinen Eltern ab, aber was kam dann, wenn sie mich zu sich und ihrer Realität zurückholten, die ich schon vor Jahren abgelehnt hatte? Konnten sie es sich erlauben, mich einer Lebensweise zu verhaften, die ich abgelehnt hatte?

In dieser Nacht beherrschten mich Dumpfheit und Verzweiflung. Der Terror des Alleinseins. Die Pein, eine Seele zu sein, die ich nicht leiden mochte.

Ich kroch in den klebrigen Schlafsack und fiel in einen verschwitzten Schlaf. Gut' Nacht, ihr Kakerlaken, laßt uns jetzt ruhig schlafen, und ihr verdammten Grillen auch!

9

Nach fünf Stunden unruhigen Schlafes wurde ich von den vier Wärtern geweckt, die kamen, um die Zellen hinter mir zu öffnen und nachzusehen, was dort vor sich ging. Es war sechs Uhr früh, mein sechster Tag im Gefängnis, und bald würden meine Eltern hier sein. Ich wollte weiterschlafen, aber es wurde schon heiß, und ich schwitzte. Ich ging ins Bad und betrachtete in dem Spiegel, den Laughlin mitgebracht hatte, mein Gesicht. Meine tief gebräunte Haut hatte einen gelblichen Ton, ich sah beschissen aus. Ich spritzte mir etwas Wasser ins Gesicht. Langsam gewöhnte ich mich an meine Umgebung, was bei mir völlig normal war; ich hatte noch nie sonderliche Schwierigkeiten, mich neuen Situationen anzupassen. Aber es ist erschreckend, sich an ein Gefängnis zu gewöhnen – man gerät in den Trott des Eingesperrtseins. Es ist, als kehrte man in den Mutterleib zurück, der sicher und warm ist. Dann gerät die Außenwelt zum Schrecken mit ihren Problemen, die einem plötzlich so fern sind; wie sicher fühlt man sich da im Gefängnis. Später sah ich meine Theorie in den Gesichtern vieler Häftlinge bestätigt, die mir zufrieden und fast angetörnt vorkamen. Während ich mich noch immer im Spiegel betrachtete, spürte ich, daß jemand mich beobachtete, und bemerkte, daß das Knäuel Toilettenpapier, das ich in das Loch in der Wand gestopft hatte, auf dem Boden lag. Tony mußte an dem Loch kleben; ich ging hinüber und wurde statt seines starrenden Auges mit seinen Lippen konfrontiert. Er wollte nur ein paar Zigaretten. Ich schob ihm ungefähr zehn durch das Loch. In letzter Zeit hatte ich weniger geraucht und es weniger genossen. Juanita schlief auf dem Boden, sie schnarchte wieder. Ich saß auf meiner Bettkante und wartete – Warten auf Godot, mein Schicksal oder meine Antwort? Ich wartete wohl darauf, daß jemand kam, um mich zu retten. Tommy erschien an der Zellentür, lächelnd und mit Geschenken, wie gewöhnlich. Diesmal gab er mir Franz von Assisis Gebet auf spanisch, in Kunstharz eingesiegelt, einen Schokoladenriegel und ein paar frische Datteln. Er blieb nie aus, brachte mir immer einige Geschenke und nahm nie etwas von mir an. Ich sah seinen jungen Wärterfreund hinter ihm ankommen; er legte den Finger auf die Lippen, bezog mich in den Spaß und das Geheimnis ein. Die Wärter bemühten sich immer, mich aufzuheitern, und ihr Humor schien aus Stummfilmkomödien zu stammen, die sie für mich abzogen. Er schlich sich langsam und leise heran, baute sich hinter Tommy auf und brüllte dann los. Tommy machte einen Satz und wollte sich eben verdrücken, da sah er, daß es sein Freund war. Er rang ihn zu Boden: Abbott und Costello des Strafvollzugs. Ich lachte und klatschte ausgelassen Beifall, um ihnen für ihre Anstrengungen zu danken. Der Wärter schloß meine Zellentür auf und reichte mir einen dampfenden Becher *café con leche,* eine Schüssel mit Eiern, Kartoffeln, Frühstücksspeck und Rosinentoast. Wie gut dieses Essen mir inzwischen schmeckte! Außerdem war da eine Thermosflasche mit frischgepreßtem Orangensaft. Andrew schickte mir gerne etwas, schließlich brauchte er ja auch Beschäftigung. Ich öffnete die Thermosflasche und fand einen Brief von ihm. (Diese Thermosflasche wurde zu einem unserer wichtigsten Vehikel, wenn wir sehr private Briefe schmuggeln wollten.) Im Brief stand, der *comandante* hätte ihm gesagt, daß auch ich die Genehmigung bekommen würde, ihn donnerstags und sonntags zu besuchen, so wie die Frauen und Familien der anderen Gefangenen. Außerdem hatte der *comandante* gesagt, daß wir uns Briefe schicken und uns in der Woche kurz sehen könnten; wir sollten schon an diesem Vormittag zusammenkommen. Außerdem schrieb er, Ted hätte dafür gesorgt, daß am nächsten Tag Juanitas Kaution bezahlt wurde.

Nun ging es mir viel besser, und ich bedankte mich beim Wärter für Essen und Brief. Damals glaubte ich noch, er sei unser Freund und riskierte seinen Job, um Briefe für uns zu schmuggeln. Später erfuhr ich, daß alle Wärter alles zum *comandante* brachten, einschließlich der Thermosflasche, und daß er sich die Briefe von Ernesto Duran übersetzen ließ. Manchmal hatte er keine Zeit dazu, und die Briefe lagen ungelesen auf seinem Schreibtisch herum, bis er sie schließlich hinüberschickte. Keiner der Wärter wollte seinen Kopf riskieren, weder für mich noch für Andrew, das kam erst sehr viel später. Ich spülte mein Geschirr und zog rosa Jeans und ein sauberes Oberteil an. Es ist schwer, sich im Gefängnis sein Gefühl von Weiblichkeit zu bewahren, aber ich tat mein Bestes.

Ich legte die Jackson-Brown-Kassette auf und tanzte in der Zelle herum, bis der alte Reinemacher kam. Diesmal blieb ich bei ihm in der Zelle, zeigte ihm das Lysol, das ich hatte, den sauberen Mop, den Toilettenpapierhalter, den ich aus altem Holz gebastelt hatte, und die Räucherstäbchen, die ich wegen des Gestanks anzündete. Sie interessierten ihn ganz besonders. Er machte sich über mein Tanzen lustig, und als er ging, rief er den Wärter herüber, und die beiden hatten offensichtlich etwas über mich zu besprechen. Sie wiederholten immer wieder dasselbe Wort und zeigten auf mein Gesicht. Gott sei gedankt für das *diccionario*. Das Wort, das sie immer wieder sagten, bedeutete Gelb; offenbar fanden sie, daß ich sehr gelb und ungesund aussah. Als sie gingen, kam ein anderer Wärter angeschoben und bedeutete mir, daß ich mitkommen sollte. Ich wußte nicht, ob ich Andrew oder meine Eltern sehen würde. Ich nahm meine Handtasche, stellte die Kassette ab und betete, daß es noch nicht meine Eltern waren. Ich war noch nicht ganz bereit.

Es war Andrew, der in der Empfangshalle des Gefängnisses saß. Er sah sehr ruhig aus und machte den besten Eindruck seit langem. Er stand auf, nahm mich in die Arme, und die Wärter ließen uns allein. »*Baby*, ich habe Sondererlaubnis vom *comandante*, dich heute zu sehen, allein. Ted schreibt einen Brief an Loretta.« (Loretta war Teds Frau.) »Erstens sollst du wissen, ich habe alle Zuversicht der Welt, daß wir bald freigelassen werden. Wenn nicht ich, dann du. Ernesto hat mir versichert, daß Gonzales ein guter Mann ist.« (Ich jedoch hatte meine ganz persönlichen Zweifel an Duran.) »Hör zu, *honey*, in dem ganzen Durcheinander ist mir irgendwie bei Duran rausgerutscht, daß du schon einmal erwischt worden bist, aber nicht in den Akten stehst. So, ehe du auf mich losgehst...«

Wütend, voller Angst und nervös fuhr ich ihn an: »Du Arschloch, wieso denkst du, daß du ihm trauen kannst?«

»Susan, entschuldige bitte, es war ein Fehler, aber er hat mir gesagt, daß so etwas sowieso vor mexikanischen Gerichten nicht als Belastungsmaterial zugelassen ist, also mach' dir deshalb keine Sorgen.«

Dann erzählte ich ihm von Juanita und dem Wärter, und er wurde stinkwütend. Wir würden in wenigen Minuten den *comandante* sprechen, er hatte darum gebeten, und so saßen wir wartend da und hielten Händchen und dachten an bessere Zeiten. Adolfo kam aus dem Büro des *comandante* und winkte uns herein. Wir marschierten händchenhaltend hinein. Da saß er hinter seinem Schreibtisch, der arrogante kleine *comandante*. Waffen stellten den einzigen Wandschmuck dar, die Waffen der zehn *federales*, die unter ihm dienten: Maschinenpistolen, Gewehre und Pistolen. Reizendes Dekor. Der *comandante* sah auf und sagte: »Susan.« Sein Englisch war recht gut, wie Andrew mir gesagt hatte. »Susan, Sie müssen vorsichtig sein. Wenn Sie Andrew donnerstags und sonntags sehen wollen, müssen Sie sich an die Vorschriften halten. Ihre Zelle ist Ihr Haus, zwar nicht so wie das Ihrer Eltern, aber ich lasse ein Waschbecken für Sie einbauen. Versuchen Sie nicht zu fliehen, heute nacht kommt Armee.« Dann zog er einen langen Brief hervor, den ich an Andrew geschrieben hatte, und ich erkannte in jähem Schrecken, daß er alle unsere Briefe konfiszieren konnte; er war der Chef des Gefängnisses, und die Wärter zeigten ihm alles. »Susan, was soll das bedeuten, *honey? Honey*, ist das etwas zum Essen?« Was sollte ich dazu sagen? Er begann mich auszulachen, bemerkte dann aber den verletzten und leicht verärgerten Ausdruck in meinem Gesicht; ich haßte es, wenn jemand mich auslachte. Ich sagte: »Hören Sie auf zu lachen.« Er hörte auf, blickte mich an und sagte zu mir so sanft, wie Adolfo zu Jaime gesprochen hatte: »Sie brauchen niemals Angst vor mir zu haben.« Ich wußte, welche Angst die *federales* vor ihm hatten, und ich wußte, wie alle Polizisten vor ihm zitterten, und mir wurde klar, daß niemand ihn wie einen Menschen behandelte oder ansprach und daß er meine Freundschaft wollte, obwohl ich nur ein Häftling war.

Andrew begann in ganz gutem Spanisch, dem *comandante* von den Versuchen des Wärters, mich zusammen mit Juanita in ein Sexabenteuer zu locken, zu berichten. Der *comandante* wurde wütend und schickte Adolfo, seine rechte Hand, weg, um alle Wärter zu versammeln. Der Befehl lautete, mich in Ruhe zu lassen, oder sie bekämen es mit ihm zu tun, was nur wenige wollten, denn wenn er die Beherrschung verlor, wurde er wild. Ich beschloß, einen kühnen Versuch zu wagen: Kurz bevor wir gingen, sagte ich: »*Señor comandante*, mit allem Respekt, wäre es vielleicht möglich, an einem Donnerstag oder Sonntag ein Konzert für die Häftlinge zu geben? Andrew könnte Gitarre spielen, ich die Blockflöte, und wir könnten zusammen singen. Wir würden keinen Ärger machen.« Einen Augenblick lang glaubte ich, der *comandante* würde in Gelächter ausbrechen, dann meinte er: »Ihre Musik, Susana, ich weiß. Ich höre Ihre 'Angelitos Negros', wenn Sie für Jaime spielen. Konzert ist eine gute Idee. Besser, wenn Sie Bach oder Beethoven spielen.« (Ich war erstaunt, wieder einmal offenbarte sich, daß ich in der Tat so etwas wie einen Klassendünkel besaß.) »Ich fürchte aber, Susana macht die Männer zu wild.« – »Zu wild? Ich würde doch mit Andrew spielen.« – »Na schön, genug jetzt, wir werden sehen. Andrew geht jetzt zurück in seine Zelle, Sie bleiben hier draußen. Ihre Eltern kommen.«

Ich dankte dem Mann für seine Zeit, war aber wegen des Besuchs meiner Eltern zu nervös, um normal zu reagieren. Als man uns herauseskortierte, bemerkte Andrew, was für ein merkwürdiger Mann der *comandante* doch sei, voller Widersprüche. Er hatte mitgehört, als ich für Jaime spielte, und es hatte ihm gefallen. Und er schätzte Bach und Beethoven. Ich fand viele Mexikaner so verwirrend. Ihre Schale schien so hart, und dennoch traf das alte Sprichwort zu: Wenn man einen Mexikaner beleidigen will, braucht man nur Bemerkungen über seine Mutter zu machen. Der Respekt der Mexikaner für die Familie war sehr groß. Ich fand, daß dieser Respekt der jüdischen Familienideologie sehr verwandt war. Die Mexikaner waren so von meiner Familie und der Vorstellung, daß meine Eltern an meine Unschuld glaubten, beeindruckt, daß ich für sie plötzlich ein besserer Mensch zu sein schien. Andrews Familie hingegen würde sich die Reise hierher niemals leisten können, und Teds Frau sah für ihre Vorstellungen etwas zu bizarr aus. Es war der Familienverband als Ganzes, der sie wirklich beeindruckte. Irgendwie ließ meine Familie, die an mich glaubte, auch wenn ich Ausländerin war, mich weniger kriminell erscheinen.

Die Wärter zogen Andrew weg, er sah mich an und ich ihn. Er wußte Bescheid, er sagte es ganz sanft, als sie ihn einschlossen: »Ich bin bei dir, *honey*, deine Eltern können dich nicht wegnehmen...« Aber ich wußte, wie verwundbar ich sein würde. Ich ging hinüber zu einer Bank, setzte mich, die Wärter ließen mich nicht aus den Augen. Meine Eltern würden eine desillusionierte Susan vorfinden, die frei sein wollte. Ich fühlte mich so weit von Andrew entfernt, und dennoch liebte ich ihn noch immer. Er war hier meine einzige Realität, aber ich wußte, daß wir nie wieder dieselbe Realität teilen würden. In diesem Augenblick drehte ich mich um und sah meine Mutter und meinen Vater und einen Fremden mit den Wärtern reden. Mein Güte, der Kulturschock! Von der Methedrin-Manie zum Familientreffen. Zuletzt hatte ich sie im Dezember 1971 gesehen; damals war ich nach Los Angeles zu einer Party geflogen und hatte ihnen gesagt, daß wir uns in ein paar Tagen wiedersehen würden. Inzwischen hatten wir Ende Mai 1972.

Zuerst sah mich meine Mutter. Sie kam herüber, schick wie immer, in Hitze, Regen oder Schnee, in weißen Hosen, Oberteil und Sandalen. Allerdings behielt sie die ganze Zeit über ihre Sonnenbrille auf; ihre Augen waren vom Weinen zu verquollen. Ich fühlte mich dermaßen schuldig, daß ich nicht mit Liebe reagieren konnte. Ich haßte mich so sehr, daß ich geradezu abweisend war. Sie schluchzte; jetzt war ich an der Reihe, sie zu trösten, und ich stand auf und sah meinen Vater, in Anzug und teurer Krawatte, sah seine sanften Augen und seinen aufrichtigen Mund. Er sah gut aus, aber viel kleiner, als ich ihn in Erinnerung gehabt hatte. Wir schauten einander an, meine Augen baten: »Geh' nicht zu streng mit mir ins Gericht.« Sein Blick durchbohrte mich, ich senkte die Augen. Die Zeiten hatten sich geändert. Susan, ihr Liebling, ihr braunsamtenes kleines Ding. Konnte sie sie nicht mehr mit ihrer Schönheit und ihrer Lebenslust manipulieren? Meine Mutter weinte, ich hielt sie in den Armen, sie flüsterte: »Warum, Susan, warum? War es das Geld? Wir wissen nicht, ob wir dich freibekommen können. Dieser Mann ist ein Freund deines Vaters, er heißt Manuel, er ist mit dem Flugzeug aus Mexico City gekommen, um mit Gonzales zu reden und uns zu helfen.« Und dann weitere Tränen, schließlich aber schärfer: »Du siehst so trotzig aus, Susan, du kleine Hure...« Und ich haßte sie wegen des Schimpfwortes und wollte gehen, und dann kam mein Vater zu uns, keine Küsse. »Hallo, Susan, ich möchte dir Mr. Cervantes vorstellen.« Keine Emotionen, als würde er in der *New York Times* dazu lesen. Dann ich: »Erfreut, Sie kennenzulernen, Mr. Cervantes.« Und was jetzt? Ich konnte ja kaum sagen: »Wie nett von Ihnen, daß Sie versuchen, mich aus dem Knast zu holen.«

Was ich auch gedacht oder geplant hatte, es hätte nicht schlimmer kommen können. Die Türen zur Männerabteilung öffneten sich, und heraus kam Gonzales mit Andrew und Ted. Offenbar hatte er sie besuchen wollen, während Andrew und ich beim *comandante* waren, und hatte bei Ted gewartet, bis Andrew zurückkam. Andrew hatte abgeschnittene Jeans an, ich betrachtete ihn mit den Augen meiner Mutter. Wie ein Absolvent einer Eliteuniversität sah er wirklich nicht aus, ich allerdings auch nicht. Er kam herüber, trat vor meine Mutter, die ihn bitterböse anstarrte – ausgeschlossen, daß dieser Mensch jemals etwas mit ihrer Tochter zu tun hatte. Er schaute mich an, glaubte, die ganze Szene im Kasten zu haben, zwinkerte und sagte: »Bis später, *honey*.« Mein Vater schüttelte den Kopf, und die Wärter brachten Andrew weg. Gonzales kam herüber, um sich Mr. Cervantes und meinem Vater vorzustellen. Ted winkte, er wurde als der Unschuldige verkauft. Meine Mutter, die die faulen Vibrationen sofort auffing, meinte: »Dieser Andrew hat es wirklich raus, seine Freunde in Schwierigkeiten zu bringen.« Erst sehr viel später sollte sie erfahren, daß Ted der Urheber des *deals* war, und daß Andrew Teds Haut gerettet hatte, weil er nie darüber sprach, wie sich die Sache wirklich verhielt. Gonzales war verschwunden; mein Vater und der elegante Mr. Cervantes hatten ihn weggeschickt, damit er Fotokopien meines

Vernehmungs- und Verhandlungsprotokolls besorgte. Wir setzten uns, und mein Vater sagte: »Dieser Mann zieht uns das Fell über die Ohren. Hoffentlich ist er wenigstens gut.« Er sprach über mich, als sei ich eine mißglückte geschäftliche Transaktion oder ein Besitzgegenstand, der repariert werden mußte. Mein ganzes Leben lang war ich behandelt worden, als sei ich nur ein Anhängsel meiner Eltern. Sie trichterten mir ihre Wertvorstellungen ein und nahmen mir jede Möglichkeit, selbständiges Denken zu entwickeln. Meine Persönlichkeit war so mit der ihren verwachsen, daß jegliche Individualität ins Hintertreffen geraten mußte. Hatte ich etwas angestellt, so hieß es unweigerlich, was sollen die Leute von uns denken? Jetzt, sogar jetzt noch, dachten sie an die Schande. Dachten daran, wie unmöglich ich war, aber nicht daran, warum es dazu gekommen war, nicht an mich und meine jämmerliche Situation. Am liebsten hätte ich geschrien: »Ich sitze hier im Gefängnis, nicht ihr!« Dann riß mein Vater mich zurück mit Sätzen wie: »Tja, Susan, wir sind gekommen, um dir zu helfen, aber bilde dir nicht ein, daß wir dazu verpflichtet sind. Wir tun das, weil wir das Gefühl haben, daß du für Besseres bestimmt bist, und daß auch aus dir mit einem bißchen Unterstützung ein produktives Mitglied unserer Gesellschaft werden kann. Wir haben dich wirklich lieb, Kleines. Mr. Cervantes war so freundlich, dafür zu sorgen, daß ein älterer Mann, ein Vetter von ihm, ein Elektroingenieur, sich um dich im Gefängnis kümmert und zusieht, daß du alles hast, was du brauchst. Er wohnt in La Paz. Du siehst ziemlich schlecht aus, Kleines, wie geht es dir?« Ich wollte sagen, daß es mir so ging, wie es mir immer gegangen war, wenn ich etwas ausgefressen hatte. Ich hatte meinen Eltern Aufregung verursacht, darüber machte ich mir mehr Sorgen als über mich selbst. In meiner Familie schien es immer so gefühlvoll zuzugehen; aber in Wirklichkeit hatten meine Eltern nur die Fassade poliert. Jeder sollte uns für die perfekte Familie halten, Streit gab es nicht, wir lebten in einem wahrhaftigen Wunderland. Ich hatte in ihrer Realität keinen Sinn gesehen, wieso sollte ich es jetzt können? Fünfundzwanzig Jahre lang hatte ich ihren Lebensstil, ihre Realität abgelehnt; niemand wurde gefragt, ob er glücklich war oder nicht, das wurde einfach vorausgesetzt. In diesem Haus war Trübsinn nicht erlaubt. So suchte ich überall nach einer Reaktion, um wenigstens einmal echten Haß oder echte Liebe, herrje, irgend etwas Echtes zu erleben. Das alles wollte ich herausschreien, sagte aber statt dessen einfach nur: »Ich fühle mich sehr schlecht. Ich glaube, mein Eierstock macht wieder Schwierigkeiten.« Und wieder mein Vater: »Mr. Cervantes wird dafür sorgen, daß du zu einem Arzt kommst. Hoffentlich lassen sie dich unter Bewachung gehen.«

Es war alles so jämmerlich, mein Urteil, ihre Steifheit, die Kleinheit und Erfolglosigkeit meines einst so übermächtigen Vaters, der sich solche Mühe gab, aber selbst spürte, wie mitleiderregend die Situation war. Sein forsches Reden bröckelte etwas ab. »*Honey,* wir wissen, wie lang die Gefängnisstrafe ist, und hoffen inständig, dich freizubekommen. Auf keinen Fall aber wollen wir irgendwelche Verantwortung für Andrew oder Ted übernehmen. Wir wollen auch nicht, daß du sie siehst, aber was können wir schon dagegen unternehmen? Wir können nicht zu lange bleiben, nur lange genug, um jedem hier klarzumachen, daß du nicht wie Andrew und Ted bist und aus einer guten Familie kommst. Ich habe dir zwei Bücher mitgebracht, *The Greening of America* und *The French Lieutenant's Woman.* Wir überzeugen uns davon, daß du einen Arzt bekommst und daß alles in Ordnung ist.«

Ernesto Duran kam herüber und stellte sich allen vor. Er sprach mit Manuel spanisch und erklärte ihm offenbar, wie die Dinge hier mit dem Direktor und dem Richter liefen. Mein Vater nahm mich beiseite: »Susan, wie du weißt, habe ich in meinem ganzen Leben noch niemanden bestochen, und ich habe nicht vor, jetzt damit anzufangen. Ich hoffe nur, es nicht deinetwegen tun zu müssen.« Und schließlich meine hysterische Mutter: »Susan, wie konntest du nur jemanden wie Andrew anziehend finden? Er sieht so schwächlich aus. Oh, Susan, du bringst uns um, wir sind hierhergekommen, weil wir dich lieb haben, was können wir dir besorgen, *honey*? Wir lassen dich nicht im Stich.« Ich dachte, ich wählte Andrew, weil seine Ungezwungenheit mich anzog, mich, die ich so hölzern, so starr war, aber frei sein wollte. War es der Schmerz, den ich mir gewählt hatte? Ich fragte mich, ob ich jemals Persönlichkeit besessen hatte, abgesehen von einer negativen.

Da Laughlin mir schon so viel gekauft hatte, war die Liste, die ich meinem Vater gab, kaum der Rede wert. Er fragte mich eingehend über Laughlin aus. Wer hatte ihn geschickt? Wer zahlte sein Honorar? Dann, als Manuel einen Augenblick beiseitetrat, um sich mit dem *comandante* über meine Ärzte und meine Zelle zu unterhalten, kamen meine Eltern zu Kernfrage ihres Besuchs. Sie wollten wissen, wie ich dazu kam, mich mit solchen Gaunern einzulassen. Mein Vater hatte Andrews und Teds Firma von einer privaten Auskunftei überprüfen lassen und festgestellt, daß die Firma faul war. Selbst bei all meiner Aufsässigkeit und Unstetigkeit konnten sie niemals verstehen, daß ich mir *immer* Männer aussuchte, die anders waren als mein Vater.

Irgendwie versuchten sie die Illusion zu wahren, daß Andrew und Ted mich weggelockt und dazu überredet hatten, ihren Lebensstil anzunehmen.

›Mutter und Vater‹, hätte ich am liebsten geschrien, ›ich bin hier, weil es mit meinem Lebensstil, Susan Beth Nadlers Lebensstil, nicht unbedingt aufwärts ging. Niemand mußte mich überreden, mich dieser fröhlichen Schmugglerbande anzuschließen, ich wollte selbst eine fröhliche Schmugglerin sein.‹ Aber ihre Steifheit, das Unbehagen, das sie empfanden, so ihrer Tochter gegenüberzutreten, dem lebendigen Beweis ihrer Unfähigkeit, ihr sittliche Werte zu vermitteln, machten es mir unmöglich, ehrlich zu ihnen zu sein. Ein Rest ihrer Moral hatte sich in meine Werte eingeschlichen, unbewußt; ich log sie an. Mein Vater fragte mich, ob ich Geld in diesen *deal* investiert hätte. »Selbstverständlich nicht, Daddy, so verrückt bin ich doch nicht.« Ich sagte ihnen, daß ich an dem Tag, als die Sendung eintraf, hatte abfliegen wollen, was stimmte, denn ich hatte mich krank gefühlt. Und sie waren so verzweifelt, daß sie mir alles glaubten. »Oh, *honey*, soll das heißen, du wußtest irgendwie, daß du dich nicht ganz in diese Sache verwickeln wolltest?« Der fragende Ton in ihrer Stimme flehte mich an, ihr zuzustimmen, und so tat ich es. Ich nahm den Weg des geringsten Widerstandes, ließ ihnen ihre Illusionen – es würde mir selbst leichter werden. Da saß ich im Gefängnis, weil ich Haschisch geschmuggelt hatte, log meine Eltern an, die mir helfen wollten, solange ich weiterlog und versprach, ihren Lebensweg einzuschlagen.

Ich glaube, daß ich Andrew an jenem Tag verließ. Ich wußte, es würde einfacher für mich sein, wenn ich meine Eltern nicht mit meinen Sorgen um ihn beunruhigte. Wenn sie La Paz verlassen hatten, würde ich wieder bei ihm sein. Aber das Unechte in mir, das, was ihnen gehörte, würde mich für immer von Andrews Welt ausschließen. Immerhin hatte ich einen akademischen Grad, konnte einen Monet von einem Van Gogh unterscheiden und schrieb Gedichte. Es ist sehr schwer, an seinen inneren Kern heranzukommen und vor sich selbst Rechenschaft abzulegen, wenn man nur eine kleine Frau ist mit Dreck unter den Nägeln und verfilzten Haaren und Träumen. Mr. Cervantes war zurückgekommen und sprach ein paar Minuten lang mit mir. Ich fand ihn ganz nett, er war wie das mexikanische Gegenstück zu meinem Vater, abgesehen davon, daß er blond war. Er schüttelte den Kopf, als er meinen Vater ansah; dann blickte er zu mir; ich hätte am liebsten geschrien. Ich wußte nicht, warum oder was ich alles falsch gemacht hatte, oder was überhaupt falsch war und was richtig. Ist es falsch, Haschisch zu schmuggeln? Ist es richtig, Andrew im Stich zu lassen, um meine Haut zu retten? Auf diese Fragen fand ich eigentlich nie meine eigenen Antworten. Ich reagierte eher auf die Ereignisse, als daß ich sie beeinflußte. Ich wußte nur eines: Ich war allein, die Wertvorstellungen meiner Eltern waren nicht die meinen.

Ich gab meinem Vater die Liste der Dinge, die ich im Gefängnis brauchte – Rasierklingen, mehr Shalimar-Parfüm, eine Kochplatte, ein neues Radio, Bücher, Stifte, mehr Papier und Essen, mehr Deodorant. Die Liste wurde immer absurder, als sie versuchten, mir immer mehr zu besorgen. Am späten Nachmittag verabschiedeten wir uns mit Küssen. Meine Eltern wollten zurück in ihr Hotel gehen, den Schlachtplan für Manuel überlegen, mir das Abendessen schicken und am nächsten Tag zurückkommen, um mir meine Sachen zu bringen und herauszufinden, wie die Anklagepunkte gegen mich lauteten. Es würde schon alles gut werden, und weg waren sie wie ein Traum, und ich wurde zurück zu meiner Zelle eskortiert. Was hatte ich eigentlich hier verloren? Ich war in einem wunderschönen Haus mit Dienstmädchen aufgewachsen. Ich ging zum Ballettunterricht, aß chinesische Gerichte, und mein Vater wurde niemals laut. Wenn er böse auf mich war, merkte ich das nur daran, daß er meinen Taschengeldscheck auf Susan *Beth* Nadler statt einfach nur auf Susan Nadler ausstellte. Und ich saß und saß auf diesem mistigen Bett, Juanita kreischte, und ich fragte mich, wie man jemals Kinder erziehen sollte, wenn man keine Vorstellung und kein Verständnis von sich selbst hatte.

Die Wärter kamen und gingen, Ernesto Duran brachte mir das Abendessen von meinen Eltern, Steak, Salat, Gemüse und Eiscreme. Außerdem gab er mir eine Valium und einen Brief von Andrew, in dem stand: »Sag ihnen, sie sollen abhauen, wenn sie dich aufregen, wir brauchen sie nicht.« Ich allerdings schon – ich brauchte einen kleinen Realitätstest, um herauszufinden, wer die *dope* schießende, unverblümt redende, aufgeweckte, belesene Frau im Spiegel war. Kriminell war ich bestimmt nicht.

O schau und sieh all die Narren, die zu mir sprechen und glauben, daß es mich gibt. O schau und sieh mich, die Närrin, die glaubt, frei zu sein... Schau, wie Susan rennt, durch all den Spaß. Einsam flüstert sie...

10

Eigentlich sollte dieses Kapitel ›Der Läuterungsakt‹ heißen oder ›Wie ich lernte, einzusehen, daß ich nicht mehr dort war, wo ich mich einmal befunden hatte‹. Es war zwar kein Wendepunkt, aber ich hatte erkannt, daß ich nicht mehr einfach tun konnte, was ich wollte, in dem Bewußtsein, es wäre schon alles in Ordnung. Alles schien zehnfach auf mich zurückzufallen. Zur Zeit quälen mich Magenschmerzen, Tommy steht an meiner Zellentür mit Mango-Früchten für ›Susanita‹, Jaime verlangt nach Aufmerksamkeit, und meine Eltern sind am Boden zerstört, weil ich das Gesetz gebrochen habe, ihr Gesetz, ihre Illusionen, ihre Herzen; wie konnte es nur so weit mit mir kommen?

Ach ja, wenn du nichts dagegen hast, habe ich jetzt einfach Lust, draußen zu sitzen und mit den Bienen zu reden, wenn's gefällig ist. Ich komme vorbei, werde zu spät dran sein. Gott, ach ja, sein Haus steht eine Straße weiter, von diesem Schwulen eingerichtet, weißt du. Er hatte so eine Art Untere-Oberklasse-Geschmack, zuviel französische Provinz für Mamas und Daddys Geschmack. Nein, seine Schuhe gefallen ihnen nicht, zu spitz, hin und wieder lädt eines der Kinder Gott zum Abendessen ein, aber Mutter braucht eine Woche, um sich auf einen Gast zum Abendessen vorzubereiten, auch wenn er heilig ist. Nein, Gott macht alles viel zu leicht verständlich, kappt die Nachfrage nach Psychiatern, ich sehe mir lieber David Susskind an. Bitte, Daddy, hol mich hier raus. Ich mache alles, was du willst. Ich hasse mich jetzt, so verletztlich, ihrer Gnade ausgeliefert.

»Danke, Tommy, *muchas gracias*, die Mango war sehr gut.« Du mußt was essen. Ich fühlte mich unbehaglich, als Juanita in die Hände klatschte, einen Moment lang zwanzig Jahre jünger aussah und sich mit einem Kuß von mir verabschiedete. Der Wärter hatte ihr gesagt, daß ich für ihre Freilassung gezahlt hatte, sie konnte nicht wissen, daß ich nicht gezahlt hatte, weil mir etwas an ihr lag, sondern einfach nur, um die Zelle für mich allein zu haben. Sie hielt es dennoch für einen sehr mildtätigen Akt. Lebwohl, und Gott sei mit dir. Ich hatte ein schlechtes Gefühl, bestimmt würde sie bald wieder hier sein; sie hatte nichts dazugelernt. Das brachte mich auf die Frage, ob *ich* denn jemals etwas lernen würde, oder ob immer jemand da sein würde, der mich freikaufte. Über die Vergangenheit brauchte ich mir keine Gedanken mehr zu machen; denn wenn ich aus meiner ersten *dope*-Geschichte etwas gelernt hätte, säße ich jetzt nicht hier. Jetzt mußte ich mich darauf konzentrieren, meinen Eltern ruhig entgegenzutreten und mich rasch anzuziehen. Ernesto Duran hatte hereingeschaut, um mir zu sagen, daß man mich zum Arzt bringen würde. Manuel hatte Wunder vollbracht, man würde mich zum besten Gynäkologen von La Paz oder, wie die Polizisten sagten, auf dieser Seite des Rio Grande, bringen. Ich fühlte, daß das körperliche Unbehagen von meinem linken Eierstock stammte, der sich wieder meldete, und fragte mich, ob ich mein ganzes Leben lang von einer Eierstockzyste geplagt werden würde. Ich ging ins Bad und wusch mich, wobei mich Schüttelfrost und Fieberwallungen überliefen. Ich beschloß, mein einziges Kleid anzuziehen, mein Chino-Originalmodell. Ich zog mir das Kleid über, schlüpfte in meine Sandalen und setzte mich auf die Pritsche, um auf die Wärter zu warten. Aber statt der Wärter sah ich den B. A. mit gemessenen Schritten auf meine Zelle zukommen. Er hatte mein Notizbuch in der Hand, mein Notizbuch aus vergangenen Tagen, vernebelten Tagen, und eindeutig ein negatives Beweisstück.

Der Wärter kam hinter dem Gebäude hervor, schloß meine Zelle auf und reichte mir mein Frühstück, das ich draußen im Stehen essen mußte. Der B. A. sagte Guten Morgen und all die höflichen Belanglosigkeiten, und daß er gerne meine Eltern kennenlernen würde. Ich würde es ihnen später am Tag sagen, meinte ich. Dann fügte er leise hinzu: »Susan, es ist mir unmöglich, dieses Tagebuch zu lesen. Es sind so viele Handschriften drin, das sind doch nicht alles Ihre?« – »Nein, das habe nicht alles ich geschrieben.« Nein, mein Herr, hätte ich hinzufügen sollen, das waren Susan Z und Susan B; an so vielen Tagen war ich so vollgedonnert gewesen, daß meine Handschrift sich eine Million mal geändert hatte. »Susan, lesen Sie mir das vor, es interessiert mich.« Und ich blätterte zu den Songs, die Andrew und ich geschrieben hatten, und las ihm die Texte vor. Je mehr Texte ich vorlas, desto trauriger wurde ich über mich selbst und Andrew, der nicht wissen konnte, daß ich inzwischen meine Zeit mit ihm in La Paz als Selbsttäuschung betrachtete und sonst nichts. Ich hatte eine Seite erwischt, deren Titel ›Methedrin-Manie‹ lautete, und beim Lesen zog ich ganz beiläufig den Filzstift heraus, der im Notizbuch steckte, und strich ›Methedrin‹ aus, ließ nur ›Manie‹ stehen, was ohnehin sinnvoller war. Ich blätterte das Buch weiter durch, strich alle belastenden Wörter aus. Und der B. A. war so in die Texte vertieft – außerdem sah er mir beim Lesen auf den Mund –, daß er nicht merkte, was ich tat. Die Hitze war unerträglich, der Schweiß lief mir von der Stirn, eine Stunde verging, ich las weiter, bis der B. A. sagte: »Tja, Susan, Sie haben Glück. Hier steht nichts Belastendes. Vielleicht sind Sie tatsächlich ein anständiges Mädchen.« Und so mußte ich mit einer weiteren Lüge leben. Mögen sie niemals mein wahres Ich kennenlernen. Ich hörte auf, er sagte mir, daß die *federales* warteten, um mich zum Arzt zu fahren. Das Buch könne ich behalten, und meine Eltern möchten ihn doch bitte anrufen. Ich nahm das Notizbuch, steckte es in meine Handtasche und folgte ihm auf die Straße. Dort standen Adolfo, sein Bruder Alfonso und zwei andere bewaffnete *federales;* sie eskortierten mich zu dem VW-Bus, mit dem die Häftlinge transportiert wurden. Ich setzte mich auf einen der heißen Sitze und versuchte zu verstehen, weshalb sie lachten. Wir fuhren schnell durch die Stadt, die ich schon fast vergessen hatte. Dann hielten wir vor einer Arztpraxis an, und Adolfo brachte mich ins Wartezimmer. Es waren keine anderen Patienten da, und die Sprechstundenhilfe schien auf mich vorbereitet zu sein. Adolfo und ich folgten ihr zum Untersuchungszimmer. Ich ließ Adolfo an der Tür stehen und betrat den Raum, und zum ersten Mal in zehn Tagen kam ich mir fast normal vor.

Der Arzt, der mich empfing, war ein kleiner, stämmiger, älterer Mann, der fehlerfreies Englisch sprach. Er behandelte mich gleichgültig als die Kriminelle, die ich in seinen Augen war, und stellte mir ein paar Fragen. Ich sagte ihm, daß ich in Jerusalem eine Ausschabung gehabt hatte, daß mir 1970 in Pittsburgh eine Eierstockzyste entfernt worden war, und daß ich seitdem unter chronischen Eierstockbeschwerden gelitten hatte. Er wog mich, dreiundfünfzig Kilo, ein wenig zu mager für mich, wie er behauptete, und ich zog mich aus für die Untersuchung, vor der jeder Frau graut. Als sie beendet war, fühlte ich mich wie bei jedem anderen Arztbesuch; er sagte mir, daß ich am linken Eierstock eine ungefähr zehn Zentimeter große Zyste hätte, und verschrieb mir ein Antibiotikum. Dann rief er im Gefängnis an, sprach rasch und knapp mit Ernesto Duran spanisch, sagte mir dann, es sei vereinbart worden, daß Mr. Castro (Manuels Verwandter) meine Medizin kaufte, und ich sollte in der Zwischenzeit Duran dazu bewegen, meinen Namen auf das Rezept setzen zu lassen. Wenn sich mein Zustand nicht besserte, sollte ich in einer Woche wiederkommen. In einer Anwandlung von Mitleid fragte er mich, ob ich schlafen könne, und ich sagte nein. Wenn ich wollte, würde er mir Schlaftabletten verschreiben. Noch nicht, Mann, noch nicht. Ich weiß wirklich nicht, weshalb ich sie zurückwies, es war das erste Mal, daß ich einen möglichen *high* ausgeschlagen hatte. Ich fühlte mich ohnehin so miserabel, daß ich nicht auch noch benebelt sein wollte, ganz besonders nicht jetzt, wo ich nachzudenken hatte. Er wünschte mir viel Glück, und Adolfo begleitete mich zurück zum Bus.

Als ich einstieg, gab es großes Gelächter, und plötzlich dämmerte mir, daß die *federales* alle glaubten, ich sei schwanger. Ich saß still im Bus, bemühte mich, nicht zu reagieren und mich wenig zu bewegen. Die Hitze war unerträglich.

Wir kamen wieder im Gefängnis an, und die *federales* brachten mich in den Raum, den ich immer das Wartezimmer nannte. Dort wartete Ernesto auf mich. Er sagte mir, daß er mir meine Medizin besorgen und daß man mein Mittagessen in fünfzehn Minuten in seinem Zimmer servieren würde. Meine Eltern und Mr. Cervantes müßten jeden Augenblick hier sein, um sich zu verabschieden. Verabschieden? Was, zum Kuckuck? Sie waren doch gerade erst angekommen. Dann berichtete Ernesto, daß Andrew mir liebe Grüße schickte, ich schickte ihm meine zurück, zurück zu ihm, der sich sorgte, weil er annahm, meine Eltern würden mich ihm wegnehmen. Nicht meine Eltern, *honey*, ich mich selbst.

In diesem Augenblick traten meine Eltern mit Mr. Cervantes auf. Es war bühnenreif – meine Mutter, in Tränen und Modellkleid, lief auf mich zu und küßte mich, ich stand auf, küßte meinen Vater und gab Mr. Cervantes die Hand. Als erstes überreichte mir mein Vater alle meine Sachen – meine Kochplatte, das Radio, Creme und Lebensmittel und dann zweihundert Dollar in Pesos, die Hälfte sollte Mr. Castro aufbewahren, bis ich sie brauchte. Dann versprachen sie mir, sich nach anderen Anwälten umzusehen, weil Manuel das Gefühl hatte, Gonzales tauge nichts. Ich war beleidigt, er war mein und Andrews Anwalt. Ich sollte jedoch keinen Ton darüber verlauten lassen: in einer kleinen Stadt wie La Paz könne man nie wissen, ob Gonzales nicht einen Draht zum Richter hatte. Dann sagte ich meinem Vater, daß der B. A. ihn sprechen wolle. Er hätte auf dieser Reise keine Zeit, den *comandante* oder den B. A. zu besuchen, entgegnete mein Vater. Und meine Mutter fügte hinzu: »Schau mal, Susan, das Wichtigste ist, für dich eine neue Verhandlung zu erreichen, getrennt von Ted und Andrew. Wir wollen nicht, daß du mit ihnen etwas zu tun hast, es sind schlechte Kerle, und wenn du sie weiterhin siehst, wird der Richter glauben, du bist schuldig. Also halte dich von Andrew fern und bleibe für dich.« Es war, als hätte man mir einen Schlag versetzt; Mutter, etwas in mir liebt ihn. Ich wußte, daß ich Andrew die ganze Zeit über besuchen würde, bis es uns vom Gericht verboten wurde, aber das sagte ich *ihnen* selbstverständlich nicht. Mein Vater meinte: »Susan, du mußt dir ein gutes Image aufbauen.« (Ist es dazu nicht ein bißchen spät, Daddy?) »Wir fliegen heim, um uns sozusagen umzugruppieren, etwas Geld zu besorgen und herauszufinden, ob der Senator aus Pennsylvania uns helfen kann, außerdem wollen wir dieses Innerclean-Mißverständnis aufklären. Ist dir eigentlich klar, daß du nicht nur wegen Haschischschmuggels, sondern auch wegen Besitzes von Haschischtabletten festgehalten wirst? Schöne Bescherung.«

Und dann kamen die Gefühle hoch. Die Augen meines Vaters verschleierten sich, als er meine Hand hielt, mein guter alter Daddy, und mir sagte, ich solle mir keine Sorgen machen, sie täten für mich, was sie konnten. Sie wüßten, wie schwer es sein würde, aber ich solle anrufen, wenn es ging, Mr. Castro anrufen, wenn ich Geld brauchte, und schreiben. Ich kann mich an nur weniges von dem, was gesagt wurde, erinnern; aber zum ersten Mal seit meiner Verhaftung benahmen meine Eltern sich so, als machten sie sich Sorgen, weil ich in diesem Gefängnis festsaß, und nicht darüber, wie sie in ihrer Gesellschaft das Gesicht wahren konnten. Ich wußte, daß sie mich irgendwo wirklich liebten; sie konnten nur einfach nicht aus ihrer Haut raus. Die Zeit verflog, sie mußten ihr Flugzeug erwischen, sie liebten mich, sei stark, ihr auch. Und ich gab allen einen Abschiedskuß. Und dann wurde ein großer Fehler begangen. Manuel erreichte, daß mein Vater mir meine Sachen zur Zelle tragen durfte. Ich sagte ihm, das sei nicht notwendig, aber er bestand darauf. Er trug alles auf seinen Armen, so wie er mich als Baby getragen hatte, und wir, begleitet von einem Wärter, machten uns auf den Weg nach hinten. Mein Vater sah meinen kleinen Baum, Symbol des Lebens, vor meiner Zelle stehen, er stand in Blüte, und dann schloß der Wärter die Zelle auf. Ich dachte, er würde von dem Gestank ohnmächtig werden, er aber verhielt sich nonchalant, legte alle meine Sachen auf das verlauste Bett, dann kreischte Jaime nach mir, ich versuchte ihm klarzumachen, wie leid mir das Ganze tat, er hielt mich eine Minute lang in den Armen, und dann sagte ihm der Wärter, er müsse gehen, und er nahm einen Schokoladenriegel aus der Tasche, als wäre ich ein kleines Mädchen, sagte: »Kopf hoch, *honey*«, und dann schloß der Wärter mich ein. Ich sah meinen Vater verschwinden, sein Gang war langsam und gebrochen, als weinte er. Ich saß auf dem Boden und aß die Schokolade und weinte für alle, weinte, bis meine Augen zu Schlitzen zusammengeschwollen waren und ich das Bild meines Vaters nicht mehr vor mir sehen konnte. Dann wurden die Wärter abgelöst und brachten mir mein Abendessen von Andrew.

Ich war schon lange mit abendessen fertig, hatte meine Kleider ausgespült und zum Trocknen aufgehängt und mich bereits ›geeimert‹. Irgendwie hatte ich das Gefühl, vom Weinen gereinigt worden zu sein. Duran brachte mir meine Medizin, die ich zehn Tage lang zweimal täglich zu nehmen hatte. Andrew schickte mir einen Brief, ich könne ihn in zwei Tagen, am Sonntag, besuchen, und Laughlin hätte Ted geschrieben, daß alles glatt liefe, was immer das auch zu bedeuten hatte. Jaime hatte geweint, ich hatte für ihn auf der Flöte gespielt, und jetzt, um neun Uhr, war alles still bis auf den Lärm, den Tonys Fernseher machte. Mit Hilfe des Wörterbuchs hatte ich ein paar Wörter aufgeschnappt und war mittlerweile in der Lage, mich mit Tony zu verständigen. Er hatte mir gesagt, daß er zwei Jahre lang in diesem Gefängnis bleiben mußte; dann würde er nach San Diego gehen. Er sagte mir nie, weshalb er im Gefängnis saß. Ich hatte Kerzen angezündet, lag unter dem Schlafsack, las *The Greening of America* und fühlte mich kuschlig und sicher. Da hörte ich plötzlich Tony durch das Loch in der Badwand rufen: »Susana, Susana, komm, wichtig.« Ich legte mein Buch hin und ging ins Bad. Tony und ich hatten eine Art Abmachung getroffen – er ließ mich das Loch verstopfen, wenn ich im Bad war, aber wenn er sich sehr einsam fühlte, nahm er Kaugummi und Toilettenpapier heraus und redete. Es schien sehr dringend zu sein. »Susana, die *vigilante* kommen dich vergewaltigen.« Teufel noch mal, wovon redete er? »Susana, dich vergewaltigen, eine Stunde, die *vigilante.*« Pest noch mal, hatten die hier einen Ku Klux Klan, der es auf Ausländer abgesehen hatte? »Ich Tony, ich hier lange Zeit, ich weiß Wahrheit. Mir vertrauen.« Einen Augenblick lang entglitt mir die Realität, und ich dachte, *vigilante*, was spinnt der? Was er ja auch tat, wie ich wußte. Trotzdem, er war mein Freund, ich gab ihm Zigaretten und Süßigkeiten, und wir lachten miteinander. Dann fing er wieder an: »Eine Stunde, Vergewaltigung, arme Susana, Eltern heute weg.« Wie zum Teufel konnte er das wissen, sofern er keine Geheimtips bekommen hatte? »Susana, keiner hilft, nur Tony. Hör.« Ich hörte draußen Stimmen, eine ganze Menge, und geriet total außer mich. Ich legte mich auf den Boden und fing an zu zittern. Warum nicht vergewaltigt? Vorzüglicher Zeitpunkt, meine Eltern waren abgereist, und wen scherte es schon, wenn ich vergewaltigt wurde, niemanden. Die Stimmen wurden lauter. »Susana, *good-bye,* Vergewaltigung.« Und

Tony war vom Loch verschwunden. Ich lag im Bad auf dem Boden, hilflos, in pechschwarzer Finsternis, bebend. Mein Gott, vergewaltigt, warum? So jammerte ich mindestens eine halbe Stunde lang vor mich hin, dann wieder Tony: »Susana, fünfzehn Minuten.« Ich wurde stocksteif. Vor der Zelle hörte ich Männerstimmen und spürte heißen Urin, meinen eigenen, an meinem Bein hinunterlaufen. Ich hatte gehört, daß Menschen vor Angst die Beherrschung über ihre Blase verlieren können, hatte aber nie gedacht, daß mir so etwas passieren könnte. Ich begann zu schlottern. Tony gab Geräusche von sich, als würde er weinen. Zehn Minuten vergingen, die Zellentür öffnete sich. Ich versuchte, mich auf dem Boden zu verstecken. Mein Leben begann vor mir abzulaufen. Ich fing an zu schreien – und Tony brach in Gelächter aus. Das Licht wurde angeknipst, ich schrie so laut ich konnte. Es war der *comandante*. Herr im Himmel, war er der Anführer der *vigilantes*? Er sah mich an, ich sah ihn an und versuchte, ihm in unzusammenhängenden Worten zu erklären, was geschehen war. »Susan, heute ist Feiertag. Party. Wir bringen ein Stück Kuchen. Tony spinnt, Susan, hören Sie nicht auf ihn. Kuchen ist auf dem Bett. Sie spinnen auch«, und damit verließ er mich. Tony lachte hysterisch, ich zitterte noch immer. Am liebsten hätte ich ihn angebrüllt, aber was nützte das jetzt noch? Dann wachte Jaime auf und fing an zu kreischen: »Mein Liebling, mein Liebling, ich helfe dir!« Tony hatte gewußt, daß die Polizei heute abend vorbeikommen würde, hatte außerdem meine Angst gespürt und beschlossen, mir einen ›Streich‹ zu spielen. Ich haßte ihn; und ich haßte mich selbst, weil ich ihm geglaubt hatte. Ich brauchte zwei Stunden, um aufzustehen, mich auszuziehen und ins Bett zu gehen. Ich aß den Kuchen, er schmeckte gut, und begann nachzudenken. Ich fühlte mich ausgehöhlt, müde und nervös. Wieder und wieder wünschte ich mir, jemand möge kommen und mir Mut machen, aber wurde es nicht langsam Zeit, daß ich mir selbst Mut machte? Mein Herz tat weh, mein Kopf schmerzte von all den Sorgen. Mein Verstand hatte Einblick in die Welt des Wahnsinns erhalten.

11

Wenn du frei bist, ist der Freitag für dich kein Zahltag, und das Wochenende fängt auch nicht am Donnerstagabend an. Dein Wochenende dauert die ganze Woche. Du kannst deine Armbanduhr wegwerfen und die Zeit vergessen. Du magst zwar an deinen Arzttermin am Dienstag denken und an die Unterstützung vom Arbeitsamt am Mittwoch, aber du wirst weder gedrängt noch dreht sich dein Leben um den Urlaub. Warum sollte es auch? Ich hatte nie regelmäßig gearbeitet. Ein Tag, an dem ich Großartiges geleistet zu haben glaubte, bestand manchmal aus Haarewaschen, dem Abbholen der überaus wichtigen Post und einem Gang zur Reinigung. Mir fiel auf, daß ich im Ausland, wo der Zeitablauf anders ist, regelmäßig den Wochentag vergaß. Mit Sicherheit konnte ich nur sagen, wie das Wetter war. So begannen die Tage im Gefängnis durcheinanderzugeraten; ich wußte, daß meine Eltern am Freitag abgereist waren und daß ich am Sonntag Andrew besuchen würde, aber ich begann, in Begriffen wie morgen oder übermorgen zu denken anstatt in Wochentagen.

Als ich aufwachte, war es Samstag, das wußte ich, weil alle anderen, die Wärter und Besucher, wie beispielsweise Tommy, nicht planmäßig auftauchten. Tommy hatte samstags frei, und am Wochenende setzte die Polizeitruppe sich aus anderen Männern zusammen. Als ich halb betäubt die Augen aufschlug, sah ich, daß es noch früh war, Viertel vor sechs, und daß bald die Sonne hochkommen würde in all ihrem Glanz. Ich blickte zu meinem Baum und bemerkte, daß alle Blüten abgefallen und von einem Sommerkleid aus grünen Blättern ersetzt worden waren. Ich schaute am Baum vorbei und sah etwa fünfzig Soldaten, die das Gefängnis in zwei Lastern verließen. Was für eine Personalverschwendung! Seit Laughlin verschwunden war, hatte die Armee das Gefängnis bewacht, als stünde eine Revolution bevor. Sie müssen sich sehr gelangweilt haben. Die vier Vormittagswärter näherten sich meiner Zelle, schlossen die Tür auf und gingen zu der schweren Stahltür; sie öffneten sie und traten ein wie wahre Helden, um Jaime, Tony und Felix in den Innenhof zu lassen, wo sie bis sechs Uhr abends spielen konnten. Ich wußte, daß zur gleichen Zeit Andrews und Teds Zellen geöffnet wurden. Die Wärter lächelten mir zu, als sie sich behutsam hinausschlichen und mich wieder einschlossen. Ich stand auf, schüttelte meinen Schlafsack aus und stellte eine James-Taylor-Kassette an – ein kleiner Rückfall in die alten Realitäten; dann ging ich ins Bad und wurde in die vergangene Nacht und den Schrecken, den Tony mir eingejagt hatte,zurückversetzt. Er sollte zu einem der tausend anderen Zwischenfälle werden, die sich ereignet hatten, seit ich verhaftet und eingesperrt worden war – gespeichert und nutzlos in meiner gegenwärtigen Lage. Eigentlich konnte ich Tony keinen Vorwurf machen, nur mir selbst, die ich auf so etwas hereingefallen war. Die erste Person an meiner Zellentür war Ernesto, der mir das Frühstück und neue Kanister mit destilliertem Wasser brachte. Das Leitungswasser konnte ich nicht trinken, ich konnte mir damit nicht einmal die Zähne putzen oder mein Geschirr spülen.

Am Tag zuvor hatten sie ein neues Waschbecken installiert, aber auch dieses Wasser wollte ich nicht benutzen. Ich nahm an, daß der *comandante* es hatte einbauen lassen, um meine Eltern zu beeindrukken. Aber trotz seines makellos weißen Porzellanbeckens und brandneuer Röhren funktionierte es nicht.

Ernesto brachte mir einen langen Brief von Andrew. Er schrieb, wie sehr er mich liebte und daß er verstand, was ich mit meinen Eltern durchgemacht hatte. Ich war skeptisch, aber eines mußte man Andrew lassen: grundlegende Empfindungen, wie zum Beispiel Schuldgefühle, verstand er. Weiterhin berichtete er, daß Gonzales ihn und Andrew besucht und ihnen von meinen Eltern erzählt hatte, und wieviel er ihnen berechnen würde. Er hatte beim Richter um eine Neuverhandlung ersucht, die man verweigert hatte; der Richter hielt uns für schuldig, und wenn wir eine Neuverhandlung haben wollten, müßten wir ans Berufungsgericht in Hermosillo gehen. Diese ganze Prozedur würde wegen der üblichen mexikanischen Langsamkeit und der rechtlichen Formalitäten sich über mindestens sechs Monate hinziehen, das nahm er zumindest an. Sechs Monate für eine Berufung, die vielleicht zurückgewiesen wurde. Ich fühlte mich geschlagen, ehe ich den Kampf überhaupt aufgenommen hatte. Andrew versicherte mir allerdings, daß Gonzales eine Menge Beziehungen hätte und alles Menschenmögliche unternehmen würde, um das Verfahren zu beschleunigen. Er hatte offenbar großes Vertrauen in Gonzales gesetzt, ebenso wie Ted, und ich verließ mich mehr oder weniger auf ihr Urteil. Damals vermutete ich, ungerecht wie ich war, daß meine Eltern ihn nicht mochten, weil er so ungeschliffen war, und irgend jemandem mußte ich in dieser Situation ja schließlich trauen. Ich wußte, daß ich

Andrew liebte, aber ich hatte mich bei diesem *deal* auf ihn und seine dicken Bosse in L. A. verlassen und war im Knast gelandet, und so mußte ich das alles langsam und gründlich durchdenken. Andrew fügte hinzu, wie lächerlich diese Innerclean-Affäre doch sei. Mein Leben lag in den Händen eines unfähigen Chemikers. Er schrieb, daß Gonzales vielleicht die Tabletten nach Mexico City schicken könnte, um sie analysieren zu lassen. Dann berichtete er mir, wie aufgelöst Ted sei, und daß er die ganze Zeit weinte. Ich konnte mir das sehr gut vorstellen, Ted hatte wirklich am meisten zu verlieren, er spielte die Rolle des unschuldigen Opfers, ein Wort von Andrew oder mir, und er saß dick in der Tinte. Wenn Andrew oder ich jedoch die Wahrheit verlauten ließen, würden wir uns selbst reinreißen, denn offiziell wußten wir ja von nichts. O Andrew, armer Liebling, du tröstest Ted und machst dir meinetwegen Sorgen. Meine Gedanken wurden von einem Wärter unterbrochen, der mir zu verstehen gab, ich müßte mit ihm zum *comandante* kommen, *muy pronto.*

Ich fragte mich, um was es wohl ginge; vielleicht wollte er die Szene der vergangenen Nacht mit mir erörtern, aber das bezweifelte ich. Ich zog ein Paar Shorts und ein knappes Oberteil an. Ich wußte, daß das fürs Gefängnis eine unverschämte Aufmachung war, aber mir war so heiß, daß ich mir mehr Gedanken über meine Bequemlichkeit als um die Blicke machte, mit denen man mich musterte. Sechs Monate in diesem Loch, um auf die Entscheidung des Richters über eine Berufungsverhandlung in Hermosillo zu warten, würden mich umbringen. Ich marschierte aus meiner Zelle, folgte dem Wärter und wunderte mich über die Schönheit von Erde und Himmel. Alle Wärter pfiffen, und ich fühlte mich unbehaglich. Aber wenn ich mich um ihre Gedanken hätte kümmern wollen, hätte ich einen Regenmantel anziehen müssen. Als ich das Büro des *comandante* betrat, sah ich Andrew und Ted, die ebenfalls darauf warteten, eingelassen zu werden. Ich lief auf Andrew zu und zog ihn fest an mich. »Hey *honey*, hey Ted.« Ted begann mir jetzt wirklich leid zu tun, er war sehr blaß, hatte weiter abgenommen, und seine Hautfarbe war scheußlich, besonders unter den Augen, wo sie grünlich-schwarz aussah. »Was ist los, Andrew, was läuft hier? Warum werden wir zum *comandante* gebracht?« Ted antwortete als erster: »Vielleicht sind wir begnadigt worden, vielleicht sind wir frei.« – »Herrje, Ted, der *comandante* kann uns doch nicht begnadigen. Andrew, meinst du, er will, daß wir ein Konzert geben?« Aber ich wußte, daß der *comandante* uns niemals allein wegen Konzertvorbereitungen zu sich bestellen würde. Andrew sprach mich leise an: »*Honey*, warum bist du so weit weg? So distanziert? Ich weiß, diese Prüfung ist sehr hart, aber wir müssen einen klaren Kopf behalten. Ich verspreche dir, wenn wir rauskommen, nehme ich dich mit nach Nordkalifornien, und wir nehmen uns ein, zwei Hektar Land. Diese ganze Sache ist ein großer Test für uns, damit wir sehen, ob wir wirklich stark sind, kannst du das nicht begreifen?« – »Andrew, ich glaube überhaupt nicht, daß das ein Test ist, eher eine Lehre, die uns zwingen soll, mal nachzudenken, was wirklich mit uns los ist. Erst das ganze Gerede von Karma und guten Vibrationen, und jetzt sitzen wir da, erwischt beim Versuch, *dope* zu schieben, womit wir uns Land kaufen wollten, um anderswo vergeistigt zu leben, weil wir es hier ganz offensichtlich nicht geschafft haben. Wir schafften es lediglich, uns vollzutörnen. Wo soll das hinführen, glaubst du wirklich, daß irgend etwas uns ändern könnte?«

In diesem Augenblick steckte Adolfo den Kopf durch die Tür des Büros des *comandante*, um uns hereinzuwinken, und wir mußten unser Gespräch abbrechen, in dem wir beide verschiedene Ansichten geäußert hatten. Ich sah zu Andrew, er zu mir, und er wußte, daß ich nicht nur anfing, die Reinheit unserer Liebe, sondern auch die Reinheit unseres sogenannten Lebensstils anzuzweifeln. Adolfo begleitete uns ins Allerheiligste. Der *comandante* war wieder in Schiefergrau gekleidet, sein Gesicht war mißmutig und gerötet. Ich erinnerte mich, daß ich keine Angst zeigen durfte. Wir stellten uns vor seinem Schreibtisch auf, und er richtete seine ersten Bemerkungen an mich. »Susana, kennen Sie das Magazin *Playboy*?« (Mir blieb keine Zeit zum Antworten.) »Tja, in Mexiko heißt das *Ella*. Ein Reporter ist hier, um Sie zu besuchen, zu interviewen.« (Was soll das heißen, mich allein? Soll ich eine Schicht als Pin-up-girl schieben, Susan hinter Gittern?) Andrew bemerkte leise: »Ach ja, ich habe diesen Gecken in seinem Jaguar anrauschen sehen, sah sehr aufgemotzt aus.« – »Andrew, Sie sind still, ich rede mit Susan.« Armer Andrew, der *comandante* hatte eine solche Abneigung gegen ihn, er hielt ihn für den Kopf und Anstifter des *deals*. »Er kommt jetzt, Susan.«

Ein Mann, oder vielmehr ein Geck, kam ins Büro marschiert. Er sah aus wie ein kleiner, stämmiger Mexikaner – was er auch war –, der sich in eine Hose gezwängt hatte, die zwar maßgeschneidert war, aber für einen dünnen, schlaksigen Amerikaner – was er eindeutig nicht war. Er schien sich in seiner Aufmachung ganz und gar nicht wohl zu fühlen. Dazu trug er ein dünnes Blümchenhemd, eine Ledertasche und lange Haare. Er stellte sich als Jerry vor und sprach kaum englisch. Der *comandante* beobachtete alles sehr genau. Jerry sprach als erster, nachdem er mich von Kopf bis Fuß gemustert hatte. »Susan, viel Geld, Modell für Fotos. Wir zahlen.« Ich unterbrach ihn: »Hören Sie mal zu, Jerry, ich bin nicht interessiert. Andrew, sag ihm bitte auf spanisch, daß ich kein Interesse am Modellstehen habe, und wenn er will, daß ich allein Modell stehe, wozu hat er dann Ted und dich zu diesem Treffen gebeten?« Andrew übersetzte, Jerry antwortete: »Sie ist sehr, sehr hübsch, Mexikaner interessieren sich für Frauen. Wir wollten, daß ihr beiden Männer ihr bei der Entscheidung helft.« Andrew ließ ihn dann wissen, daß ihm als meinem Verlobten nicht sonderlich an noch mehr Rummel um mich lag. Ted war sehr still gewesen, konzentriert still. Jetzt beugte er sich zu mir und flüsterte: »Dieser Akt stinkt, ich möchte wissen, was er wirklich will.« Ich wollte Ted gerade sagen, daß er zu mißtrauisch und ängstlich sei, als Jerry halblaut murmelte: »Sprichst du jiddisch?« Das versetzte mir einen solchen Schlag, daß ich fast in Ohnmacht gefallen wäre. Jiddisch! Ich sah Andrew an, er warf mir einen sehr raschen Blick zurück, Ted standen die Haare zu Berge. Jerry fuhr fort: »Ich bin vom jüdischen Untergrund, wir helfen euch bei der Flucht.« Plötzlich hörte er sich für mich nicht mehr wie ein Mexikaner, sondern wie ein Israeli an. Waren das unsere Leute, die kamen, um uns herauszuholen? Das war doch zu verrückt. Wie konnte er wissen, daß wir jüdischer Abstammung waren? Andrew sah aus wie Richard Chamberlain, groß, blond, dürr und grünäugig; ich hätte als Araberin, Italienerin, Spanierin, Griechin oder Mexikanerin durchgehen können *oder* auch als Jüdin, du weißt schon, Mann, folkloristisch, sehr folkloristisch, und Ted sah aus wie ein Huhn. Die ganze Situation kam ein kleines bißchen zu dick rüber, vor allem, als Andrew ihm jetzt auf jiddisch antwortete: »Okay, wie willst du uns denn helfen?« Jerry setzte in so schnellem Jiddisch zu einer Antwort an, daß ich aufgab, also ehrlich, das war einfach der Gipfel. Der *comandante* wurde mißtrauisch und brüllte: »Susan, was spricht Andrew da?« Ich gab zurück: »Das ist kein Mist, er spricht jiddisch.« Der *comandante* wurde wütend, sagte: »Nix, nix, ihr verschwindet sofort in eure Zellen!« Jerry machte die Fliege zu seinem weißen Wagen, der *comandante* brüllte hinter ihm her. Ich lachte hysterisch, die Wärter schnappten mich und brachten mich weg, Andrew sagte, er würde mich morgen sehen, und Ted machte verdutzt das *peace*-Zeichen zu mir hin.

Als ich wieder in meiner Zelle saß, versuchte ich, mir einen Reim auf das Vorgefallene zu machen, gab es aber schließlich auf; wir fanden nie heraus, ob der Geck vom jüdischen Untergrund in Mexiko gewesen war. Das Mittagessen kam per Wärter – Bohnen, Gemüse, Reis und Kuchen, es roch köstlich. Ich fühlte mich sehr komisch, mir war übel, ich brachte keinen Bissen runter. Ich fühlte, daß ich krank wurde, aber was brütete ich aus? Die ganze Situation war einfach abscheulich. Ich nahm meine Medizin und begann einen langen Brief an Andrew, der aber nie beendet wurde; ich kam mir vor wie das beliebteste Mädchen der Schule, alle naslang kamen Wärter zu mir. Schon wieder marschierte einer zu meiner Zelle, schloß die Tür auf und bedeutete mir, ihm zu folgen. Ich schnappte mir meine Handtasche und wurde von vier bewaffneten *federales* erneut zu dem VW eskortiert. Diesmal stellte ich keine Fragen. Adolfo sagte immer wieder auf seine unnachahmliche Weise: »Lächeln, Baby.« Okay, Mann, ich weiß, daß es noch schlimmer kommen kann, aber wie schlimm, wage ich mir nicht vorzustellen. Diesmal fuhren wir länger, und ich erkannte viele Straßen wieder. Eine davon war die Straße mit dem romantischen Seeblick, an der unsere Lieblingsrestaurants lagen. Da war ein Mann, der Eiscreme verkaufte, ich wußte das spanische Wort dafür; komisch, die Wörter für das, was man am liebsten mag, lernt man immer zuerst. Adolfo ließ den Bus anhalten, stieg aus und kaufte mir ein Eis. Ich wollte es bezahlen, aber er ließ es nicht zu. Dann hielt der Bus am Straßenrand an, und wir stiegen aus. Es war ungefähr drei Uhr nachmittags, alle waren von den Straßen verschwunden, saßen auf den Veranden und hielten Siesta. Man starrte mich an, als wäre ich der Star eines Straßentheaters. Als wir ein Fotoatelier betraten, geriet ich in Panik. Würden sie mich mit vorgehaltenen Waffen zwingen, mich nackt für dieses Magazin zu produzieren? Es kam jedoch ein kleiner alter Mann auf mich zu und gab mir die Hand. Sein Studio hing voller Familien- und Hochzeitsbilder und Portraits von Kindern und Hunden. Seine kleinen dunklen Augen blickten intelligent und ermutigend. In perfektem Englisch sagte er: »Kommen Sie mit, Miss Susan, ich muß fürs Gefängnis ein Bild von Ihnen machen, fürs Verbrecheralbum, wie man so sagt.« Mir wurde richtig komisch im Magen, ein Bild fürs Verbrecheralbum. Ich hatte gehofft, daß ich irgendwie um diese Strafakten und erkennungsdienstliche Erfassung herumkommen könnte. Ich, Susan Beth Nadler, im Verbrecheralbum; das tat fast so weh wie der Anblick meines Vaters, als er meine Zelle verließ. Der Mann bemühte sich, freundlich zu sein. Ich hatte das Gefühl, tief gesunken zu sein. »Gefallen Ihnen meine Arbeiten?« fragte er mich sanft. »Ich liebe Menschen. Sie haben sehr sympathische Augen, es wird mir ein Vergnügen sein, Sie zu fotografieren.« Adolfo guckte hinter dem schwarzen Vorhang, der als Hintergrund diente, hervor, ich setzte mich auf einen kleinen Hocker, und der alte Mann steckte mir meine Nummer, meine Aktennummer, an mein Hemdchen. Ich wurde erniedrigt: numeriert, etikettiert, in Pose gesetzt, geknipst, umposiert und erniedrigt. Ich sah dem lieben kleinen Mann nie in die Augen. Als es vorüber war, sagte er: »Sie mögen den Strand, ich habe Sie dort oft schwimmen gesehen. Ich werde den Polizisten sagen, daß sie Sie auf dem Rückweg dort hinbringen. Auf Wiedersehen, und Gott sei mit Ihnen.« Er löste die Aktennummer von meinem T-Shirt, und ich ging mit gesenktem Blick zurück zum Bus.

Der alte Mann sprach mit Adolfo und seinem Bruder, sie schienen ihm zuzustimmen. Der Bus fuhr in Richtung Küstenstraße. Da lag das Meer. Früher einmal hatte es zu mir gesprochen, mich zu sich gerufen, jetzt schien es so unerreichbar zu sein. Als wir an meinem alten Stammplatz angekommen waren, Coromel Beach, bog der Bus in den Weg ein, der hinunter zum Sand führte. Der Bus hielt, ich machte einen Satz nach draußen. Ruhig, Susan, lauf nicht zu schnell, sonst machst du ihnen Angst. Ich marschierte zusammen mit den vier *federales* und ihren Maschinenpistolen, vorbei am Strandrestaurant und der Fischsuppe und dem Cocktail aus rohem Fisch. Dort kannten mich alle und nickten mir zu Begrüßung zu. Hallo. Ich ging an den wenigen vorbei, die in der Sonne saßen, schleuderte meine Sandalen weg und rannte bis zu den Oberschenkeln ins Wasser. Ich fühlte mich so wohl, alle *federales* tranken Bier, was nicht erlaubt war – ich schätze, wir hatten alle eine Pause nötig. Ich spielte im Wasser, fröstelte, wollte aber nicht heraus. Ich tanzte und bot den Wellen meinen Gruß und kam mir töricht vor, hier hatte ich wieder meinen Zusammenstoß mit der Realität. Während ich mich im Wasser rekelte, dachte ich an die vergangene Nacht – eine Nacht voller Tränen und Ängste. Ich hatte weder essen noch schlafen können, mir war zu übel. Ich weiß, das Leben kann herrlich sein, ich weiß aber auch, daß alle Welt leidet. Als letztes stirbt im Menschen die Hoffnung, sagen die Mexikaner, und sie haben recht. Wir klammern uns zäh ans Leben, trotz aller Probleme, verlangen nach einer letzten Gelegenheit, die freudigen Schritte dieses Tanzes zu tun, die Arme auszubreiten und den Tag zu umarmen, so wie ich das Wasser umarmte. Dieses Leben hier war dick und zäh, dicke, zähe tropische Vibrationen, viele neue Aspekte des Lebens enthüllten sich mir. Ich mochte die Menschen in tropischen Ländern; ich mochte das Leben, ich vermißte es. Ich ging niedergeschlagen aus dem Wasser, hob meine Sandalen auf und wurde von den *federales* zum Bus eskortiert. Als wir einstiegen, meinte Adolfo: »Niemand, niemand.« Ich wußte, daß er meinte, ich solle es niemandem sagen, sonst bekämen wir alle Schwierigkeiten. Ich sagte einige Male laut: »*Sí, sí.*«

Später wurde ich zurück zu meiner Zelle geführt. Es war fast sechs Uhr, die Stadt bereitete sich auf den Samstagabend vor. In den Cafés wurde saubergemacht, die Restaurants bereiteten Berge von Tortillas vor, in den Bars stellte man das Bier kalt, junge Mädchen wuschen ihr dichtes Haar und zogen für ihre Freunde weiße Blusen an, Musiker stimmten ihre Instrumente. Ich aß allein mein Abendessen, fröstelte. Die Musik von draußen verfolgte mich.

12

Am Sonntagmorgen schlief ich lange, so wie damals in meiner *highschool*-Zeit, wenn ich nach einem hektischen Wochenende am Sonntag einen Ruhemontag einlegte. Es war etwa acht, als ich aufwachte und merkte, daß ich die Sechs-Uhr-Visiten und Jaimes Guten-Morgen-Liebling-Gekreisch verschlafen hatte. Ich schlief in letzter Zeit sehr unruhig, ohne Träume, und morgens wachte ich total verschwitzt auf. Die Tage waren zu einem einzigen Alptraum verschmolzen. Bis ins Innerste tat mir alles weh, ich hatte Schmerzen, Schmerzen, und ich hatte mich ganz in mich selbst zurückgezogen.

Dann fiel es mir ein. Heute sollte ich hinüber in die Männerabteilung gehen und den ganzen Tag mit Andrew verbringen. Ich sprang aus dem Schlafsack und stellte das Radio an. Die Beatles sangen *Let It Be*, und das paßte haarscharf auf mich und auf euch alle, die ihr versucht, eine Situation, die euch aus den Händen geglitten ist, zu kontrollieren oder zu ändern. Nach *Let It Be* brachten sie einen Werbespot für Sonnenlotion – oh, mir fiel der vergangene Tag am Strand ein. Meine Sonnenbräune verblaßte langsam, aber ich sorgte mich weniger darum als um meine gelbliche Gesichtsfarbe. Am vergangenen Abend hatte ich mir die Haare gewaschen, sie waren noch immer feucht. Ich band sie mit einem Gummiband zurück, fest entschlossen, heute so gut wie möglich auszusehen. Ich wusch mich und stellte meinen Spiegel auf einen Gitterstab der Zellentür. Im hereinströmenden Sonnenlicht legte ich zum ersten Mal seit zwei Wochen Augen-Make-up auf. Als ich fertig war, fühlte ich mich sehr viel besser, weiblicher und gerüstet, all den Männern gegenüberzutreten. Dann ging ich ins Bad und stolperte praktisch über das Frühstück, das der Wärter für mich stehengelassen hatte; ich zog mich an und fragte mich dabei die ganze Zeit, wie es auf der Männerseite sein würde.

Familienbesuche sind im mexikanischen Strafvollzugssystem auf viel gesündere Weise geregelt als in unserem freizügigen System in den Vereinigten Staaten. Frauen und Kinder können zweimal wöchentlich zu Besuch kommen, Paare dürfen miteinander schlafen, obwohl über diesen Aspekt kaum jemand ein Wort verliert, alleinstehende Männer können sich für den Tag eine Prostituierte kaufen. Homosexualität ist sehr selten. Ich ging zum Bett, um eine Liste der Sachen, die ich mit zur Männerseite nehmen wollte, zu schreiben. Ganz oben stand die Blockflöte, dann folgte der Kassettenrecorder, Songs, Buntstifte, ein Radio für Andrew, Shampoo und ein paar Bücher. Ich warf einen Blick durch die Tür und sah ungefähr fünfzig Frauen auf die Zelle zukommen, angeführt von Juanita. Für einen Augenblick dachte ich, sie würden alle zu mir gesperrt werden, dann aber fiel mir ein, daß es Sonntag war. Sonntags nie. Heute war der Tag, an dem die Prostituierten überprüft wurden. Juanita kam zu meiner Zelle gerannt und überreichte mir eine Rose, eine kalte Flasche Bier, die ich rasch versteckte, und eine Schachtel Süßigkeiten, die ich später an Tony, Felix und Jaime verschenkte. Sie hatte Tränen in den Augen und bedankte sich immer wieder. Dann stellte sie mich allen ihren schwesterlichen Kolleginnen vor, Gina, groß und blond, Carmen, dunkelhäutig und dick, Rosa, Tamara, Margarita, die Liste nahm kein Ende. Jede lächelte und sagte auf spanisch »sehr angenehm«, oder »nett, Sie kennenzulernen«. Es war rührend. Juanita ließ mich von einer Prostituierten, die ganz gut englisch sprach, fragen, wie lange ich noch im Gefängnis bleiben würde, wie es mir ginge, und ob ich heute Andrew sehen würde. Als ich ja sagte, kicherten sie alle und machten das unmißverständliche Zeichen für Sex. Der Doktor näherte sich dem Untersuchungszimmer, das nebenan lag, alle Mädchen wurden ernst und stellten sich in einer Reihe auf. Kein Lächeln mehr, nur noch angespannte Gesichter, und jedesmal, wenn eines der Mädchen herauskam, gab es Hochrufe, wenn sie sauber war (frei von Geschlechtskrankheiten). War sie es nicht, wurde sie ausgebuht. Sie schienen gute Kameradschaft zu pflegen und Sympathie füreinander zu empfinden. Als ein Wärter kam, drehten sie ihm alle den Rücken zu und fluchten. Die Untersuchung ging rasch vonstatten; binnen einer Stunde hatten alle Damen entweder einen Freischein oder wurden als ansteckend befunden, dann legten sie einander die Arme um die Taillen und verschwanden lachend hinaus auf die Straßen. Inzwischen war es Viertel nach neun, und ich wartete ungeduldig auf die Wärter. Die ganze Zeit über mußte ich immer wieder an etwas denken, das ich bei einem Seminar über vergleichende Literaturwissenschaften gelernt hatte. Dostojewski spricht in *Schuld und Sühne* von den wenigen Verbrechern, Prostituierten und Irren, die sich jenseits der als normal betrachteten Verhaltensgrenzen begeben und über die Mauer springen, die die Gesellschaft und die allgemein akzeptierten Verhaltensweisen eingrenzt. Der Besuch meiner Eltern und der Eindruck, den sie bei mir hinterlassen hatten, hatte dazu geführt, daß meine Ansichten sich zu ändern begannen. Ich fühlte mich innerhalb dieser Mauern und in meiner Zelle sicher; hier brauchte ich nur meine eigenen Gedanken und Handlungen zu rechtfertigen. Ich konnte mir vormachen, daß alles gut würde, weil ich mich änderte. Hätte ich aber erst einmal die Männerseite betreten, wo es wirkliche Verbrecher gab, müßte ich mich mit der Tatsache auseinandersetzen, daß meine Veränderung und die daraus resultierende Aufrichtigkeit mich weder besser machten als die anderen, noch bedeuteten, daß ich gerettet wurde. Ich würde ›die Mauer überschreiten‹ und die Normalität verlassen. Diese ganzen komplizierten Überlegungen gingen mir wirr im Kopf herum. Abgesehen davon, daß ich die Männerseite betreten würde, löste der Gedanke an das Ich, das ich dort drüben treffen würde, hochgradige Nervosität in mir aus. Es würde sehr leicht sein, mit Andrew zu reden und wieder in die alte Leier zu verfallen, wie: »Na ja, wir sind gedeckt, wir sind göttliche Brüder und Schwestern des Lichts, *dope*-schieben ist nichts Böses, Gott holt uns schon raus.« Aber ich wußte, es war Selbsttäuschung. Und ich wußte auch, wie schwierig es sein würde, Andrew das klarzumachen. Er würde den Einfluß meiner Eltern dafür verantwortlich machen, daß ich unsere gemeinsamen Werte ablehnte. Er würde nicht verstehen können, daß ich *alle* Werte in Frage stellte; der Einfluß, den sie auf mich hatten, brachte mich nur dazu, *ihre* Werte in Frage zu stellen.

Dann sah ich die Wärter auf die Zelle zukommen, und mein Herz begann zu rasen. Die Tür wurde aufgeschlossen, ich nahm die Sachen, die ich zusammengepackt hatte. Sie musterten mich, bemerkten mein Augen-Make-up und kommentierten lachend und gestikulierend, daß ich mich für meinen Mann hübsch gemacht hatte. Bevor sie mich hinüberbrachten, mußte ich in das kleine Untersuchungszimmer gehen und mich von der Frau, die gelegentlich als Aufseherin der weiblichen Häftlinge fungierte, untersuchen lassen. Erst überprüfte sie alle meine Habseligkeiten, meinen Geldbeutel und die Handtasche, dann filzte sie mich. Ich glaube, sie suchte nach *dope*. Sie untersuchte alle Frauen, die ihre Männer, Söhne und Brüder besuchen kamen, damit keine Drogen oder Ausbruchswerkzeug hineingeschmuggelt wurden. Dann wurde ich von zwei Wärtern zum Empfangsraum geführt, wo der Direktor alle Besucher unter die Lupe nahm. Mindestens fünfzig Personen warteten dort auf Einlaß. Da waren Ehefrauen, Freundinnen, Töchter, Söhne, Freunde, Onkel, Tanten, Mütter, Väter, Schwestern, Brüder, ein paar Tiere und Berge von Lebensmitteln. Es waren arme Leute. Die Farben ihrer Kleidung waren die Farben der Erde – reine, intensive Farben von Jasmin, Orangen, Bananen, Mangos, Ananas, Gras und Bäumen. Diese Menschen konnten Gefühle wie Eifersucht, Haß oder Enttäuschung noch frei äußern, Emotionen, die wir schon in frühem Alter beherrschen lernen. Auch die Gier gehörte zur Palette ihrer Emotionen, wenn auch in bescheidenerem Maße: daher richteten sie nicht über mich. Sie spürten, daß wir irgendwie alle im gleichen Boot saßen.

Ich reihte mich zwischen sie und wartete. Gedämpfte Unterhaltungen wurden geführt, und ich empfand die Wärme dieser Menschen. Die meisten wußten, wer ich war, denn mein Bild hatte die Titelseiten aller Revolvermagazine Mexikos geziert. Neben mir stand ein Mann, der mir an so vielen warmen Nachmittagen *orchata* oder Reiswasser, ein mexikanisches Getränk, verkauft hatte. Andrew und ich hatten gewöhnlich auf dem Rückweg vom Strand bei ihm Halt gemacht. Er war ein großer, habichtsnasiger Mann, der mir immer in die Augen gesehen hatte. Auf seine Weise hatte er immer verstanden, daß Andrew und ich leicht weggetreten waren. Nun, als er mich sah, bemühte er sich, so zu tun, als würde er mich nicht kennen, obwohl ich wahrscheinlich fünfunddreißigmal mit ihm gesprochen hatte. Er konnte mir nicht in die Augen sehen. Ich beobachtete ihn aufmerksam, wahrscheinlich besuchte er seinen Sohn oder Neffen, er wich meinem Blick aus und hatte die Hände in den Taschen. Zwanzig Minuten lang stand ich schweigend neben ihm in der Schlange. Aber in dem Moment, als ich das Gefängnis betreten durfte, blieb er stehen, blickte mir direkt in die Augen und reichte mir ein Glas Reiswasser aus seiner Plastikthermosflasche. Kein Wort, kein Zeichen des Wiedererkennens, einfach nur ein Glas Reiswasser. Ich respektierte seinen Respekt für mich. Diese Männer waren es eindeutig nicht gewohnt, eine Frau im Gefängnis zu sehen. Danach traf ich ihn viele Male in der Schlange vor der Männerabteilung und im Gefängnis selbst. Er sprach oft mit Andrew, aber nie mit mir. Und ich versuchte auch nie, seine doppelte Moral zu brechen. Andrew schenkte er nie ein Glas Reiswasser, und mir schenkte er nie ein Wort.

Die Schlange kroch langsam auf die Tür zu, die in den von den Männerzellen umgebenen Innenhof führte. Als ich an der Reihe war, ging ich langsam hinein und blieb stehen, um mich umzuschauen. Andrew war nicht da, um mich zu begrüßen, und ich dachte mir, am besten gehst du einfach weiter. Ich hatte das Gefühl, mich unter den starren Blicken der Männer ziemlich sinnlich zu bewegen. Sie hatten von mir gelesen, von mir gehört und mich im Fernsehen gesehen. Ich war das erste amerikanische Mädchen, das jemals die Männerabteilung des Gefängnisses betreten hatte. Die Vorstellungen hier glichen weder den alten Fangt-den-Verbrecher-Ansichten des *comandante* oder der *federales*, noch ähnelten sie den Wertvorstellungen der Leute, die sich mühsam durchs Leben schlagen. Diese Männer hier wußten, daß ihre Freiheit, ihre Familien und ihre Lebensfreude dem Gesetz anheimgefallen waren, allerdings auch jegliche Verantwortung. Alle wollten raus, hatten es aber nicht sonderlich eilig. Im Innenhof standen Bänke und ein Basketballnetz. Andrew hatte mir gesagt, daß er sich hier fit hielt. Ich sah in die Zellen – als ehemalige Krankenzimmer waren sie klein, aber mit Collagen, Pin-up-Fotos von Jane Fonda und Brigitte Bardot, ein paar Betten, Radios, Fernsehern, Kochplatten, Wandbehängen und -gemälden und anderen unerwarteten Dingen ausgestattet. Offensichtlich lebten die Männer sehr viel komfortabler als die Frauen; man rechnete wohl damit, daß sie sehr viel länger hierblieben wegen ihrer Verbrechen, die in dieser Männer-Gesellschaft immer strenger bestraft wurden als die der Frauen. Ich kam an Chinos Zelle vorbei, einer Einzelzelle, und sah ihn fröhlich auf seiner Nähmaschine drauflosrattern, die man ihm gelassen hatte. Ich kam an der Küche vorbei. Dort kochte Louis für seine Familie, die zu Besuch gekommen war. An langen Tischen arbeiteten Männer mit Seeohren- oder Schneckenmuschelschalen; sie entwarfen Schmuck, Tabletts und anderen Krimskrams, der außerhalb des Gefängnisses verkauft wurde; der Gewinn wurde mit dem Direktor geteilt. Offenbar wurden die Männer ihrer Würde und Männlichkeit nicht beraubt. Die meisten waren arme Gelegenheitsarbeiter, aber ihre Arbeit im Gefängnis schien sinnvoll zu sein – soweit ich sehen konnte, wurden sie nicht zu herabwürdigender oder erschöpfender Arbeit gezwungen. Plötzlich trat Andrew aus einer der Zellen und überraschte mich. Wieder ein

Zusammenstoß mit der Realität. »Hey, *honey,* schön, daß du es geschafft hast, komm rein und schau dir mein Apartment an.« Ich gab ihm zur Begrüßung einen Kuß und ging in seine Zelle. Sie war verhältnismäßig groß und für vier Männer eingerichtet. Sie hatten einen Vorhang aufgehängt, um sich von der direkt gegenüberliegenden anderen Vier-Mann-Zelle abzusondern. Andrew zog den Vorhang beiseite, ich trat ein, und da lag Ted auf einem der Betten. Ich ging zu ihm hin und küßte ihn. Er sah schlechter aus denn je. »Hey, Susan, wie geht's?« Und dann fing er an zu weinen. Respekt hin oder her, er tat mir sehr leid. Ich verstand sehr gut, wie gottverlassen er sich fühlte; er konnte weder hier sitzen und so tun, als würden seine dicken Freunde ihn rausholen, noch konnte er den großen Mann spielen. Andrew warf mir einen Blick zu. Er merkte, daß ich Teds Lage völlig verstand und daß ich sehr lieb zu ihm sein würde. Ted weinte jetzt heftiger und stammelte erstickt: »Susan, glaubst du, daß wir hier jemals wieder rauskommen? Ich verstehe nicht, weshalb sie uns festhalten.« Ich sagte zu ihm: »Ted, wir kommen schon raus. Es gibt keine richtigen Beweise für unsere Schuld. Vergiß aber nicht, daß wir aus einem gewissen Grund hier sind, weil wir nämlich schuldig *sind.* Nach mexikanischem Gesetz sind wir sogar so lange schuldig, bis unsere Unschuld erwiesen ist.« Ted brachte mich sofort zum Schweigen: »Susan, man weiß nie, wer mithört. Sei still. Im Grunde sind wir unschuldig. Mein Gott, ich verspreche, wenn ich hier jemals wieder rauskomme, werde ich sauber leben, so sauber...« Und so geht das, dachte ich bei mir. Wir alle wollen unsere Sünden wieder gutmachen, und vielleicht bekommen wir alle Gelegenheit dazu. Worüber ich langsam Klarheit gewann, war, daß ich nicht so sein wollte wie Ted. Ich hatte mich selbst und meine Unzulänglichkeiten so satt.

Ich legte eine Kassette für Ted auf, und Andrew und ich verließen die Zelle, um ihn mit seinem Jammer allein zu lassen. Andrew sprach als erster. »*Honey,* ich danke dir, daß du so nett zu Ted warst. Der ist wirklich am Boden zerstört. Er hat ein so schlechtes Gewissen, hat solche Angst, daß es ihn erwischt. Er hat Angst, Loretta zu verlieren. Ich versuche, ihm zu helfen. Hör zu, laß uns beide hier ein bißchen rumspazieren, so tun, als würden wir Freunde besuchen und vergessen, weshalb wir hier sind.« (Andrew, wie können wir das je fertigbringen?) »Auf jeden Fall, *honey,* ich habe was zu essen besorgt, Brot und Milch und Butter und Ahornsirup, hab' halt allen versprochen, daß du ihnen einen irren französischen Toast machst. Nachher können wir dann in Obidons Zimmer gehen, dort können wir ein bißchen allein sein. *Honey*, du siehst arg gelb aus. Was ist los?« Ich fühlte mich gerade ziemlich mies und hatte abgesehen davon keine sonderliche Lust, für das ganze Gefängnis zu kochen. Aber ich sagte: »Alles in Ordnung, Andrew, ich habe mich nur in letzter Zeit nicht so gut gefühlt. Wahrscheinlich die Nerven.« Ich hatte es aufgegeben und mich gegen das Gespräch, das ich mit ihm führen wollte, entschieden. Es ist schwer, sich so schnell zu ändern.

So gaben wir uns große Mühe, Arm in Arm, so zu tun, als unternähmen wir einen Verdauungsspaziergang durch ein freundliches Dorf. Andrew begann, mir das Gefängnis zu erklären. »Sieh mal, Susan, sicher ist dir aufgefallen, daß es in diesem Gefängnis sehr nachlässig zugeht. Morgens um sechs, wenn wir rausgelassen werden, können wir so ziemlich machen, was wir wollen. Wir unterhalten uns miteinander, spielen Basketball und können arbeiten, woran wir wollen. Das ganze System, wie ich schon vermutete, dreht sich ums Geld. Du bezahlst den Direktor für das, was du willst, und der *comandante* weiß angeblich nichts von diesem Schmiersystem, aber wer weiß? Kann gut sein, daß er dem Direktor alles Geld abnimmt. Das ist so verrückt hier, ich weiß nie, was eigentlich alles läuft. Ted und ich sollten eigentlich nicht in einer Zelle liegen, weil sie Angst vor einem Ausbruchsversuch haben. Aber nur ein paar Dollar für den Direktor, und es ist erledigt. Wenn wir besonderes Essen wollen, zahlen wir dafür, wir schmieren den Direktor, geben Ernesto ein bißchen Geld, und er besorgt es für uns. Ein paar Pesos für den Direktor, und wir bekommen Einzelzellen, ist doch *cool*, was, *baby*?« – »Andrew, ich weiß, es hört sich merkwürdig an, aber das ist so korrupt, hast du noch nicht genug davon?« Dann überlegte ich mir, daß für mich jede Art von Korruption den gleichen Stellenwert bekommen hatte. Meine Eltern logen ihre Freunde an, mein Vater log den Anwalt an, sagte ihm, ich wäre noch nie zuvor erwischt worden, ich log meine Eltern an, sagte, kein Geld in den *deal* investiert zu haben. Wie konnte ich in dieser Welt leben und ich selbst bleiben? Und dann wieder Andrew: »Hör mal, Susan, setz' dich mal nicht so plötzlich aufs hohe Roß, wenn ein paar Pesos uns froh machen, würdest du uns das verweigern?« Ich konnte es ihm nicht beantworten, ich wußte es selbst nicht, Pest nochmal, was soll man schon sagen, wenn man selbst wegen Korruption im Gefängnis sitzt? Wir gingen weiter, ich wurde den Männern vorgestellt, die mit Muschelschalen arbeiteten; Andrew ließ sie einen Aufsteckkamm für mein Haar machen. Ich lernte die Gold- und Silberschmiede kennen, blieb bei Chino stehen, um mich noch einmal zu bedanken, und bestellte einen Macramé-Poncho bei dem Mann, der sie anfertigte. Dann stellte Andrew mir Obidon vor, einen Riesen von einem Mann, rund fünfundzwanzig, sehr muskulös, dunkelhäutig, der einen Ohrring trug. Er war einer der wenigen, die wegen Mordes saßen. Da es aber in Notwehr passiert war und nur wegen einer Frau, war es verzeihlich. Er hatte eine Einzelzelle, bekam alles, was er wollte und herrschte über die anderen Häftlinge. Er und Andrew hatten sich angefreundet. Ich traute Obidon nie, seine Augen waren gewalttätig. Eine Zeitlang sprach er in Straßenenglisch mit uns. Ich fragte Andrew, ob er mich hören konnte, wenn ich tagsüber nach ihm rief. Obidon sagte mir, daß die Wand meines Bades an die andere Seite des Innenhofes grenzte. Weshalb bohrte ich eigentlich kein Loch in die Wand, damit ich den ganzen Tag mit Andrew sprechen konnte? Das war eine phantastische Idee, viel besser als die Briefe. (Wir wußten noch immer nicht, daß der *comandante* sich jeden einzelnen unserer Briefe vorlesen ließ, ehe wir sie erhielten.) Es war riskant, schien aber viel sinnvoller zu sein, als die Wärter zu bestechen. Wir würden die Möglichkeit haben, jeden Tag miteinander zu sprechen, wann immer wir wollten. Ich beschloß, es zu wagen, und der Abenteuergeist in mir setzte das Bohren jenes Loches einem ›spektakulären Ausbruch‹ gleich. Obidon, der sich im Gefängnis mit allen Tricks auskannte, sagte mir, die Wände wären sehr weich; er gab mir einen langen Nagel zum Durchstoßen. Wir drei beschlossen, daß die beste Zeit zum Bohren am Spätnachmittag sein würde, um sechs herum, wenn die Wärter exerzierten und jedes Geräusch übertönten.

Ich war herübergekommen, um mit Andrew über meine veränderten Gefühle zu sprechen, über das Gefängnis und warum wir erwischt worden waren, um ihm zu sagen, daß ich nicht mehr so war wie er oder Ted oder die Susan, die er kannte, oder wie meine Eltern, daß ich Angst hatte und es leid war, mich hinter *dope*, Musik und Paranoia zu verstecken. Um das zu sagen, war ich gekommen. Das Ergebnis war, daß ich Löcher in Wände bohrte. Irgendwie waren alle meine guten Vorsätze verflogen. Da gab es keine Ausreden. Wir verließen Obidons Zelle mit einem langen Nagel, den ich in meiner Sandale versteckt hatte. Morgen um sechs konnte ich mit der Arbeit anfangen. Andrew hatte Hunger, und ich beschloß, für alle französischen Toast zu machen. Wir gingen zurück zur Zelle. Ted ging es jetzt viel besser. Die beiden anderen Zellengenossen kamen herein und wurden mir vorgestellt; beide waren junge Burschen, die einsaßen, weil sie Gras geraucht hatten. Ernesto kam und brachte die Zutaten fürs Essen; es war wie bei einer Party. Ich verquirlte die Eier, gab Milch dazu, weichte das Brot ein und briet das Ganze. Ich muß mindestens eine Stunde lang französischen Toast gemacht haben. Ich verbrauchte drei Laib Brot – eine ganze Menge, wenn man nur eine Pfanne auf einer einzigen Kochplatte hat. Ernesto brachte dem Direktor etwas, der um eine zweite Portion bat. Andrew kochte Kaffee, und als der ganze Zirkus vorüber war, aßen auch wir endlich, zusammen mit Ted. Mittlerweile war es zwei Uhr, Zeit für die Siesta, alle Kinder schliefen auf dem Boden, die Männer ruhten mit ihren Frauen in der Sonne. Obidon kam herüber, bot uns seine Zelle an und meinte, er hätte eine Überraschung für uns. Andrew und ich marschierten in seine Zelle und setzten uns. Er zog seinen Vorhang vor und schloß seine Tür ab, grinste breit und holte zwei sehr kleine *joints* hervor. Ich geriet in Panik. Ich hatte allein in meiner Zelle geraucht, kurz nachdem wir verhaftet worden waren, aber ich hatte keine Lust, jetzt einen *joint* zu rauchen, am Besuchstag, und dazu noch mit einem Fremden, der ein Spitzel sein konnte. Ich bemühte mich, es Andrew zu verstehen zu geben, aber entweder merkte er es nicht, oder er wollte es nicht merken. Obidon steckte den *joint* an, reichte ihn weiter, ich nahm einen Zug und meinte dann, mehr wollte ich nicht. Alle fuhren ab, weil sie eine Zeitlang nicht geraucht hatten, dann ließen Obidon und Ted Andrew und mich allein.

Ich wollte so viel sagen. Ich hatte das Bedürfnis, Andrew mitzuteilen, was ich von allem hielt, besonders von uns. Aber Andrew wollte nicht reden, er wollte bumsen; und ich hatte das Gefühl, gegen den harten Stein und den dumpfen Geruch anschreien zu müssen. Ich wollte in den Ozean laufen und ihn meine Schenkel küssen spüren; ich wollte mich öffnen und Andrew mein Inneres zeigen, das so verwirrt war. Obidons Pritsche war hart, draußen schrien Kinder im Schlaf, Fliegen summten, die Luft war heiß und voller Passivität. Die Häftlinge hatten alles, was sie sich nur wünschen konnten, wer brauchte mehr? Ich schaute über Andrews Schulter und sah ein Bild von Ché Guevara, Obidons Held. Wir schliefen miteinander, distanziert wie wir waren, und ich konnte die goldene Glut anderer Betten nicht empfinden. Es war eher wie eine Anstrengung, die wir unternahmen, um uns davon zu überzeugen, daß wir noch am Leben waren und nicht völlig angekettet. Mein Herz jedoch gehörte dem Andrew vergangener Wochen, zuversichtlich, sorglos und lakonisch, jenem Andrew, der mit einer Susan gelebt hatte, der es niemals auffiel, daß Reden einfach ist, danach zu handeln und daran zu glauben jedoch etwas Außergewöhnliches. Damals hatte ich ihn geliebt, weil ich mich selbst liebte, jetzt aber mißtraute ich meinen Träumen und konnte jemanden, der mich oder diese besondere Seite von mir liebte, nicht respektieren. Als es vorüber war und Obidons Wecker losratterte und uns zu verstehen gab, daß Obidon bald wieder zurück in sein Zimmer kommen würde, bildete ich mir ein, Andrew und ich seien auf einem Floß, das einen Fluß hinuntertreibt. Wir konnten das Floß nicht verlassen, weil wir entweder von den Alligatoren gefressen oder ertrinken würden. Trotzdem konnten wir nicht bleiben, weil wir verhungern und von den Elementen besiegt werden würden. So klammerten wir uns aneinander und warteten auf ein Wunder, das uns rettete. In diesem Augenblick wurde mir klar, daß ich Andrew tief verletzen würde, wenn ich ihm sagte, daß unsere Liebe ohne Drogen und Haschträume nicht existieren konnte – sein Leben würde leer sein, wenn ich aus dem Gefängnis herauskam, und sehr wahrscheinlich war ich vor ihm draußen.

Wir traten hinaus auf den Innenhof, und die Sonne knallte auf uns nieder, nahm mir die letzte Kraft, die mir geblieben war. Alle Blicke ruhten auf uns, Chinos asiatische, irgendwie sardonische Augen, die Augen von Louis, dem Koch, die stolzen, trotzigen Augen von Obidon, die sanften, schüchternen kleinen Augen von Andrews Zellengenossen, all die passiven, resignierten Augen der Männer, die wußten, daß das Gefängnis ihnen eine Art Sicherheit bot und einen Vorwand, nicht für ihre Familien arbeiten zu müssen; und die müden, müden Augen der Frauen, ihre schweren Lider – sie waren ihres Lebens so überdrüssig. Dann schaute ich nach Andrews Augen, aber die Sonne war zu grell, ich konnte nur sehen, wo seine Augen hätten sein sollen. Teds Augen waren ängstlich, wie die einer Ratte. Meine Augen konnte ich nicht sehen; wollte es auch nicht, wußte, daß ich einen langen Weg zu gehen hatte, ehe ich mir in die Augen sehen konnte, ohne enttäuscht zu sein. Die Luft war dick und verbraucht, bis die Abendbrise sie reinigte und auffrischte. Andrew, Ted und ich saßen im Innenhof auf dem Boden, sangen und versuchten, Freunde zu sein. Ganz bestimmt würde ich sie am Donnerstag wiedersehen, vielleicht konnten sie den Direktor bestechen, so daß wir uns vorher treffen konnten. Ja, mein Essen war großartig, der Doktor hatte mir Tabletten verschrieben, wir würden frei sein. Es wurde sechs Uhr, und die Verzweiflung begleitete mich aus der Männerabteilung und zurück in meine Zelle. Mein graues Steinverlies war kalt. Wo war die goldene Sonne der anderen Seite? Da war ich wieder, allein mit meinen Augen, der Gestank war scheußlich. Mein Abendessen wurde gebracht, ein spezielles Menü von Louis, mit Eiscreme für Susanita. Heute abend gab es im Gefängnis kein Fernsehen, Sonntag, der heilige Tag des Vaters, des Sohnes, des Heiligen Geistes, der Jungfrau Maria und all derer, die litten für eine Sache, an die sie glaubten. Das war das Scheußliche daran, ich litt für etwas, an das ich noch nicht einmal glaubte, es noch nicht einmal definieren konnte.

Jaime schrie nach mir, war wütend, weil ich ihn den ganzen Tag lang wegen ›dieses *bandito*‹ Andrew im Stich gelassen hatte. »Was gibt er dir, das ich dir nicht geben kann, den Wind? Die Sonne? Die Sterne oder den Mond? Deine Freiheit?« Und er lachte mich so boshaft aus, daß ich mir die Blockflöte nahm und ein neues Lied spielte, das ich von den Mexikanern gelernt hatte, ›La Paloma‹. Jaime war still, Tony weinte ein bißchen. Wieder und wieder spielte ich ›La Paloma‹. Alle Noten begannen gleich zu klingen. Musik war immer in meiner Seele, Musik war in meinem Herzen und auf meinen Lippen, wenn ich aufstand oder schlafen ging. Sie machte alles so viel leichter. Mexikanische Musik aber war so leidenschaftlich, schwer und sinnlich. Ich spielte ein paar Strophen von ›Old MacDonald‹, einfach wegen des Heimwehs, und weinte mich in den Schlaf. Ich fühlte mich verloren, frei schwebend in der Zeit, als käme ich aus einem Zeichentrickfilm. Ich konnte mich nicht mehr an das erinnern, was ich vor drei Tagen getan hatte. Ich war total verloren, auf einem fremden Planeten. Meine einzige Realität war das Gefängnis, alles andere war weg.

13

Der darauffolgende Morgen war der heißeste Tag, den ich bisher im Gefängnis erlebt hatte. Es war nicht nur heiß, sondern auch bewölkt und außergewöhnlich schwül. Ich wachte mit einem scheußlichen Fieber auf, war sehr deprimiert. Siebenundzwanzig Jahre im Gefängnis verbringen zu müssen und sich auf nichts anderes freuen zu können als die Besuche bei Andrew, donnerstags und sonntags! Ich wollte draußen herumlaufen und die schwere Luft riechen können, ich wollte morgens aufstehen, mir mein eigenes Frühstück machen und dann spazierengehen können. Mexiko ist so überwältigend leidenschaftlich, die Farben sind intensive Tönungen von Braun, Grün, Blau und Rot.

Die Blüten duften nicht zurückhaltend wie eine Tulpe; Jasmin und Gardenien sind berauschend. Die Augen der Menschen sind so aufrichtig, sie sind weder herablassend wie die der Israelis noch hart wie die der Amerikaner, eher so wie die Augen der Araber, langsam, heiß wie die Sonne, ausweichend wie der Sand und solide, sehr solide. Diese Augen schauen dich direkt an, sehen über deine Herkunft, deine Kleidung oder deinen Schmuck hinweg, dringen ein in dein dunkles Inneres. Simple Transaktionen, wie auf dem Markt Obst kaufen oder Reiswasser an der Ecke, führen zu einer intimen Augenkommunikation zwischen dir und dem Verkäufer. An all das erinnerte ich mich.

An diesem frühen Montagmorgen, dem Anfang meiner dritten Woche im Gefängnis, kam Tommy an die Zellentür, begleitet von einem alten Paar, das aussah wie zwei zusammenpassende Rosinen. Der Mann verschrumpelt und braun und zahnlos und barfüßig, die Frau verschrumpelt und braun und sauber und barfüßig. Tommy sagte immer wieder, das seien seine Eltern, und ihre kleinen Köpfe nickten auf und ab in der Hitze, die vom Boden aufstieg. Die alte Frau steckte ihre Hände in die riesigen Falten ihres braunen Kleides und zog langsam, mit einem breiter werdenden Grinsen, frische Datteln und prallreife Pfirsiche hervor. Ihr Mann nickte immer noch eifrig und holte unter seinem fleckenlosen weißen Hemd ein Gebet hervor, für die Ewigkeit in Plexiglas versiegelt, auf spanisch, mit lieben Grüßen vom Herrn Jesus. Sie zeigten zum Himmel, Tränen liefen über das Gesicht der alten Frau, und sie griff durch die Gitterstäbe nach meinen Händen und liebkoste mich mit ihren Fingern. Tommy war ein paar Schritte hinter ihnen stehengeblieben und lächelte wohlwollend, als sei er der Vater und sie seine Kinder. Er war so stolz auf sie, wie sie es auf ihn waren, und ich sollte dazugehören. Sie bekreuzigten sich viele Male, küßten meine Hände, und dann faßten die drei sich an den Händen und gingen hinaus in die Hitze, ihre Mission war erfüllt. Bringen wir der heidnischen *americana,* die so unschuldig aussieht, ein wenig Religion. Mein Frühstück kam, aber ich konnte nichts essen; mir war so heiß, dann wieder kalt. Ich nahm die Medizin, die der Arzt mir verschrieben hatte, das Bewußtsein überfiel mich, daß ich an diesem Tag nichts zu tun hatte, nichts, auf das ich mich freuen konnte. Meine Eltern waren weg, Andrew würde ich erst in drei Tagen wieder sehen, ich war allein.

Ich mußte anfangen, mir Beschäftigung zu suchen. Der Reinemacher kam in meine Zelle, ich trat hinaus, um mit meinem Wärter die frische Luft zu genießen. Ich setzte mich unter dem Baum auf den Boden und schaute auf die Straße. Die Mexikaner gingen so langsam, niemand hatte es eilig. Mag sein, daß die Hitze sie langsam und bedächtig gemacht hatte oder vielleicht die Überzeugung, daß alles, was getan werden mußte, auch getan werden würde. Der alte Mann war mit meiner Zelle fertig, und ich dankte ihm für seine Hilfe. In letzter Zeit hatte ich das Bedürfnis, mit allen Menschen, die so lieb zu mir waren, zu kommunizieren. Viel zu lange hatte ich halb spanisch, halb englisch palavert. Ich hatte zwar nur ein Wörterbuch, aber die beste Methode, eine Sprache zu lernen, ist, mit den Leuten zu reden, was ich vorhatte, und Not macht erfinderisch, wie man so sagt. Der Wärter schloß mich ein, aber nun hatte ich eine Aufgabe, etwas, das meine Aufmerksamkeit in Anspruch nahm. Ich nahm mein Tagebuch und machte einen Plan, wie meine Tage verlaufen sollten. Aufstehen, frühstücken, einen Brief an Andrew schreiben, die Zelle saubermachen, zwei Stunden lang Spanisch lernen, Kassetten oder Radio hören, zu Mittag essen, Siesta halten, aufwachen, Flöte spielen, mit Tony und Jaime reden, lesen, den Wärtern beim Exerzieren zusehen, den Sonnenuntergang anschauen, zu Abend essen, noch ein bißchen lesen, Briefe schreiben, duschen, Kleider auswaschen, schlafen. Manchmal, wenn das Leben kein Ziel und keine Bedeutung zu haben scheint, ist solche Planung die einzige Rettung. Nicht nur, daß ich in einem fremden Land siebenundzwanzig Jahre im Gefängnis sitzen würde, ich hatte tatsächlich keine Ahnung, wer ich war oder was ich wollte, abgesehen von etwas Seelenfrieden, so einer Art Gefühl, daß ich nicht nur ein zielloses Partikel, sondern Teil einer höheren Ordnung war. Aus diesem Grund versuchte ich, Ordnung in mein Leben zu bringen. Ich schrieb außerdem auf, daß ich Solitaire spielen wollte. Ich hatte keine Ahnung, wie ich es anfangen sollte, eine neue Sprache zu lernen. Ich hatte sechs Jahre Französisch und ein Semester lang Italienisch gelernt, aber auf dem Papier ist das anders als in der Praxis. Ich beschloß, hauptsächlich mit Substantiven anzufangen und mir keine Gedanken über die Konjugation der Verben zu machen. Ich wollte praktische Wörter lernen wie Essen, destilliertes Wasser, Zelle, Richter, Anwalt, Wärter, Musik, Angst, Tag, Nacht, Sonne, Mond, sauber, schmutzig, Eltern, schuldig, unschuldig, elementare, simple Wörter. Ich fühlte mich so erleichtert, wenn ich erschöpft war; ich hatte es geschafft, etwas in ein System zu bringen. Ich brachte gerne Dinge in ein System, es gab mir das Gefühl, daß alles sicher und am rechten Platz war.

Die andere Aufgabe, die vor mir lag, war, jenes Loch in die Wand meines Bads zu bohren. Obidon hatte darauf bestanden, daß ich abends stocherte, wenn die Wärter exerzierten, aber ich wollte mir die Sache ansehen. Ich ging ins Bad, hockte mich auf die Fersen wie die Araber und stocherte an der Wand herum. Sie war dick, aber nicht zu sehr. Ich konnte gedämpfte Rufe von der Männerseite hören. Das Mauerwerk war sehr lose, der Putz fiel herunter, wenn ich ihn mit dem Fingernagel ankratzte. Es würde nicht zu lange dauern; am Abend würde ich anfangen. Tony und die Bande hatten das Radio sehr laut an und riefen: »Susie! Susie!« wie gewöhnlich, und ich gab Antwort, diesmal auf spanisch: »*Sí?*« Tony stellte rasch das Radio leiser und fing an, mich mit den *vigilante* aufzuziehen. »Susie, du weinen, *vigilante*.« Hätte ich doch gewußt, was Arschloch auf spanisch heißt. Er bat mich um eine Zigarette. Ich saß auf dem Boden, hielt mein Wörterbuch in der Hand, blätterte es geschwind durch, bis ich das Wort für ›wie viele‹ fand: »*Cuántos?*« Tony erwiderte: »*Cinco.*« Ich wußte, daß das ›fünf‹ bedeutete. Irgendwie befriedigte mich diese Konversation, so unbedeutend sie auch gewesen war. Ich schob zehn Zigaretten unter der Tür durch, und Tony begann hysterisch zu lachen. Jaime verhielt sich seit einigen Tagen still; ich dachte mir, daß er vielleicht im Koma lag. Aber ich hatte eher das Gefühl, als läge *ich* im Koma. Es wurde heißer, ich nahm mir *The French Lieutenant's Woman*, das mir meine Eltern mitgebracht hatten, und fing an zu lesen. Ich las zwei Stunden lang, der Schweiß tropfte mir zwischen die Brüste und bildete dort eine Pfütze. Die Geschichte war eher zeitraubend als interessant, aber sie lenkte meine Gedanken von meiner persönlichen Tragödie ab. Lesen wurde zum Opium meiner Tage, erfüllte mich und lullte mich in eine Realität, in der ich weder zu weinen noch zu zittern brauchte, in der meine Empfindungen nicht meine waren. Ich war dankbar für diese Intensitätspause. Die Rufe der Wärter schallten hin und her, auf der Straße vor dem Gefängnis, vielleicht fünfundsiebzig Meter entfernt, fuhren die Autos vorbei, dennoch gab es keinen richtigen Lärm, alles wurde von der Hitze und der Lethargie Mexikos überdeckt. Die schwere Luft absorbierte den Lärm und ließ ihn in den Dämpfen, die von den Bäumen und dem Sand, den Straßen, Tieren und dunkelhäutigen Menschen aufstiegen, verschwinden.

Und so verlief für ein paar Tage mein Leben, versunken in der Hitze und Leidenschaft der Luft; aufstehen, essen, lesen, Musik, weinen, schlafen, essen, lesen, duschen, und jeden Abend um sechs im Bad auf dem Boden sitzen und mit dem Absatz meiner Holzsandalen den Nagel in die Wand hämmern. Ich kam langsam, aber stetig voran; wenn ich mein Abendpensum erledigt hatte, verstopfte ich das Loch mit Toilettenpapier, das mit dem Grau der Wände verschmolz. Andrew schrieb mir von Liebe am Nachmittag, Freiheit am Abend, und Land und Bäumen am Morgen. Ich schrieb ihm von Gedanken, die orange und dunkelgrün waren, von lange vergessenen Werten und von Schuld, rot wie der Sonnenuntergang. Mein Spanisch machte Fortschritte. Ich organisierte wie wahnsinnig, drei vollgestopfte Tage vergingen ohne viele Unterbrechungen, und plötzlich war es Donnerstag und Zeit, Andrew zu besuchen. Fast hatte ich Angst davor, meine lautlose, abgeschirmte Welt zu verlassen und in seine zu gehen, aber die Entscheidung wurde mir abgenommen.

Donnerstag früh kamen die *federales* mich holen und brachten mich zum eigentlichen Gefängnis. Ich war fertig angezogen und bereit für Andrew. Adolfo roch nach Old Spice, sein Schnurrbart war peinlich genau gestutzt, seine Waffe poliert. Er nahm mich am Arm und zeigte mir mein Bild aus dem Verbrecheralbum an der Wand. Es hing neben den Bildern von Andrew und Ted. Wer war dieses dunkeläugige Mädchen, das so gleichgültig aussah? Ich lehnte es ab, irgend etwas von ihr zu wissen; ich erkannte sie nicht. Ihre Aktennummer kam mir ein wenig, aber nur ganz wenig, bekannt vor, die beiden Männer, deren Bilder neben ihr hingen, waren Wildfremde. Allein die Vorstellung, daß die *federales* dachten, daß ich sie kannte, empfand ich als Beleidigung. Ich fühlte mich fiebrig, heiß und und nicht mehr in dieser Welt. Statt mich in die Schlange der Besucher einzureihen, wurde ich nach draußen und in ein altes Gebäude nebean geführt, wo ein alter Mann mit einem alten Sombrero seuftze, einen Seufzer, der älter war, als er aussah. Vor sich hatte er ein Stempelkissen und ungefähr fünfzig Formulare liegen, die alle mein Bild trugen. Adolfo blieb zurück, um mich zu bewachen, die anderen gingen Bier trinken. Der Ventilator an der Decke drehte sich, der Raum war rot, altrosa. Ich streckte meine Finger aus und sah zu, wie er sie auf das Stempelkissen und fünfmal auf jedes Blatt drückte; zehn Abdrücke pro Seite, fünfhundert Fingerabdrücke. Ich konnte es einfach nicht glauben, daß sie so viele machten. Ich würde zu spät zu Andrew kommen. Mein Donnerstag war geschändet worden, der alte Mann war sanft, er hatte keine Zähne, nur Stümpfe, und kaute Tabak.

Wir entwickelten einen Rhythmus, einfärben, rüber in die Mitte, runter, jetzt den Zeigefinger, und so wurden meine Fingerabdrücke genommen. Als ich es hinter mir hatte, war es ein Uhr, und Adolfos sauberes Leinenhemd war schweißdurchtränkt. Er brachte mich hinaus, damit ich mir die Hand mit Terpentin wusch. Dann gingen wir langsam zurück zum Gefängnis. Der Direktor öffnete das Tor zur Männerabteilung, ich durfte eintreten. Ich hatte das Gefühl, eine Straße mit kleinen Häusern entlangzugehen, in jedem Hof spielten oder schliefen Kinder, saßen Familien zusammen und tranken und aßen. Kleine, dunkelhäutige Männer und dicke Frauen mit langen, fettigen Haaren und rosa Schleifen darin saßen da, aßen Tortillas und scheuchten Fliegen von ihren Schenkeln. Ich ging rasch vorbei, alle beobachteten mich, ich kam zu *Señor* Andrews Haus, klopfte an den Vorhang, er öffnete sein Herz, und an diesem Tag sprachen wir über viele Dinge. Wir sprachen von Gonzales, der ein guter Anwalt sei und uns bald herausholen würde, wir sprachen davon, wie unser Leben auf unserem Stückchen Land sein würde, wir sagten uns, was wir empfanden. Nein, ich haßte ihn ganz bestimmt nicht, nein, ich wußte, daß er mich nicht verletzen wollte. Allerdings sagte ich ihm nie, was ich wirklich empfand. Wahrscheinlich deshalb nicht, weil ich – abgesehen davon, daß ich ihm nicht wehtun wollte – irgendwie schwach war und mich an ihn klammerte; ich hatte Angst, völlig allein zu sein. So deutete ich die Veränderungen, die ich durchmachte, nur an und entschied mich für die Oberflächlichkeit, um unsere Beziehung nach außen hin zusammenzuhalten. Er wollte bumsen, mir war es zu heiß. Ted kam herein, er sah wieder grün aus, und wir bildeten ein Trio ›Frohsinn‹. Sie sagten mir, ich solle keine Angst haben, bald kämen bessere Zeiten, wir würden beschützt. Andrew meinte, ich sollte noch einmal zum Arzt gehen, die Pillen nützten nichts. Ich schlief ein und träumte, am Strand entlangzugehen, allein und nackt. Plötzlich sah ich eine riesige Flutwelle herankommen, sie näherte sich langsam, ich hatte noch Zeit zu fliehen. Es war eine riesige, blaugrüne Welle. Ich fing an zu rennen, rannte am Strand entlang, aber meine Füße kamen nicht vom Fleck. Ich fing an zu schreien, die Welle nahte, ich wachte auf. Andrew bat Duran, dafür zu sorgen, daß ich zum Arzt kam. Meine Zeit war um, ich verließ die Zellen und alle ihre Besucher und war sehr benommen. Ich wurde zu meiner Zelle eskortiert, die Wärter machten sich bereit zum Exerzieren. Im Takt mit den Rufen des Sergeanten hämmerte ich den Nagel in die Wand. Das Loch wurde immer tiefer. Andrew war aufgeregt, als ich ihm die Stelle gezeigt hatte, wo ich durchkommen würde. Noch zwei Tage, dann hatte ich es geschafft. Ich war erschöpft und hatte Schüttelfrost. Ernesto brachte mir zusammen mit einem Wärter das Abendessen und kündigte an, daß ich am nächsten Morgen zu einem Bluttest in ein Laboratorium gebracht würde, der *comandante* hatte ihm diese Anweisung erteilt; außerdem sagte er mir, daß sowohl Andrew als auch Ted sich meinetwegen Sorgen machten. Ich war weit entfernt, er gab mir eine Valium. Wußte er eigentlich, daß ich ihn kaum hören konnte? Die Hitze absorbierte alle Geräusche, es gab nur noch Schweigen. Ich schlief.

Die nächsten paar Tage waren weit entfernt, geräuschlos und fiebrig. Sie waren namenlos. Die meiste Zeit schlief ich, wachte in regelmäßigen Abständen auf, um zu essen oder an der Badezimmerwand zu bohren. Der Tag, an dem ich zum Arzt ging, war in der Tat surrealistisch. Ich wachte spät auf, so gegen halb zehn, und ich brauchte einige Zeit, bis ich festgestellt hatte, wo ich war. Die Morgenwärter, Tommys Besuch und mein Frühstück, das in einer Zellenecke stand, hatte ich verpaßt. Mehrere lange Haarsträhnen pappten schweißnaß an meinem Hals. Ernesto kam an die Tür mit einer Zeitung, in der das Trio ›Frohsinn‹ groß herausgestellt wurde, und dem Befehl, mich sofort anzuziehen. Irgendwie konnte ich mich nicht rühren. Ich kam mir klebrig vor und trieb weg, und wo war Andrew? Ich warf einen Blick auf den Artikel, so viele Magazine in Mexiko sind Revolverblätter, bei den Medien kennt man den Bildungsstand der Bevölkerung und schreibt deshalb übertriebene, fast pornographische Artikel über Mord, Vergewaltigungen und die Siege der Polizei. Die armen Leute, die kaum eine Ablenkung von Hitze und harter Arbeit kennen, lesen die simpel zusammengeschriebenen Geschichten, die ihnen den Kitzel von Erfahrungen vermitteln, die sie selbst niemals machen werden. Da war ein Bild von mir, mit zurückgebundenen Haaren, aufgenommen an jenem Abend, an dem ich verhaftet und vernommen wurde. Ich grinste sardonisch und sah aus wie eine Spionin. Die Bildunterschrift besagte, ich sei neunundzwanzig, käme aus Indien, sei der Boss eines Mafia-Rings und wohnte in Chicago. Mal wieder zogen sie sich an Sex und Drogen hoch. Susana Nadler, die sich nur für Sex und Drogen interessierte. Armes Mädchen, dachte ich, möchte wissen, wer sie ist. Andrew sah auf dem Bild schäbig und fad aus, Ted, was nicht verwunderte, wie ein Huhn.

Ich zog mein Chino-Original an, ohne heftbepflasterte Brustwarzen, und wartete auf die *federales*. Adolfo tauchte adrett zurechtgemacht an der Zelle auf, gefolgt von einem Wärter, der mich hinausließ. Die Hitze blendete mich, mein Spanisch verflog, und ich wurde zu dem VW gebracht und in die Stadt gefahren, zu einem Platz gegenüber dem Postamt. Alles, Plätze und Gesichter, sah so vertraut aus und dennoch so verändert. Zum ersten Mal spürte ich, daß ich mich in einer fremden Kultur befand. Ich gehörte nicht in diese träge, leidenschaftliche, aber resignierte Welt voller Bedächtigkeit, Siesta und Schmutz. Das Laboratorium befand sich in einem alten, von Efeu und Jasmin zugewachsenen Haus. Zwei alte, verschrumpelte Leutchen saßen auf der Vorderveranda, der Mann hatte seinen verbeulten Hut in der Hand und betrachtete seine Zehen, die aus seinen Sandalen herv orguckten. Das dichte schwarze Haar der Frau war auf ihrem kleinen Kopf hoch aufgesteckt, ihr Kleid war rötlich braun wie sandiger Boden. Sie schnalzte mit der Zunge, als sie mich mit meinen beiden bewaffneten *federales* sah. Ich konnte kaum etwas hören; ich existierte nur in meiner eigenen fiebrigen Seifenblasenwelt.

Das Behandlungszimmer war sehr sauber. Zwei Schwestern in weißen Mänteln, sauberen Schuhen und mit sauberen Fingernägeln begrüßten mich, faßten meine Arme an, ihre Augen waren braun. Eine bat mich in gebrochenem Englisch, eine Minute zu warten, die Wärter setzten sich links und rechts neben mich. Adolfo kam mit einer Tüte Eis für mich herein. Mein Freund. Ich dankte ihm auf hebräisch, war verwirrt. Gerade, als ich mir ein altes *Time*-Heft genommen hatte, kamen die Schwestern, um mich in ein Hinterzimmer zu bringen. Sie setzten mich auf einen Tisch, befeuchteten meinen Arm mit Alkohol und zapften mir mehrere Röhrchen Blut ab. Die Prozedur war simpel, ich kannte sie gut. Dann lächelten sie mir zu und sagten auf Wiedersehen. Die Wärter standen auf, als ich den Raum wieder betrat, und wir gingen hinaus. Ich schaute über die Straßen hinweg zu einer Telefonzelle, in der ich so oft gestanden hatte, und war verblüfft. Da war ein alter Bekannter aus Pittsburgh, jedenfalls sah es so aus, und telefonierte. Ich wollte ihm einen Gruß zurufen, aber die Wärter scheuchten mich in den Bus. Die Berührung mit meiner alten Welt war verschwunden.

Als ich zurück in meine Zelle kam, wartete dort das Mittagessen, dazu ein langer Brief von Andrew. Ich bekam keinen Bissen herunter. Im Brief stand, daß Gonzales in Hermosillo gute Kontakte für eine Berufungsverhandlung knüpfte, und um dieses Thema drehte sich der ganze Brief. Ich schlief beim Lesen ein. Als ich aufwachte, war es spät, die Wärter exerzierten. Ich sauste ins Bad und begann, auf den Nagel einzuhämmern, bis er auf der anderen Seite herauskam; ich hatte mächtige Angst, schlug aber immer weiter drauf, bis ich durch das Loch sehen konnte. Da war die Männerabteilung, sie hielten gerade Anwesenheitsappell, ehe die Männer für die Nacht eingeschlossen wurden. Ich konnte Andrew und Ted kaum erkennen. Plötzlich hörten sie mit Exerzieren auf, und ich ging zurück in meine Zelle, wo Jaime schon nach ›Angelitos Negros‹ kreischte. Ich legte die Kassette auf, aber mir war so heiß, daß ich mich für einen Augenblick hinlegte. Als ich wieder zu mir kam, war es sechs Uhr früh. Ich wußte nicht mehr, welcher Tag es war. Die Wärter sagten Hallo, ich sah sie sehr klein, wie durch einen Nebel, sie liefen schnell und mit ruckartigen Bewegungen. Tommy tauchte mit Süßigkeiten und Brot an der Tür auf, aber ich kam kaum vom Bett hoch, um ihn zu begrüßen. Er lächelte, als wollte er mir sagen, daß er verstand. Aber er verstand gar nichts, sondern schrie bloß mehrere Male: »*Amiga, amiga.*« Als nächstes hörte ich Andrews Stimme aus der Badezimmerwand kommen. Er stand mit Ted direkt vor dem Loch. Ich fühlte mich ihm so nahe, lag da auf dem Boden in diesem verdammten Bad und fing an zu weinen. Er sagte mir, ich solle nicht den Kopf verlieren, Ernesto hätte vom Direktor erfahren, daß das Ergebnis meines Bluttests vorläge, ich sei sehr krank. Ich solle alle meine Sachen zusammenpacken. Mr. Castro, Manuels Freund, würde sie aufbewahren. Ich sollte ins Krankenhaus gebracht werden. Ich glaubte ihm nicht, aber er bestand darauf. Zur gleichen Zeit tauchte Ernesto an der Zelle auf und rief nach mir. Er sagte mir, ich solle mich beeilen, weigerte sich aber, mir zu sagen, was mir fehlte. Ich begann, alles in meinen Schlafsack und Koffer zu pakken, einschließlich der Wäscheleine und der Putzmittel. Dann ging die Zellentür auf, und die Polizisten warfen etwa acht Frauen herein, angeführt von Juanita. Sie war betrunken und erkannte mich nicht. Ich erkannte die Frauen als die Prostituierten vom Sonntag wieder, sie kreischten wie Vögel, keine schien Notiz von mir zu nehmen. Ich stellte alle meine Sachen auf dem Boden zusammen und setzte mich darauf. Ich war froh, daß ich hier wegkam. Mit diesen wilden Frauen wäre ich nicht zurechtgekommen. Die kleine Zelle hätte niemals Platz für uns alle gehabt. Sie kreischten und rissen sich gegenseitig die Kleider herunter. Eine Dicke stand an der Zellentür, nackt, ihre riesigen Brüste und schwarzen Warzen hingen zwischen den Gitterstäben hindurch. Sie schlug immer wieder gegen die Seiten ihrer Brüste, so daß sie hin- und herschwangen. Ein Wärter, ein älterer Mann, tauchte auf; er brachte mein Frühstück, als er ihre Brüste sah, wurde er rot. Alle Prostituierten tobten um sie herum, entblößten alle möglichen Körperteile. Der Wärter wollte die Tür nicht aufmachen, weil er Angst hatte, von ihnen niedergetrampelt zu werden. Noch immer schien keine der Frauen von mir Notiz zu nehmen. Nachdem der Wärter verschwunden war, beruhigten sich die Frauen ein wenig, einige hockten sich auf den Boden und urinierten. Mir wurde langsam schlecht. Juanita kam herüber und grapschte verächtlich nach meiner Brust, in Wirklichkeit aber hatte sie es auf mein Hemd abgesehen. Sie sagte »mir, mir«. Ich schlug ihre Hand weg, und sie sah wütend aus. Ich fragte mich, wie lange es dauern würde, bis die Wärter mich holen kamen und betete, daß Andrew mich nicht durch das Loch rufen würde. Die Prostituierten hatten verschiedene Hautfarben und alle möglichen Figuren; ich kam mir sehr klein und hilflos vor. Es belästigte mich jedoch niemand außer Juanita, die mich schließlich in Frieden ließ. Andrew rief mich durch das Loch, ich versuchte ihm zu sagen, daß er wegen der Frauen still sein sollte, aber er konnte mich nicht hören und rief weiter. Da ich Angst hatte, meine Sachen in der Zelle zu lassen, schleppte ich sie ins Bad und erzählte Andrew, was geschehen war. Die Frauen sahen mich und begannen aufgeregt zu schnattern, stießen mich von dem Loch weg. Ich war betrübt, benommen, fiebrig und sehr weit entfernt in meiner schalldichten Seifenblase. Sie stießen mich noch weiter weg und versuchten, ihre Ärsche oder Brüste in das Loch zu zwängen. Ich ging in den anderen Raum und hörte nur die Stille und das schwache, schwache Pulsen meines Blutes. Bald kamen die Wärter mich holen und trugen meine Habseligkeiten aus der Zelle. Ich schaute hinein, als sie die Prostituierten zurückstießen, und sah, daß ich ein Batik-Mandorla an der Wand vergessen hatte. Da würde es bleiben müssen, im dumpfen Gestank nach Urin und Fäkalien.

Der Direktor ließ mich mein wöchentliches Papier unterschreiben, das besagte, daß ich Insasse einer Strafanstalt war und berechtigt, von der Regierung drei Pesos pro Tag zu erhalten. Andrew und Ted kamen aus der Männerabteilung, mit Sondererlaubnis und ein paar Pesos für den Direktor. Mr. Castro, ein älterer Mann, nahm meine Sachen, während Andrew mich in den Armen hielt. Ich wurde aus dem Gefängnis weggebracht, aber auch von allem, was mir vertraut geworden war. Ich fragte, was mir fehlte, aber keiner wollte reden. Schließlich sagte Andrew, ich hätte Typhus. Ich glaube, ich fing an zu weinen. Ich bat Ernesto, sich doch bitte mit meinen Eltern in Verbindung zu setzen. Ted küßte mich und machte das *peace*-Zeichen, es war so komisch und jämmerlich, daß ich zugleich lachen und weinen mußte. Andrew sprach, aber ich verstand keinen Ton. Alle begannen auszusehen wie Figuren aus *Gullivers Reisen.* Ein Krankenwagen mit zwei *federales* wartete auf mich. Mußte ich sterben? Zum letzten Mal sah ich das Gefängnis, Andrew und meinen Baum, dann schlief ich im Krankenwagen ein. Ich war an so vielen Plätzen gewesen, allein.

14

Der Krankenwagen kam ruckend zum Stehen. Die *federales* stiegen aus, die Maschinenpistolen im Anschlag, und ich trat hinaus in die drückende Hitze. Das Hospital Salvitorre war ein modernes, vielfenstriges Gebäude, das mir sehr bekannt vorkam. Überall auf dem Gelände hingen die *gente*, die Leute von La Paz, herum, saßen auf Betonbänken und unter Bäumen. Offenbar diente dieses Hospital den Armen der Stadt als Park oder Ruhestätte. Im Grunde waren sie hier, weil in Mexiko alles so langsam vor sich geht, daß die Leute vor dem Hospital essen und schlafen, während sie auf eine Untersuchung warten oder Verwandte besuchen. Die Atmosphäre auf dem Gelände war so entspannt, kleine Kinder schliefen oder spielten im Gras, alte Männer unterhielten sich leise miteinander oder schliefen unter Zeitungspapier, Frauen brachten kalte Tortillas und aufgewärmte Bohnen, Ehemänner erzählten Witze und begafften die hübschen Lernschwestern, die das Hospital betraten und verließen. Es erinnerte mich an das Gefängnis am Besuchstag. Als ich mit meinen zwei Wärtern vorbeikam, starrten uns alle an. Einige lächelten oder winkten. Jeder empfand Sympathie für den Pechvogel, und keiner wollte glauben, daß ein so reizendes Mädchen wie ich kriminell sein konnte. Diese armen, sanften Leute wurden meine Freunde und meine Stütze in den drei Monaten, die ich im Hospital verbrachte.

Die Korridore waren sehr sauber, ganz anders als im Gefängnis, wo alles schmutzig war. Junge Assistenzärzte in Weiß kamen in den Hallen an mir vorbei und lächelten. Einige sagten Hallo. Ich konnte kein Wort verstehen, konnte kaum etwas sehen, hatte das Gefühl, als triebe meine Fieberblase ganz, ganz langsam an ihnen vorbei. Wir blieben vor einer Tür stehen, auf der *Señor Dr. Cardoza: Chefarzt*, stand. Einer der *federales* klopfte an, nahm seinen Sombrero ab und trat ein; Adolfo blieb bei mir. Ich erwartete, einen alten ausgefransten, weißhaarigen Mann zu sehen, über seine Arbeit gebeugt. Statt dessen begrüßte mich ein junger Mann von vielleicht sieben- oder achtunddreißig, der ein rundes, glattes Gesicht, dunkle Haare, dunkle Augen und eine Brille hatte. Sein Englisch war perfekt. »Susan, ich bin Dr. Cardoza, Chefarzt dieses Krankenhauses. Dr. Van Borstel, Ihr Arzt, hat

Sie zur Typhusbehandlung und wegen Verdachts einer Eierstockzyste hier eingewiesen. Er kümmert sich weiterhin um Sie, aber die Justizbehörden und der *comandante* üben Kontrolle über Ihre Verwahrung aus. Sie kommen in die Haftzelle, die für kranke Sträflinge gedacht ist. Ich glaube, Sie werden sie wesentlich bequemer finden als Ihre Zelle im Gefängnis. Dreimal täglich bekommen Sie Ihre Mahlzeiten gebracht, Ihre Zelle wird gereinigt. Der *comandante* hat jedoch angeordnet, daß Sie in Einzelhaft bleiben. Sie sehen fürchterlich aus. Gelb, gelbsüchtig, viel zu dünn. Das kommt vom Typhus. Wir sind über Ihre Anwesenheit nicht sehr erfreut. Für Kriminelle haben wir nichts übrig, besonders nicht für Rauschgiftschmuggler. Uns ist klar, daß Sie schuldig sind, uns ist klar, daß Sie und Ihr Freund sehr gut lebten, ein Dienstmädchen hatten, eine Menge Geld und keine sichtbaren Einkünfte.« Ich spürte, wie sich wieder die Blase um mich bildete. Die Dinge entfernten sich, aber ich erkannte, daß ich mit dem Chef auf gutem Fuße stehen mußte, wenn ich im Hospital zurechtkommen wollte. Ich würde ihn anlügen müssen, an sein Mitleid appellieren, um als unschuldig angesehen zu werden. Ich haßte die Lage, in der ich mich befand, ich würde zwei Leben führen müssen.

Dennoch mochte ich diesen Mann, diese Leute. Ich mußte für meine falsche Unschuld kämpfen. »Dr. Cardoza, halten Sie es nicht für ein wenig vermessen, mich schuldig zu sprechen, ehe Sie meine Version der Geschichte gehört haben oder irgendwelche Fakten kennen, abgesehen von den einseitig gefärbten, die von der Presse verbreitet werden? Für einen anscheinend gebildeten Mann wie Sie ist Ihr Rechtsempfinden leicht provinziell. Ich bin nicht schuldig und sehe es als Beleidigung an, daß Sie sich noch nicht einmal die Mühe gemacht haben, etwas über meine Version der Geschichte zu erfahren. Und jetzt, wenn ich Sie damit belästigen darf, würde ich gerne ein Ferngespräch an meine Eltern anmelden, um sie über meinen Zustand zu informieren.« – »Susan, die Leitungen sind wieder unterbrochen, und zwar schon seit einer Woche. Und bitte entschuldigen Sie mein vorschnelles Urteil. Das kam nur, weil ich so gegen Drogen bin. Ich habe sieben Jahre in der Mayo-Klinik gearbeitet und dort gesehen, welchen Schaden sie anrichten können. So, ich komme später vorbei, um mit Ihnen zu reden.« Da hatte er also sein Englisch gelernt.

Treiben, treiben, ich begann wieder zu treiben. Bei ihm hatte ich gewonnen, mit Sicherheit würden meine Sünden mich wieder heimsuchen. Aber was sollte ich tun, meine Schuld eingestehen und mich als das behandeln lassen, was ich wirklich war, oder vielleicht nicht war?

Während ich versuchte, meine Lüge zu rationalisieren, wurde alles noch verwirrender. Wir verließen sein Zimmer und gingen weiter den Korridor entlang. Durch die Jalousien vor den Fenstern wehte eine sanfte Brise, draußen standen überall Bäume. Plötzlich blieb ich stehen. Auf der gegenüberliegenden Straßenseite war die Wohnung, in der ich mit Andrew gelebt hatte. Einen Moment lang hatte ich das Gefühl, daß mir die Dinge vollends entglitten, als wäre dieses Gebäude eine Heilanstalt. Und das sollte es für mich auch werden.

Meine Haftzelle lag am Ende des Ganges. Sie war nicht sehr groß, hatte aber zwei Betten, ein Bad mit Dusche (mein Gott!); und einen Balkon, der eher einer Kiste ähnelte, oben Gitterstäbe hatte, durch die man den Himmel sehen konnte. Meine Abteilung lag weit vom Rest des Hospitals entfernt, nebenan war eine alte TB-Station, die aufgegeben worden war. Da unter ungebildeten Menschen starker Aberglaube herrscht, hatte ich den Verdacht, daß die Wärter sich vor Geistern fürchten würden. (Dieser Verdacht sollte sich als begründet herausstellen.) Ich war sehr müde und fiebrig, stellte alle meine Sachen auf mein Bett, setzte mich dann auf die durchgelegene Matratze. Überall auf dem Boden lagen Glasscherben herum, die Fenster waren eingeschlagen. Adolfo trat ein und gab mir mit Gesten zu verstehen, daß Jaime in dieser Zelle gewesen war und alles zerschlagen hatte. Armer Jaime, wann brachten sie ihn endlich nach Guadalajara in die Klinik? Die Tür zu diesem Raum war eine normale Zellentür, jetzt wurde sie von Adolfo zugemacht und abgeschlossen. Kurz darauf verlor ich das Bewußtsein.

Als ich aufwachte, war es nach sechs, und ich war klatschnaß geschwitzt. Dr. Cardoza kam mit zwei Lernschwestern und einem alten Mann mit Besen, Mop und Putzmitteln ins Zimmer. Schon wieder ein alter Reinemacher. Dr. Cardoza ließ mich mit ihm hinaus in den Gang treten. »Susan, der *comandante* hat mich angerufen. Es werden immer zwei Wärter hier bei Ihnen bleiben. Keine *federales.* Ich lasse jetzt Ihr Zimmer saubermachen, die Lernschwestern werden Ihr Bett beziehen und Ihnen ein Krankenhausnachthemd geben. Bald wird Dr. Van Borstel mit Ihrer Medizin kommen. Die Überlandleitungen sind immer noch unterbrochen. Wenn Sie etwas brauchen, sagen Sie den Wärtern, sie sollen sich mit mir in Verbindung setzen. Gute Nacht und alles Gute.« Ich sah meine beiden Wärter an und wurde wütend: Auf dem Namensschild des einen stand Loretto, er war ein dicker, stiller Mann von dreißig Jahren. Der andere aber war Alberto, eben jener Wärter, der versucht hatte, mich auf den bizarren Sextrip mit Juanita zu bringen. Er lächelte mich vage an, gestikulierte mit den Händen, aber ich erwiderte sein Lächeln nicht. Der alte Mann hatte die größeren Glasscherben aufgekehrt und putzte wahllos im Bad und auf dem Fußboden herum. Ich legte alle meine Cremes und Shampoos in die Badewanne, stellte das Radio an und wartete, bis die Lernschwestern mein Bett gemacht hatten. Sie gaben mir ein Krankenhausnachthemd, ich ging ins Bad und zog es an. Ich sah aus wie eine Schneeflokke mit einem Hauch Gelb. Ich stieg ins Bett, die Mädchen maßen meine Temperatur. (Die meisten Schwestern im Hospital waren Studentinnen, die es sich nicht leisten konnten, zur Schule zu gehen, um voll ausgebildete Schwestern zu werden.) Eines der Mädchen war sehr dick und hatte dunkles Haar – kurz und krauslockig, vorne mit einer grellgelben Wasserstoffsuperoxyd-Strähne. Ihre Augen waren himmelblau, und ihr Mundwerk stand niemals still. »Susanita, ich bin deine Freundin Connie. Du krank, ich helfe.« Und dann kicherte sie. Ich mochte sie. Die beiden Wärter gingen aus der Zelle in den Gang, wo sie sich hinsetzten. Das Thermometer zeigte in Celsiusgraden an, ich nahm es heraus und stellte fest, daß 39,8 ungefähr 104 Fahrenheit waren. Ich segelte wieder weg. Die Mädchen schüttelten mein Kissen auf und bemühten sich, mich dazu zu überreden, daß ich etwas Reis und Kartoffeln aß, aber ich konnte nichts herunterbringen.

Mein Arzt tauchte auf. Ich hatte ihn seit zwei Wochen nicht mehr gesehen. »Susan, Sie sind sehr krank. Wir zapfen Ihnen jetzt Blut ab, und Sie nehmen dreimal täglich dieses Antibiotikum. Hier ist es besser, nein?« Ich konnte nicht antworten und döste weg, während er mir aus dem Arm Blut abnahm und mir eine Spritze gab. Ich schlief ein und träumte von blauen Augen, die grün wurden und Andrews Augen waren, die Dollar-Zeichen hatten. Ich träumte, Bauern führten mich aus meiner Zelle zu einer kreuzförmigen Kirche, sauber und weiß. Und mein Kleid war rot, Blumen schmückten mein Haar, und wir alle knieten im Gebet, und ich flog weg in den Himmel, der der Ozean war, schrieb spanisch mit meinem Haar in die Wellen. Das Spanische verwandelte sich in Hebräisch, Steine rollten auf mich, mein Vater tauchte auf, mein sanfter Vater mit der hohen Stirn, und ich träumte, er säße oben auf einem Hügel und weinte leise, hatte die Welt zu seinen Füßen, er war voller Kummer, weil die Welt ihn enttäuscht hatte, seine Tränen waren aus Elfenbein, ich fiel langsam zu seinen Füßen. Ich wachte plötzlich auf, spürte Übelkeit und merkte, daß ich ins Bett uriniert hatte. Zwei Schwestern waren bei mir. Irgendwie mußte ich den Wecker gestellt haben, ehe ich weggetreten war. Connie war da; sie sagte mir, ich solle mich nicht aufregen, und maß mich, inzwischen hatte ich 105. Ich hatte das Gefühl, in Schweiß und Urin zu schwimmen. Sie wechselte mein Bettzeug, betupfte meine Lippen mit Wasser, ich dankte ihr.

Im Gang vor meiner Zelle waren andere Wärter. Sie waren um sechs gekommen, als ich eingeschlafen war. Eine Schicht dauerte von sechs Uhr morgens bis sechs Uhr abends. Da war ein kleiner, dicker, winziger Wärter mit einem Schnurrbart und phantastischen Augen. Er wischte sich nervös die Stirn. An der Seite hatte er die kleinste Pistole hängen, die ich jemals gesehen hatte; er war sehr stolz darauf. Er sah, wie ich sie anschaute, zwinkerte, und wir waren Freunde für alle Zeit. Wieder döste ich weg in Alpträume vom Tod, der in Rot, Weiß und Blau gekleidet war und wie Uncle Sam aussah, aber er hatte Hörner und tanzte über mir mit einer Mistgabel, die sich in eine Haschischpfeife verwandelte. Ich wachte wieder auf. Es war zehn Uhr morgens. Neben mir stand ein kaltes Frühstück, und die Wärter waren wieder abgelöst worden. Ich stand auf und ging ins Bad, wusch mich mit kaltem Wasser. Dann setzte ich mich ins Bett und schrieb Andrew einen Brief, in dem ich ihm die Situation erklärte. Ich gab ihn einem der Wärter und versuchte ihm zu sagen, daß er ihn dem Direktor geben sollte, damit der ihn Andrew gab. Ich wußte nie, ob die Wärter mich verstanden oder nicht.

Den ganzen Tag über befand ich mich in diesem Schwebezustand. Manchmal fand ich mich an der Decke wieder, manchmal schaute ich vom Boden aus zu mir hoch. Keiner kam, die Tür war abgeschlossen, der Boden war noch immer voller Glas, schmutzige Laken lagen auf einem Haufen. Eine neue Schwester kam, um Fieber zu messen und mir meine Medizin zu geben. Sie hatte Angst vor mir und wollte nicht reden. Ich schlief wieder, es war entsetzlich heiß. Sechs Uhr. Ich wollte die Nachrichten im Fernsehen anstellen, dann fiel mir ein, wo ich war. Die Wärter wurden abgelöst. Alberto war wieder da. Er schaute herein und zeigte auf die Tabletts mit dem unberührten Essen und die schmutzigen Laken. Er hielt sich die Nase zu. Ich schlief wieder, in nebligen Dämpfen ging ich neben meiner Mutter. Sie hatte ein langes weißes Kleid an, ihr Haar war ganz weiß, sie hatte Connies Augenfarbe. Ich bat sie um Vergebung. Sie sprach auf jiddisch zu mir, ich glitt weg. Ich erwachte, nahm aus Connies Hand Medizin. Sie fütterte mich mit Eiscreme von Adolfo, der vor meiner Zelle stand und lächelte. Sie war sanft. Am nächsten Tag war das Zimmer eine einzige Schweinerei. Überall flogen Tabletts herum. Der kleine Wärter saß vor der Zelle an einem Tisch. Seine Füße reichten nicht bis zum Boden. Er schlug ein altes Tuch auf, das duftende Tortillas enthielt. Er rieb sich fröhlich die kleinen Hände, freute sich am Leben und am Essen. Ich holte mein Wörterbuch hervor und suchte mir das Wort für sauber heraus. Es heißt *limpia*. Ich sagte zu ihm: »*No limpia aqui, no limpia.*« Damit brachte ich ihn aus der Fassung; er sprang auf und lächelte mir zu. »*Doctor Cardoza, doctor Cardoza*«, bettelte ich. Er sah mich mitfühlend an und ließ sein Essen stehen. Fünfzehn Minuten später kam er mit Dr. Cardoza zurück. »Doktor, herrscht hier keine Hygiene?« fragte ich. »Niemand macht mein Zimmer sauber oder trägt die schmutzigen Tabletts weg. Ich habe solche Angst. Muß ich sterben?« Er war streng, sagte aber nicht viel. »Ich werde dafür sorgen, daß ein Junge täglich Ihre Zelle reinigt. Ich werde den Küchenfrauen sagen, daß sie die Tabletts wegnehmen. Sie haben Angst vor Ihnen, einer Kriminellen. Nein, sterben werden Sie nicht. Typhus ist allerdings eine ernste Angelegenheit. Es wird eine Weile dauern, bis Sie sich davon erholt haben.« Er ging und sagte dem Wärter, daß jemand kommen würde, um im Zimmer aufzuräumen. Der kleine Wärter lächelte und sagte respektvoll »*sí, sí*«. Der Doktor ging und kam zehn Minuten später mit einem linkischen Jungen zurück. Er hatte dünne, gelbliche Haut, straff zurückgekämmtes, fettiges Haar, vorstehende Zähne, einen schütteren Schnurrbart und ein Lächeln, sanft wie der Regen; er hieß Salvatore. Er war von jetzt ab dafür verantwortlich, daß in meinem Zimmer täglich abgestaubt und gekehrt, daß der Fußboden und das Bad geputzt wurden. Als er mich ansah, wußte ich, daß er ein Freund war und an mich glaubte. Wenn Sprachbarrieren vor dir auftauchen, ist es nicht schwer, Augen und Handbewegungen lesen zu lernen.

Er begann sehr sorgfältig, das Glas aus meinem Zimmer zu fegen, hob sachte das Bett an, fegte auch da, ging unter alle Stühle und Koffer. Er hatte das schläfrige, resignierte Lächeln der armen Mexikaner, und ich hätte gerne gewußt, wie alt er war und ob er gerne trank und tanzte. Dann brachte Dr. Cardoza ein sehr dürres, dunkles, schmächtiges Hühnchen namens Juanita an; ich mußte Frauen dieses Namens anziehen. Sie trug die gelbe Tracht der Lernschwestern, Salvatore das himmelblaue Jackett des Wartungspersonals. Sie lächelten einander zu, aber sie hatte Angst vor mir, hob rasch die Tabletts auf und verschwand. Dr. Cardoza blieb, um sich nach meinem Befinden zu erkundigen. Der kleine Wärter stand in der Türöffnung stramm, schielte sehnsüchtig auf sein Essen, interessierte sich aber für alles, was vor sich ging. Dr. Cardoza sagte mir, daß ich laut Anweisung jeden Tag eingeschlossen zu bleiben hatte. Die Tür ließe sich unter keinen Umständen öffnen. Ich war ein Häftling, das wußte ich sehr gut. Ich wollte das Thema wechseln, so fragte ich: »Doktor, wie kommt es, daß ein intelligenter Mann wie Jaime im Gefängnis eingesperrt ist? Warum können Sie ihn nicht hierbehalten?« – »Wir hatten ihn hier«, antwortete der Arzt, »und deshalb ist alles Glas zerbrochen, Susan. Er ist ein katatonischer Schizophrener. Er ist ein sehr intelligenter Mann, aber er muß jeden Tag seine Medizin nehmen. Wenn er einen seiner Anfälle bekommt, fängt er an zu trinken und vergißt seine Medizin; dann wird er unkontrollierbar. Weil er mit mir zusammen studiert hat, lassen wir ihn in der Klinik in Guadalajara behandeln, wo er Schocktherapie bekommt. Das scheint zu helfen.« Ich war gegen Schocktherapie, weil ich so viel Negatives darüber gelesen hatte, daß sie zum Beispiel den Bewußtseinszustand des Patienten verändert und ihn demütigt. »Können Sie ihm denn nichts anderes geben oder eine andere Therapie anwenden?« sagte ich zu Dr. Cardoza. »Wie wäre es mit Chemotherapie?« Dr. Cardoza sah mich an. »Wo haben Sie studiert?« »Vier Jahre lang war ich an der Universität Wisconsin, mein Diplom machte ich in Jerusalem.« – »Und Sie lesen viel, Susan, das sehe ich an den Büchern hier.« – »Ja, ich schreibe auch gerne, und wenn Sie Gelegenheit haben, könnten Sie mir bitte alte *Times*- oder *Newsweek*-Hefte bringen?« – »Ja, das will ich tun.« Er wandte sich zur Tür, fragte dann aber beim Gehen: »Wie kann ein anständiges Mädchen nur in eine solche Sache hineingeraten?« Und ich dachte, aha, es hat gewirkt. Er war beeindruckt von meiner Intelligenz und meinem menschlichen Mitgefühl, und obwohl das alles stimmte, mußte ich mir trotzdem die Hucke vollügen und die Unschuldige spielen, um Sympathie zu gewinnen. Meine Lage zwang mich zu einer Haltung, in der ich Unschuld vortäuschen mußte. Und obwohl ich wußte, daß ich Andrew niemals verraten würde, fragte ich mich, wie sehr ich mich selbst würde verraten müssen. Ich war all der Lügen so müde. Und die Lügen, die mich herausholten, würden noch viel schlimmer sein als die Lügen, die mich hineingebracht hatten.

Der kleine Wärter schloß mich ein und setzte sich zum Essen. Als ich aufwachte, brachte die kleine Juanita mir mein Tablett und meine Medizin, die ihr offenbar die Schwester gegeben hatte. Die Luft war sehr still. Ich lächelte sie ruhig an, und sie huschte hinaus. Die Wärter wurden abgelöst. Das Zimmer war weiß, ich war ganz allein in dieser sauberen Zelle, in meinem weißen Gewand, in weißen Laken mit meiner blassen weißen Haut. Ich kam mir wirklich vor wie in der Heilanstalt; dazu trug wohl auch die Einzelhaft bei. Ich schrieb wieder einen Brief an Andrew, war aber sehr viel vorsichtiger mit dem, was ich sagte. Ich hatte so ein Gefühl, daß die Ärzte ihn lesen könnten, ehe er Andrew erreichte. Ich fragte mich, welches Datum wir hatten und wußte plötzlich, daß in zwei Tagen der 18. Juni war, Andrews Geburtstag. Bevor ich das Gefängnis verließ, hatte ich Ernesto hundert Pesos gegeben, damit er Andrew eine silberne Halskette besorgte, außerdem hatte ich mit einem der Häftlinge, dessen Vater Bäcker war, arrangiert, daß Andrew einen Kuchen bekam. Die Feier würde ich verpassen. Ich wußte, daß er für unsere Verhaftung nichts konnte. Ich überlegte mir, wie schwer es sein mußte, ein Mann zu sein. Andrew hatte im Grunde nicht genug Zutrauen zu sich selbst, um es mit arbeiten zu versuchen. So kam ihm das Schmuggeln ganz gelegen. Ich schrieb ihm, daß ich ihn verstand; und bei mir dachte ich, daß ich nie mehr ein solches Leben würde führen können. Ich wünschte ihm einen schönen Geburtstag, was mir ziemlich ironisch vorkam. Schöne neunundzwanzig Jahre voller Unproduktivität und *dope,* Baby. Ich beendete den Brief und rief Alberto herbei. Er kam nur widerwillig. Ich gab ihm den Brief und auch einen an Ernesto, in dem ich fragte, ob alles in Ordnung sei. Alberto war in meiner Nähe sehr nervös.

Ich setzte mich aufs Bett und hielt mir den Kopf, müde von der Anstrengung, klar zu denken. Mir war heiß und kalt zugleich, und ich döste wieder weg. Um zehn Uhr wachte ich auf. Vor meiner Zelle herrschte ein gewaltiger Tumult. Im Gang brannte Licht, offenbar war Albertos Sergeant gekommen, um nachzusehen, ob alles in Ordnung sei. Connie kam herein, um Fieber zu messen; alles klang wie durch einen Lautsprecher. »Susan, weit aufmachen, weit, weit, okay, okay.« Als ich wieder zu mir kam, war es Morgen, und die dritte Wärterschicht war da. Die Männer, die zu einem so wesentlichen Bestandteil meines Lebens werden sollten, trugen Khakiuniformen und -mützen. Dann begann die tägliche Routine. Juanita brachte gegen acht mein Frühstück, um zehn wurde Salvatore hereingelassen, mit seinem schläfrigen Lächeln und seinen Besen. Ich trat hinaus auf den Balkon, aber die Hitze war mir zu stark. Die Schwester kam herein, um das Bett neu zu beziehen und mir ein frisches Nachthemd zu geben. Schließlich gingen sie alle, und ich legte mich erschöpft aufs Bett. Plötzlich tauchte der Wärter mit einem sonderbaren kleinen Mann auf. Er hatte einen blonden Bürstenschnitt, graue Schweinsäuglein, trug einen schwarzen Anzug mit schlabbrigen Hosen und ein gestärktes weißes Hemd, seine Krawatte sah aus wie ein Schnürsenkel. Er war Amerikaner. Mit einem Schlag versetzte er mich zurück in die unechte, superverfeinerte Atmosphäre von New York, Pittsburgh, Brooks Brothers, Bergdorf's, das herrliche Leben mit Mundspray und Deodorant, Zwiebelgeruch verboten, blassen Gesichtern mit ausdrucksvollen Augen, direkt von Revlon. Während der Wärter aufschloß, fing er an zu reden, und ich setzte mich auf. »Susan, ich bin der amerikanische Konsul aus Tijuana.« Ich setzte mich rascher auf und stieg aus dem Bett, um ihm die Hand zu geben. »Nein, nein, fassen Sie mich nicht an.« Er hob die Hände hoch über den Kopf und wiederholte: »Rühren Sie mich nicht an. Sie können alles Mögliche haben.« Der Wärter war sehr aufmerksam, brachte dem Mann einen Stuhl, schloß ihn ein und stand an der Tür Wache. »So, Susan, ich habe nicht viel Zeit. Es ist sehr wahrscheinlich, daß Sie mindestens fünfzehn Jahre hier im Gefängnis verbringen müssen. Na, na, hier ist es nicht so schlimm. Ich komme gerade von Ihren Kameraden. Sie lassen schöne Grüße ausrichten. Andrew hat mir diese Zeitschrift für Sie mitgegeben. Bitte, meine Liebste, hauchen Sie mich nicht an.« Er rückte den Schnürsenkel um seinen Hals zurecht. Ich konnte das einfach nicht glauben. »Offenbar haben Sie einen guten Anwalt. Das Krankenhaus hier ist nicht so schlecht, ich habe schon sehr viel Schlimmeres gesehen. Tja, meine Liebste, fünfzehn Jahre sind doch nicht so schlimm, oder?« Und er ließ dieses hinterhältige Lächeln los. »Wir Amerikaner können uns über Ihr Mißgeschick nicht den Kopf zerbrechen. Das ist Ihr Problem. Sollten Sie jedoch«, er stand auf, um zu gehen, »irgend etwas benötigen, dann lassen Sie es mich nur wissen.« Er rief auf spanisch nach dem Wärter, und ehe ich mich versah, war er verschwunden. Und wie sollte ich ihn erreichen, wenn ich noch nicht einmal seinen Namen wußte? Der amerikanische Konsul, was für ein Scheißhaufen, weshalb war er überhaupt gekommen? Das erfuhr ich nie. Nachdem er gegangen war, fühlte ich mich unendlich traurig, meine Hoffnung auf einen Erfolg der Berufungsverhandlung in Hermosillo war verflogen. Ich setzte mich in dieser gottverlassenen Zelle aufs Bett und weinte. Während ich weinte und mich selbst bemitleidete, ging die Tür auf; es war mein Arzt. Er sagte mir, der Bluttest wiese auf Anämie, Typhus, eine Niereninfektion und eine Blaseninfektion hin, und er müsse noch einmal nach der Zyste sehen. Dann ging er wieder. Ich saß da und weinte, nicht vor Angst, sondern vor Einsamkeit und Verzweiflung. Kein Andrew, keine Nachricht von meinen Eltern und ein miserabler Gesundheitszustand. Was will man mehr?

Um sechs Uhr wurden die Wärter wieder abgelöst. Ich hoffte, daß mein kleiner Freund, der lustige dicke Wärter, sich sehen lassen würde, und er kam auch. Mit seinen kurzen Stoppelhaaren, dem hellen, struppigen Schnurrbart, seinem Beutel Essen und seiner winzigen Pistole. Der andere Wärter, sein Partner, saß im Gang. Mein dicker Freund, Francisco, wie auf seinem Namensschild stand, zog seinen Stuhl heran und sagte mit einer Stimme, die typisch für kleine Männer und viele Mexikaner ist: »*Buenas noches, Susana.*« Ich fing an zu lachen, seine nasale Stimme klang so ernsthaft. Er pflanzte seine kleine Gestalt auf einen Stuhl direkt vor meiner Zelle und zog ein Comic-Heft hervor. Er begann zu lesen, steckte sich eine Zigarette an, seine kurzen, dicken, ach-so-sauberen Fingerchen schnippten die Asche auf den Boden, wo er sie mit dem Fuß zertreten wollte, sie aber nicht erreichen konnte. Ich tat so, als sähe ich das nicht. Weil ich nichts anderes zu tun hatte, stellte ich das Radio an. Offenbar war gerade spanisch-englische Stunde, in der sie Amerikanern Spanisch beibrachten. Ich stellte es lauter, hoffte, ein oder zwei Wörter zu lernen. Die Krankheit und die drastische Veränderung in meinem Tagesablauf hatten meinen spanischen Selbstunterricht unterbrochen. Francisco saß vor der Zelle und rauchte. Der Lehrer sprach spanisch, zu schnell für mich; auch das Englisch war schnell. Ich saß still da und hörte zu. »*Buenas noches, señores y señoritas.*« Dann die unvermeidliche Antwort: »*Buenas noches.*« So abgeleiert das auch klang, man weiß nie, was man dabei lernen kann. Die Lektionen liefen allerdings schon seit Wochen und waren weit über »wie geht's?« hinaus fortgeschritten. Sie redeten von der Sonne, glaubte ich jedenfalls. Ich versuchte zu antworten, kam aber nicht mit. Francisco fing an zu lachen, ich wurde sauer. Ich hätte gerne gewußt, wie weit *er* in Englisch gekommen wäre. Sie erwähnten ein Wort, bei dem ich wirklich nicht mitkam, »*árbol*«. Ich sagte es dem Sprecher nach: »*Árbol.*« Mit der Betonung kam ich gleich hin, Francisco hatte sein Comic-Heft hingelegt und zeigte sich interessiert. Ich wiederholte: »*Árbol*«, konnte aber nichts damit anfangen. Plötzlich ließ Francisco sein Comic-Heft fallen und rannte in den Gang. Auf seinen kleinen Stummelbeinchen kam er wieder zurückgefegt, hatte ein anderes Comic-Heft in der Hand, seine kleinen Hände blätterten es durch, sein Gesicht war gerötet, sein Atem ging kurz, »Susana, Susana«, er rief mich an die Zellentür. Ich reagierte nicht, was konnte er schon wollen? Er rief erneut, ich glitt aus dem Bett und ging hinüber zur Tür. Er deutete aufgeregt auf ein Bild in seinem Comic-Heft. Es war ein Baum mit schwarzem Stamm und grünen Blättern. Na und? dachte ich. Immer wieder sagte er: »*Árbol, Susana, árbol.*« Er war so aufgeregt, daß ich anfing zu lachen. Und dann funkte es bei mir, der liebe kleine Mann versuchte, mir Spanisch beizubringen, auf seine Weise, nämlich durch Comic-Hefte. *Árbol* bedeutete Baum, und er zeigte mir einen Baum. Ich schaute ihn an und sagte: »*Árbol*«, er lachte, wir beide lachten, und während die Wörter aus dem Radio kamen, blätterte er seine Comics durch und zeigte mir die Bedeutung, *árbol,* Baum, *sol,* Sonne, *estrella,* Stern, gestikulierte und deutete unentwegt mit seinen quadratischen Händen. Schließlich war die Lektion zu Ende, und ich hatte unendlich viel mehr gelernt als nur ein paar Wörter. Ich hatte gelernt, daß die Situation nicht zählt, solange jemand da ist, der sich um dich kümmert. Francisco war stolz und glücklich, ich war gerührt. Er war ein Mann, dem es an Körpergröße, ganz bestimmt aber nicht an menschlichem Mitgefühl fehlte. Ich sagte das Wort für Freund, »*amigo*«, und er lächelte, ich sah, wie er sich eine Träne aus dem Auge wischte. Einen Augenblick lang fühlte ich mich so schuldig, dieser Mann würde mir auch helfen, wenn er mich für schuldig hielt, und dann wurde mir klar, daß er mir immer helfen würde. Wir konnten uns gar nicht richtig darüber freuen, denn Dr. Cardoza, der im Laufschritt den Gang entlangkam, unterbrach uns. Francisco machte die Fliege, stopfte rasch seine Comics in seinen Essensbeutel und stand auf. Dr. Cardoza sagte in raschem Spanisch etwas zu ihm, worauf er die Zelle aufschloß. Dr. Cardoza wies mich an, schnell mit Francisco zu kommen, in seinem Büro wären meine Eltern am Telefon. Mein Herz begann so wild zu schlagen, daß ich es kaum aushalten konnte.

Francisco nahm mich bei der Hand, fast zerrte er mich den Gang entlang zum Büro. Als ich den Hörer aufhob, konnte ich nur Störungen hören, starke Störungen. Die Büros des Krankenhauses hatten Klimaanlagen. Seit ich am Meer gewesen war, hatte ich nicht mehr solch kühle Luft gespürt. Francisco stand vor dem Büro, wischte sich die Stirn und überprüfte die Gänge nach möglichen Bedrohungen. Wo waren meine Eltern? Plötzlich hörte ich: »Susan, ich bin's, Mami – kannst du mich hören?« Das konnte ich kaum. »*Honey,* wir wissen, wie krank du bist, Ernesto hat Manuel in Mexiko angerufen und er uns, wir wissen nicht, ob dieser Draht in Ordnung ist, aber versuche, so lange wie möglich im Krankenhaus zu bleiben. Wir kommen in ein paar Tagen runter, bleib, wo du bist, tu so, als wärst du jetzt krank.«

Offensichtlich hatte sie wirklich keine Ahnung, was Typhus bedeutete. »Hör zu, Susan, Gonzales taugt nichts, wir kommen mit einem neuen Anwalt von Manuel, halte dich von Andrew fern, schreib' ihm kein Wort, hast du mich verstanden? Ernesto hat Manuel gesagt, daß du ihm noch immer schreibst« (dieser schleimige Mistkerl), »also halte dich fern, dieser neue Anwalt meint, es wäre nicht gut für dich. Wir erklären dir alles, wenn wir zu dir kommen, Susan.« Klick, weg war sie. Mir blieben Sprache und Gedanken weg. Wie konnte ich nicht an Andrew schreiben? Ich würde total allein sein, ich liebte ihn doch. Ich fühlte mich absolut elend und verlassen. Franciso bemerkte es und lächelte, als er mich zurück zur Zelle brachte. Aber mir konnte im Moment niemand helfen. Mir war sehr heiß, mein Herz schlug schnell. Ich brach auf dem Bett zusammen. Francisco verschwand, als die Schwester kam, um mir meine Medizin zu geben. Diesmal kam eine neue Schwester mit Connie. Sie schien älter zu sein und hatte eine Nadel anstecken, sie war eine wirkliche und wahrhaftige, staatlich geprüfte Krankenschwester, die mir eine Spritze geben wollte. Ich drehte mich auf die Seite, sie verpaßte mir die Injektion. Ich schlief ein und träumte von Andrew. Er war hinter Gittern, und ich versuchte, ihn herauszuziehen; er kam nicht durch. Er war so dünn, sein Arm war so lang. Ich rutschte weg. Ich mußte den ganzen nächsten Tag und Abend verschlafen haben. Ich erinnere mich, daß Salvatore mein Zimmer saubermachte. Mr. Castro, Manuels Freund, tauchte auf mysteriöse Weise auf und brachte mir Eis. Ich schlief weiter. Tags darauf, oder am Tag nach dem Tag des Anrufs, bekam ich ein Stück Kuchen von Andrew, via Francisco und Adolfo, die es bei mir ablieferten. Es war der Bananenkuchen mit Schokoladenguß, den ich bei dem Vater des Häftlings bestellt hatte. In dem Brief stand, daß die Party am 18. Juni, zu Andrews Geburtstag, ein Riesenerfolg gewesen war. Er fand die Kette schön, den Kuchen gut, am allerliebsten aber hatte er mich. Mir wurde schlecht. Wie sollte ich ihm beibringen, daß ich ihm nicht mehr schreiben konnte? Ich aß den Kuchen und spürte den Knastgeschmack im Mund.

Wenn all das, was meine Eltern mir gesagt hatten, stimmte, war der Richter höchst mißtrauisch, weil ich immer noch mit Andrew in Verbindung stand. Er dachte, sie alle dachten, daß ich, als unschuldiges weibliches Opfer, das in einer von Männern beherrschten Gesellschaft funktionierte, empört sein müßte, weil mein Liebhaber, Beschützer, Mann mich in Gefahr gebracht hatte. Also würde ich ihr Spiel mitmachen müssen, um Sympathien zu sammeln. Ich schrieb ihm, vielleicht nicht mit einem schlechten Gewissen, aber mit inneren

Visionen von all den komplizierten Gesetzen, denen dieses Spiel gehorchte. Ich war sicher, daß der Brief dem *comandante*, dem B. A. und dem Richter vorgelesen werden würde. Ich war noch immer zuversichtlich, daß Andrew jede Andeutung verstehen würde. Und so schrieb ich ihm, er hätte mich im Stich gelassen, an seinem Geburtstag, und daß ich ihn nicht mehr liebte. Ich arbeitete allen direkt in die Hände. Ich hatte das Gefühl, als wären alle Alternativen aus meinem Leben verschwunden. Ich schrieb ihm, daß ich wüßte, er verstehe meine Motive und Gründe, unergründlich wie Schlünde, gehorchend dem Gesetz, pfffetz. Kein Mexikaner würde ›pfffetz‹ verstehen, subtil setzte ich das Spiel mit den Wörtern ein, ich, die ich englische Literatur im Hauptfach studiert hatte, und gab ihm zu verstehen, daß jeder mich wegen der Beziehung für schuldig hielt, und ich wüßte, daß er, der treu war, mich verstehen würde. Plötzlich erkannte ich die Lage, in der er sich befand und die Bürde, die er würde auf sich nehmen müssen, und am liebsten hätte ich gesagt: Hör mal, heute bleibe ich bei dir. Aber ich mußte meinen eigenen Arsch decken, wie üblich, menschliche Natur, menschliche Misere. Aber ich würde dafür sorgen, daß ich ihm niemals wehtun mußte. Unter den Brief zeichnete ich eine Rose, die ihm sagen würde, daß mein Herz bei ihm war.

Ich beendete den Brief und fragte mich, wer ihn zustellen würde, brauchte mich aber nicht lange darum zu sorgen: an meiner Zellentür stand Gonzales, eskortiert von Francisco. Seit einer Woche hatte er mich nicht mehr besucht. Er kam herein mit einem fetten, schleimigen Grinsen im Gesicht, seinen wohlmanikürten Fingernägeln und seinen neuen Jacketkronen. Er setzte sich neben mich und sagte: »Ach, arme Susana, so krank. Ich bringe Nachricht, Andrew und Ted geht es gut. Wenn es Ihnen besser geht, können Sie zu Andrew besuchen kommen.« Insgeheim wunderte ich mich, weshalb er mir das sagte, wo er doch wußte, daß es meine Chance, glaubwürdig zu erscheinen, gefährdete. Schöner Anwalt. Er zog seine Hosen hoch und fuhr fort: »Alles geht gut, ich verspreche, Sie raus« (ha, von wegen, hatte er mir nicht gesagt, ich würde nur zweiundsiebzig Stunden drinbleiben?), »und ich habe in Hermosillo gute Beziehungen für Berufung. Ich bin sehr wichtiger Mann. So, jetzt brauche ich mehr Geld vom Vater für gehen nach Hermosillo, wann kommt er?« – »Ich glaube, bald«, sagte ich. »Tja, Susana«, jetzt puhlte er an seinen Kronen herum, »Sie brauchen nichts?« Er senkte die Stimme, Francisco spitzte die Ohren, um jedes Wort mitzubekommen. »Ich cleverer Mann. Sie Chefin, ich weiß. Mafia-Lady. Kein Problem. Ich helfe.« Am liebsten hätte ich ihn auf den Rüssel gehauen, er versuchte auf seine hinterlistige Art, sich einzuschmeicheln. Selbstbeherrschung, Susan, übe ein bißchen. Alles, was ich sagte, war: »Ich will Andrew nicht mehr sehen. Er ist schlecht. Geben Sie ihm diesen Brief.« – »Ja, er ist sehr schlecht«, stimmte er zu. »Aber Sie lieben ihn doch.« Ich sagte: »Nein, Mann, und vielen Dank.« Er ging rechts von der Bühne ab, den Brief zwischen seine Schwitzfinger geklemmt. Ich wußte, daß er ihn persönlich beim *comandante* abliefern würde. Ein Schleicher wie wir alle. Ich wußte, daß er Geld nehmen und so tun würde, als leistete er etwas dafür. Er versuchte nicht einmal, mich zu schützen. Ein neuer Anwalt mußte her.

Nach all diesen geistigen Anstrengungen fühlte ich mich wieder benommen. Die Wärter wurden abgelöst, mein Abendessen kam, ich gab es den Wärtern. Meine Spritze kam, ich hielt die andere Hüfte hin. Ich schlief ein. Als ich aufwachte, war ich naß geschwitzt, und im Gang brannte Licht. Ich ging ins Bad und übergab mich. Zwei Wärter sprachen schnell miteinander, ich sah genauer hin und stellte fest, daß vier bewaffnete *federales* im Gang waren. Sie kamen näher, was war los? Wollten die mich etwa erschießen? Na und wenn schon, alles war so bizarr geworden. Statt dessen hockten sie sich vor der Zelle in den Gang und glotzten mich an. Was wollten die hier? Jetzt wurde ich von sechs Leuten bewacht. Ich fluchte in meinem beschränkten Spanisch und beschloß, mehr zu lernen. Ich fragte mich, ob ich etwas unternehmen sollte. Ich betete um eine Antwort. Dann schrieb ich einen Brief an den *comandante,* in dem ich anfragte, was eigentlich vorging. Glaubte er vielleicht, ich wollte abhauen? Ich gab ihn einem der *federales,* wußte ganz genau, daß Ernesto ihn übersetzen würde. Das ganze Ding wurde mir langsam zu melodramatisch. Ich döste weg, und als ich aufwachte, war Dr. Cardoza bei mir, im Licht der Morgendämmerung, und ich fragte ihn, was eigentlich los sei. Er sagte, soviel er wüßte, hätten die Zeitungen an diesem Morgen einen Artikel gebracht, in dem stand, daß ich versuchte auszubrechen, daß ich die Chefin des Rings sei. Ich wußte instinktiv, daß Gonzales dieses Gerücht in die Welt gesetzt hatte. Dr. Cardoza hatte mir gesagt, daß Gonzales für die Zeitung arbeitete. Ich war stinksauer, aber was soll's, was konnte ich schon machen? Im Gang marschierten die Wärter auf und ab.

Im Laufe der nächsten paar Tage aß ich immer weniger. Von Andrew kam keine Antwort, mein Blutdruck, der zweimal täglich gemessen wurde, ging auf 190 hoch. Nachts bewachten bewaffnete *federales* mich wie die Falken. Sie waren mir alle zuwider. Wie konnten sie nur glauben, daß ich versuchte, auszubrechen? Noch immer keine Nachricht vom *comandante.* Ich war benommen und verwirrt, hatte Fieber, lachte nur mit Francisco. Jeden Tag trompeteten die Zeitungen meine angeblichen Ausbruchsversuche aus, und Gonzales ward nimmermehr gesehen.

15

Nur Francisco brachte mir Licht. Er sprach von Marihuana und erzählte mir, daß er sich antörnte. Er versicherte mir, daß meine Eltern mich retten würden. Die Ärzte sagten mir, ich sei völlig entkräftet und könne nicht zurück ins Gefängnis. Gonzales ließ sich nicht mehr sehen. Bald würden wir Juli haben. Manuel rief mich aus Mexico City an, meine Eltern würden am nächsten Tag runterkommen. Jetzt war ich also schon eine Woche im Krankenhaus und über einen Monat im Gefängnis. Mein Arzt sagte mir, wie krank ich sei, er meinte, ich hätte genug Krankheiten für das gesamte Hospital. Zum ersten Mal in meinem Leben war ich zu dünn. Ich konnte nicht zunehmen, und der Arzt machte sich wegen meiner Anämie Sorgen. So gaben sie mir fünfzehn Tage lang zweimal täglich Vitaminspritzen. Die Lernschwestern spritzten nicht besonders gut, da sie sehr wenig Erfahrung hatten. Connie kam mit einem Blechtablett in ihren dicken Händen den Gang entlang. Die Nadel für meine Injektion war allen Bakterien der Luft ausgesetzt, dazu dem Schmutz auf dem Tablett. Ich versuchte, ihr meine Ansichten über Hygiene klarzumachen, aber davon wollte sie nichts wissen. Wenn sie bei meiner Zelle angelangt war, schloß der diensthabende Wärter die Tür auf und trat aus Anstandsgründen auf den Gang. Dann drehte Connie mich auf die Seite, zog mein kurzes Krankenhaushemdchen hoch und rammte mir diese riesige Nadel in die Hüfte. Ich versuchte, ihr und den anderen Mädchen, die morgens um sechs in die Zelle kamen, zu zeigen, wie man eine Injektion richtig setzt, aber niemand hörte mir zu. So ertrug ich die Schmerzen und sah zu, wie meine Hüften schwarz vor Blutergüssen wurden.

Zu den Privilegierten, für die die Wärter die Zelle aufschlossen, gehörte Salvatore. Jeden Morgen gegen zehn kam er mit seinen Eimern und Mops anmarschiert. Seine himmelblaue Jacke war immer makellos sauber, sein Lächeln breit. Jeden Morgen hieß es: »*Buenos dias, Susana.*« Ich ließ das Radio laufen, und er putzte und pfiff. Gleichzeitig kamen die Schwestern, um die Laken zu wechseln und mir ein frisches Nachthemd zu bringen. Irgendwie mußte ich in der Wäscherei einen Freund gewonnen haben. Statt des langen, wenig schmeichelhaften Gewandes schickte man mir jetzt immer ein kleines Minihemd. Im Grunde war das keine große Sache, aber eine nette Geste. In regelmäßigen Abständen kam Dr. Cardoza mit einem Nachrichtenmagazin bei mir vorbei und unterhielt sich mit mir über meinen alten Freund Jaime. Ich schrieb einen Brief an Jaime, in dem ich ihm sagte, er solle keine Angst haben, ich malte Bilder von Regenbögen und Schmetterlingen darauf. Dr. Cardoza schnitt Artikel aus Magazinen aus, ich ebenso. Meine handelten von den schädlichen Nebenwirkungen der Schocktherapie, seine Artikel traten für die Schocktherapie ein. So ging unsere Debatte weiter. Ich machte mir Sorgen um Andrew, und ob er meinen Brief verstanden hatte; der *comandante* jedenfalls schien die Epistel begriffen zu haben und hatte, wie ich es vermutete, jedem erzählt, daß ich mit Andrew fertig war. Zumindest wußten alle Wärter darüber Bescheid, und meine Welt bestand vorwiegend aus ihnen. Ich bat um die Genehmigung, daß Ernesto mich in meiner Zelle besuchen kam, damit ich ihm Nachrichten für Andrew geben konnte, aber es war besser, daß ich diese Gelegenheit nicht bekam, denn man konnte ihm nicht trauen.

Die Tage waren unendlich heiß, drückend schwül und still. Meine einzige Abwechslung in der täglichen Einsamkeit waren die Reinemacher, Schwestern und Wärter. Manchmal hatte ich wirklich das Gefühl, den Verstand zu verlieren, weiß gekleidet, in einer weißen Zelle, mit weißer Hitze, und die Leerräume meiner Tage wurden nur von weißglühenden Reflexionen der Sonne ausgefüllt. Es gab wirklich niemanden, mit dem ich reden konnte. Ich konnte niemandem trauen, jeder war zu sehr auf Anerkennung und Lob aus, und mich anzuschwärzen würde gewiß Lob einbringen. Ich ging in meiner Zelle auf und ab; mein Blutdruck war sehr hoch. Ich fühlte mich so einsam und dennoch auf eine gewisse Weise vollständig. Ich war verwirrt. Ich hätte es nicht fertiggebracht, Andrew zu sagen, daß ich begonnen hatte, ihm für meine Schwäche die Schuld zuzuschieben.

Nachts bewachten mich bewaffnete *federales*, entweder, um jemanden draußen zu halten oder um dafür zu sorgen, daß ich drin blieb; bisher hatte ich keine Ahnung, weshalb sie da waren. Und die ganze Zeit über brachten die Zeitungen Artikel über meinen Fluchtversuch, den Fluchtplan, den die *gringita* arrangiert hatte. Dr. Cardoza meinte gelegentlich, daß Gonzales die Artikel schrieb, wenn ich aber nachhakte, sagte er, das sei nur ein Gerücht. Mein Typhus besserte sich, obwohl mein Fieber gelegentlich auf vierzig stieg. Im allgemeinen aber hatte ich weniger das Gefühl, in einer schalldichten Fieberblase zu leben.

Vieles änderte sich. Ich wurde zunehmend freundlicher zu meinen Wärtern. Ich erzählte allen, daß meine Eltern bald kommen würden. An dem Abend, an dem Manuel anrief, um mir die Ankunft meiner Eltern anzukündigen, passierten zwei Dinge. Ich erhielt ein Telegramm von ihnen, in dem sie mir mitteilten, daß sie zwei Tage später kommen würden. Wie gewöhnlich ging alles in Mexiko durcheinander. Dann kam ein neuer Befehl vom *comandante,* der besagte, daß statt der zwei Wärter, die mich im Moment jeweils zwölf Stunden lang bewachten, jetzt nur noch einer da sein würde. In mancher Hinsicht wurden sie nachsichtiger mit mir. Ich hoffte, daß von den Wärterpaaren jeweils derjenige bleiben würde, der mir freundlicher gesonnen war. An diesem Nachmittag kam Alberto allein, um mich zu bewachen. Wir gingen freundlicher miteinander um, er hatte sich für diesen ›romantischen‹ Abend entschuldigt, an dem er versucht hatte, mich zusammen mit ihm und Juanita ins Bett zu zwingen. Als mein Spanisch sich mit seiner, Franciscos und Thomas' Hilfe besserte, begann ich, seine Persönlichkeit besser zu verstehen. Er versuchte, mir in einfachem Spanisch zu erklären, daß für ihn alle Tage gleich waren, der langweilige Polizeidienst, dazu kein Geld und keine Hoffnung auf Besserung. Es gab kein Geld für Kleider oder zusätzliche Lebensmittel. Es gab keine Hoffnung für die Zukunft seiner Kinder. Langsam begann ich, die Verzweiflung dieser armen Leute zu verstehen. Diese Unterhaltungen erforderten endlose Stunden, unendliche Geduld und grenzenloses Interesse am anderen als einem menschlichen Wesen. In seiner beigen Uniform, mit seinen dichten schwarzen Haaren und tiefliegenden Augen, bemühte er sich, mir das Leben in Mexiko zu erklären, die Hitze und Niedergeschlagenheit, die Langeweile. Er erzählte mir auch von seiner Frau und seinen zwei Kindern, wie sehr ihm die Tortillas zum Halse heraushingen, und seinen Sauftouren, um der Langeweile zu entkommen. Ich versuchte, ihn auf spanisch zu fragen, weshalb er nichts unternahm, um sein Los zu bessern, weshalb er sich nicht eine Stelle als Kellner in einem Hotel suchte; die Bezahlung war besser, die Chancen größer, und die Touristen würden Abwechslung in die Eintönigkeit bringen. Alberto dachte über die Idee nach und fand dann einen Grund, nichts zu unternehmen. Er hatte Angst, zu versagen. Der Mensch bestimmt sein Schicksal selbst, Alberto.

Eines Tages entschuldigte er sich nach einem unserer Gespräche für ein paar Minuten und kam dann zurück. Er sagte, er hätte telefoniert, und wenn er sich für einen Hoteljob qualifizieren wollte, müßte er nur Englisch lernen; ob ich ihm helfen würde? Ich hätte am liebsten gelacht, setzte mich aber mit meinem treuen Wörterbuch hin und machte eine Liste aller spanischen Wörter, die ich kannte, dazu der Wörter, die in Hotels gebraucht werden. Dann schrieb ich die englischen Entsprechungen daneben, faltete das Papier längs zusammen und machte ein Spiel aus dem Erraten der richtigen Übersetzung der spanischen Wörter. Alberto war begeistert; wir mußten seine ganze Zwölf-Stunden-Schicht lang geredet haben, und ich dankte Gott für diesen Mann, dazu für Francisco und Thomas, die mich von mir ablenkten. Alberto strahlte, wenn ich ihn auf spanisch nach »*mañana*« fragte und seine englische Antwort stockend kam: »*Tu-mar-ah.*« Ganz besonders gut gefiel ihm »*I love you*«. Nachdem ich diesen Grad von Nähe und geteilter Einsamkeit mit Alberto erreicht hatte, versuchte ich ihn zu fragen, weshalb ich nachts von zwei *federales* mit Maschinenpistolen bewacht werden mußte. Plötzlich brach unsere Kommunikation ab, er verstand mich nicht. Nein, Susana, er wußte nichts, und auf Wiedersehen. Schließlich, nachdem ich wütend geworden war, sagte er mir, soweit ich ihn verstehen konnte, daß er wirklich keine Ahnung hatte. Er war nur ein kleiner Polizist, ihm sagte keiner etwas. Es wurde sechs, Alberto ging mit seiner Liste, und den Gang entlang, stolz wie ein Pfau, mit glänzendem Haar, frisch polierter kleiner Pistole und makelloser Uniform, kam Francisco stolziert. Diesmal war er so komisch, daß ich ihn auslachte. Er holte ein kleines rotweißes Tuch hervor und wischte sich die Stirn. »*Mucho calor*«, was »sehr heiß« bedeutete. Das wiederholte er mehrere Male. Ich stimmte zu. Dann setzte er sich direkt vor die Zellentür, zog eine Zigarette heraus, steckte sie an und fragte mich, wie ich mich fühlte. Seit langer Zeit war er der erste Mensch, der mich danach gefragt hatte. Ich erklärte Francisco, der mein Spanisch besser verstand als jeder andere, wie einsam ich mich fühlte, wie nervös der bevorstehende Besuch meiner Eltern mich machte, wie arg verwirrt ich war. Ich wollte ihm sagen, daß ich Sehnsucht nach Andrew hatte, befürchtete aber, daß er es dem *comandante* weitersagen könnte. Ich wollte ihm vertrauen, brachte es aber nicht fertig. Als er mich aber fragte, ob ich mich nach Andrew sehnte, nickte ich. Der Tag war anstrengend für mich gewesen, ich hatte keine Siesta gehalten, und so schlief ich nach dem Abendessen, das aus Bananen und Grapefruitsaft bestand,ein.

Als ich aufwachte, sah ich zwei kleine Mädchen mit nackten Füßen und Pferdeschwänzen, die Francisco sein Abendessen brachten. Das waren seine entzückenden Töchter, kleine Engel, die einander glichen wie ein Ei dem anderen in ihren verblichenen Kleidern, die nach Chlorox rochen. Er stellte sie mir vor, ich gab ihnen durch die Gitterstäbe die Hand, und sie kicherten das obligate Kleinmädchenkichern. Er gab jeder einen Centavo, was einem Zwölfteldollar entsprach, und sie rannten den Gang entlang. Francisco bot mir höflich etwas von seinem Essen an, kalte Tortilla mit scharfer roter Pfeffersoße. Ich lehnte höflich ab; so weit war ich noch nicht. Ich fragte Francisco, wieviel Kinder er hätte, er sagte neun, meinte dann aber, vielleicht zehn oder dreizehn, er war nicht ganz sicher, wir lachten. Die Schwester kam, um mir meine Spritze zu geben, Francisco schloß ihr die Zelle auf und trat auf den Gang. Als er zurückkam, stellten wir das Radio an, um die Spanischlektion zu hören.

An diesem Abend ging es in der Lektion um das Bepflanzen eines Gartens. Genau das, was ich in meiner Lage wissen mußte! Klein-Francisco sprang von seinem Stuhl und tat so, als würde er den Boden umgraben, dann versuchte er, das Aufblühen einer Blume und das Sinken der Sonne nachzuahmen. Ich lachte Tränen. Schließlich kam mein Doktor, maß meine Temperatur, die hoch war, gab mir meine Medizin und fragte mich, ob ich Schwierigkeiten beim Einschlafen hätte. Als ich das bejahte, bestellte er Schlaftabletten für mich. Ich nahm eine, sagte Francisco gute Nacht und schlief ein. Als ich aufwachte, war Thomas da, der strengste meiner drei Lieblingswärter. Er war sehr freundlich, aber zurückhaltend und nicht an Witzen oder einer persönlichen Unterhaltung interessiert. Später brachte er mir Kartenspiele bei. Während wir dasaßen, ich in meinem sauberen Krankenhausnachthemd, schwitzend und ins Leere starrend, Thomas auf seinem harten Stuhl, hörte ich einen Pfiff und die Schritte von drei oder vier Personen den Gang entlangkommen. Es war der traditionelle Pfiff der Familie Nadler, den mein Vater immer ausgestoßen hatte, wenn er heimkam, und den auch wir Kinder zu verschiedenen Anlässen gepfiffen hatten. Meine Eltern waren angekommen! Ich dachte mir, daß sie wahrscheinlich Manuel und den neuen Anwalt mitgebracht hatten. Es war der 4. Juli, Unabhängigkeitstag, ein gutes Zeichen, wie ich hoffte. Thomas stand kerzengerade auf, und um die Ecke bogen meine Eltern.

Meine Mutter sah spanisch aus, schön und tränenreich, in Schwarz gekleidet. Mein Vater wirkte müde, sein rosa Brooks-Brothers-Hemd hatte die heißeste Farbe, die mir seit meinem Krankenhausaufenthalt begegnet war. Er sah imposant aus und schien meine Mutter zu stützen. Hinter ihnen kamen zwei Männer, einer von ihnen war Manuel, mein Retter, Held, mexikanischer Pate. Der andere war ein kleiner, kräftig gebauter Mann; später bezeichnete er sich als kleinen Marlon Brando. All das, alle diese Einzelbilder, flimmerten vor meinen Augen wie alte kinematographische Filme, ein Bild nach dem anderen, nur daß ich eine Spule zurück war und nicht auf das gegenwärtige Bild reagierte, sondern auf das, was vor fünf Minuten gelaufen war. Thomas wurde ziemlich nervös und wollte niemanden in meine Zelle lassen. Ich war in Einzelhaft, durfte also keine Besucher empfangen. Er konnte nicht wissen, daß dies meine Eltern und Anwälte waren. Man glaubte noch immer, daß ich einen Ausbruch plante. Ich bemühte mich, Thomas zu erklären, daß er mir als Freund trauen mußte. Gewöhnlich wirken Emotionen, wenn alles andere versagt. Thomas sah Manuel an, der sehr blond und hellhäutig aussah und einen leichten Sommeranzug trug. Thomas glaubte, Manuel sei mein Vater. Er machte eine Handbewegung, Manuel und meine Mutter sollten hereinkommen, worauf Manuel lachte und ihm auf spanisch erklärte, wer er war und wer der kleine Marlon Brando war – nämlich mein Anwalt. Dann stellte er ihm meinen Vater vor. Er selbst sei anwesend, erklärte er, weil er ein Freund der Familie und der Dolmetscher für den Anwalt sei. Solange ich in Schwierigkeiten war, vom ersten Augenblick, in dem ich ihn kennengelernt, bis zum letzten Tag, an dem ich ihn sah, fand ich, daß Manuel ein ganz ungewöhnlicher Mensch war. Er hatte auf ein Wort von den Freunden meines Vaters hin sein Haus verlassen und von meinen Eltern über seine Unkosten hinaus keinen einzigen Cent verlangt. Er hatte sich sozusagen dem Kampf um meine Freiheit verschrieben. Solchen Menschen begegnet man nur selten. Er war ein Idealist, der nicht so sehr an meine Unschuld als vielmehr an die Unschuld meiner Familie glaubte. Er war der Ansicht, daß Leute von der Stellung und Integrität meiner Eltern nicht unter dem unentschuldbaren Fehler ihrer Tochter zu leiden brauchten.

Ich fragte mich oft, was aus all den jungen Amerikanern wird, deren Eltern nicht das Geld haben, sich die besten Strafverteidiger des Landes zu leisten, die nicht zu ihren Kindern fliegen und ihnen beistehen können, den Richter besuchen und die Chemiker bestechen, damit die Analyse schneller geht, den Doktor dazu überreden, ihr Kind im Krankenhaus zu behalten. Ich hatte in diesem Augenblick sehr wenig Hoffnung, einer Gefängnisstrafe von siebenundzwanzig Jahren zu entgehen, aber irgendwie hatte ich doch immer das Gefühl gehabt, daß meine Eltern mich retten würden. Ich hatte nicht nur Drogen genommen, um mir meine Ansichten so zurechtzubiegen, wie es mir paßte, sondern hatte zudem geglaubt, unter besonderem Schutz zu stehen, hatte mir nie ernsthafte Gedanken über mein Leben gemacht, weil meine Eltern alle Entscheidungen für mich getroffen hatten. Besser als alles andere wußte ich, daß sie mich nur aus Liebe auf diese besondere Weise erzogen hatten, niemals in der Absicht, mir wehzutun. Ich war so überrascht über diese Gedanken, die mir an diesem heißen Morgen beim Anblick der Tränen meiner Mutter und angesichts der Beherrschung meines Vaters zum ersten Mal durch den Kopf gingen. Ich war so verletzlich, so geschlagen, daß ich auf alles gehört hätte, was sie mir sagten. Aus irgendeinem Grund wurde mein Kopf klarer, ich glaubte an das, was ich dachte. Zum ersten Mal in meinem Leben sah ich meine Eltern als zwei Menschen, die sich alle Mühe gegeben hatten, das zu tun, was gut für mich war, über der Anstrengung aber versäumten, mich zwischen Recht und Unrecht wählen zu lassen. Und dennoch wurde mir in dieser unglaublichen Lage klar, daß ich wieder von ihnen abhängig sein würde, weil meine Rettung von ihnen abhing. Oh, befreit mich!

Wohin würde sie mich bringen, diese Abhängigkeit von ihnen, die sie mich aus meinen Schwierigkeiten herausholten? Alle redeten gleichzeitig, und ich versuchte, den Anschluß an die Spule, die gerade lief, zu finden. Meine Mutter drängte mir die Elizabeth-Arden-Cremes auf, die sie mir mein ganzes Leben lang gegeben hatte, sagte mir, ich müsse immer auf meine Haut aufpassen – sie hätte eher dafür sorgen sollen, daß ich das tat, aber in einer anderen Beziehung. Außerdem gab sie mir einen BH, ausgerechnet, lebt wohl, ihr heftbepflasterten Brustwarzen.

Die nächsten zwei Stunden sind meiner Erinnerung unauslöschlich eingeprägt als die angespanntesten, die ich seit der Verhaftung durchgestanden hatte. Manuel stellte mich meinem neuen Verteidiger vor, seinem persönlichen Freund und besten Strafverteidiger von Mexico City. Ich fragte ihn, *Señor* Icaza, welches Tierkreiszeichen er hätte, er sah leicht überrascht aus, dieser auf eine ruppige Art gutaussehende, offensichtliche Männlichkeitsfanatiker, und antwortete in gebrochenem Englisch: »Widder, Widder wie Sie, Susan, wild, verrückt, und jetzt wir arbeiten.« Dann erklärte er, Gonzales sei ein schrecklicher (sic) Anwalt, und daß er, Joe Icaza, beim Richter Berufung für eine Neuverhandlung in La Paz einlegen würde. Gonzales hatte gesagt, das sei unmöglich. Für Joe war nichts unmöglich. Er gab mir einen Riesenstoß Papiere, die sich als das Protokoll meiner Vernehmung durch den B. A. entpuppten, ins Englische übersetzt. Es ging um vier Anklagepunkte, die Joe (er bestand darauf, daß ich ihn Joe nannte) in irrem Tempo mit mir durchging: 1. Besitz; 2. Einfuhr; 3. Transport; 4. Erwerb. Sie sollten mir eine Höchststrafe von siebenundzwanzig Jahren einbringen. Er sagte mir, ich müsse mir darüber im klaren sein, daß er mich auf legale Weise freibekommen wollte, nicht durch Tricks, damit ich nie ein ungutes Gefühl über meine Freilassung haben konnte. Ich nehme an, daß er von seinem eigenen Gewissen sprach, denn er war sehr gegen Drogen. Er würde vor Gericht beweisen, daß ich erstens des Besitzes nicht schuldig sein konnte, weil die Sendung nicht auf meinen Namen lief und das Haschisch nicht sichtbar war, bevor der Schrank aufgebrochen wurde; zweitens, daß ich der Einfuhr nicht schuldig sein konnte, weil ich die Sendung weder selbst eingeführt noch Vorkehrungen dazu getroffen hatte oder hatte treffen lassen; drittens, daß ich den Lastwagen, mit dem der Schrank zu meiner Wohnung gebracht worden war, nicht selbst gesteuert (hier brauchte er Zeugen, die Polizisten, die uns beobachtet hatten) und auch nicht mitgeholfen hatte, die Sendung die Treppen hoch in meine Wohnung zu tragen; und daß ich viertens das Haschisch nicht erworben hatte, und hier mußte der Aero-Cargo-Mann, der das Telegramm abgegeben hatte, bezeugen, daß ich das Telegramm nicht in Empfang genommen hatte.

Als wir das hinter uns hatten, schnaufte Joe; er war angespannt, seine runden, glänzenden Augen versuchten, in mein Innerstes einzudringen. Ich sperrte ihn aus. Ich war seine Klientin, die Wahrheit würde er nie erfahren. Er ordnete jetzt alle seine Papiere wieder ein, um zum Richter zu gehen und um eine Neuverhandlung zu bitten. Unterwegs wollte er bei meinem Arzt hereinschauen und ihn bitten, mich so lange wie möglich im Krankenhaus zu lassen. Außerdem machte er mir klar, daß ich mich unter keinen Umständen mit Andrew in Verbindung setzen dürfte, es würde mir schaden. Joe wollte, daß meine Eltern ihn begleiteten, die Art und Weise, in der er seine Erklärungen abgab, war verwirrend: »Ich will mir gehen«, hieß, er wollte, daß sie gingen, und »ich will du gehen«, hieß, daß er gehen wollte. Er wollte also, daß alle gingen, damit er dem Richter meine Familie vorstellen konnte; er sollte sich selbst überzeugen, daß ich nicht aus einer Mafia-Familie stammte. Später stellte sich heraus, daß der Richter nie so recht glauben wollte, daß meine Eltern wirklich meine Eltern waren; er meinte, ich sei in meiner Art viel zu kriminell, um aus einer solchen Familie zu kommen. Alles rannte wieder hinaus, Joe und meine Eltern zum Amtszimmer des Richters, Manuel zum Hotel, um sich davon zu überzeugen, daß alles seine Ordnung hatte. Bevor sie gingen, bemerkten meine Eltern hastig, wie außerordentlich dünn ich sei (das ist kein Witz, Mama, ich hatte Typhus), und daß sie mir das Abendessen bringen würden. *Good-bye* und viel Glück. Am liebsten wäre ich aufgestanden und hätte salutiert, als sie gingen – eine merkwürdige Reaktion.

Mit diesem Tag begann eine zweiwöchige, verrückte Periode, in der ich mich von den Einzelheiten der Situation zu lösen begann. Ich trat sozusagen neben mich und sah mich selbst als Produkt der sagenhaften Sechziger, aus reicher, verwöhnter Familie, eine drogenverwirrte Frau, die zusammen mit ihrer Familie von einem sechsjährigen *high* runterkam, wo die Wahrheit ein lang verlorener Freund war und die Unwirklichkeit beibehalten wurde, damit man niemandem wehtat. Und da saß ich nun, verhaftet in La Paz, damit beschäftigt, mein wirkliches Ich zu vergessen und gerade erst am Anfang des Versuches, zu ergründen wo und wer ich war. Ich war allein, umgeben von ehrlichen, guten Menschen, die versuchten, mich aus dem Gefängnis herauszuholen, und ich war schuldig. Wenn ich aber schuldig war, dann geschah es mir doch recht, wenn ich im Gefängnis bleiben mußte? Und wenn ich schuldig war und die Menschen so gut und ehrlich, weshalb versuchten sie dann, mich herauszuholen?

An diesem Abend kamen meine Eltern mit Joe und Manuel zurück. Dienst hatte Alberto, der sehr aufgeregt war, weil er seine Englisch-Lektion gelernt hatte und eine Unterhaltung mit meinen Eltern wagen wollte. Die Nachricht, daß meine Eltern angekommen waren, hatte sich schon in der Stadt verbreitet, und die so familienbewußten Mexikaner waren sehr beeindruckt. Vielleicht war ich ja doch nicht so schlecht, wenn meine Eltern mich besuchen kamen. Und dieser Reichtum! Alberto erzählte mir, alle Polizisten bedauerten, nicht im Hospital Dienst tun zu können, als würde wie durch einen Zauber das Geld meiner Eltern auf sie abfärben und ihre Pesos in Gold verwandeln. Meine treue Schar kam an mit einem vollständigen Menü aus dem Hotel, in dem sie wohnte. Es bestand aus Steak, Salat, gegrilltem Gemüse, Brot, Obst und Kuchen. Ich war nicht sicher, ob ich würde essen können, wollte es aber ernsthaft versuchen. Während ich aß, sagte mir mein Anwalt, es sei fast sicher, so sicher wie etwas in Mexiko sein kann, daß meine Neuverhandlung in drei Tagen stattfinden würde.

Ich hörte auf zu essen – ich konnte das einfach nicht glauben. Plötzlich konnte ich wieder hoffen. Dann durchzuckte mich die schmerzliche Erkenntnis, daß ich Andrew bei der Verhandlung wiedersehen würde, und die Trauer um meine verlorene Liebe wurde in mir wach. Ich drängte sie zurück, jetzt war nicht der Zeitpunkt, sich damit zu befassen. Mein Vater, gepflegt und sauber in Weiß, sagte mir, daß sie den Richter besucht hätten. Er wollte nicht glauben, daß sie meine Eltern waren; sie hatten ihn jedoch schließlich überzeugen können. Es war ein erfolgreicher Tag gewesen. Dann landete mein Anwalt seinen Coup – aus seiner Aktentasche holte er einen Hefter voller Briefe, die meine Eltern auf Joes ausdrücklichen Wunsch hin gesammelt hatten, nur für den Fall, daß sie vielleicht gebraucht würden. Die Briefe waren Empfehlungsschreiben über meinen Charakter. Mir blieb das Essen im Hals stecken. Das waren Briefe von meinen Sonntagsschullehrerinnen, in denen stand, daß ich ein braves Mädchen gewesen war, Briefe von meinen Lehrern aus der *high school,* die mir Aufrichtigkeit und Intelligenz attestierten, Briefe von Rabbis, dem Polizeipräsidenten, Richtern vom Obersten Bundesgericht, prominenten Bürgern, die alle von meinem Anwalt als Charakterreferenzen verwendet werden sollten. Mein Vater hatte die Verfasser angesprochen, um seine Tochter zu retten.

Ich sah ihm in die Augen und weinte; wir blickten uns an, und ich wußte, was er durchgestanden hatte. Jeder Brief war persönlich zum mexikanischen Konsulat in Philadelphia getragen und ins Spanische übersetzt worden, unterschrieben, versiegelt und zur amerikanischen Botschaft in Mexico City geschickt, wo die Briefe bestätigt, beglaubigt, abgestempelt und anerkannt wurden. Die Stunden und die Hingabe... Einer der Anklagepunkte, von denen der Richter sich ungünstig beeindruckt fühlte, waren die winzigen ›Hasch‹-Tabletten, die bei mir gefunden wurden und die er in einem örtlichen Laboratorium hatte analysieren lassen. In Wirklichkeit waren diese Tabletten Innerclean, ein pflanzliches Abführmittel für neurotische Naturkost-Freaks wie mich. Mein Vater hatte den Direktor der Firma angerufen, einen achtzigjährigen Mann jüdischer Abstammung, und ihm die Situation erklärt. Er war höchst verständnisvoll gewesen und hatte meinem Vater einen Brief an den Richter mitgegeben, in dem er die genaue Zusammensetzung der Pillen angab, nach Prozentsätzen aufgeschlüsselt. Inzwischen waren die Tabletten zu einem Laboratorium in Mexico City gesandt worden, um noch einmal analysiert zu werden. Fünfhundert Dollar für Manuels und Joes Flugtickets, meine

Arztrechnungen, Ferngespräche zu mir, Anwaltsgebühren für Gonzales, Anwaltsgebühren für Joe.

Mein Vater erklärte mir an diesem Abend, daß man Gonzales den Fall nicht entziehen werde, weil es in Mexiko langsam und auf vielen Ebenen korrupt zugehe und weder Manuel noch Joe jemals erfahren würden, ob Gonzales dem Richter Unwahrheiten über mich erzählte. So mußten sie ihn doch tatsächlich mit viertausend Dollar bei Laune halten und seine Mittagsmahlzeiten mit Joe und seine angeblichen Abendessen mit dem Protokollführer des Richters bezahlen. In einem fremden Land ist man eindeutig im Hintertreffen, man erfährt nie so recht, was eigentlich vorgeht. Mein Nervensystem war überladen mit Informationen und Schuldgefühlen, vor allem mit Schuldgefühlen wegen meiner Eltern, die tief im Innern wußten, daß ich schuldig war, aber andere Leute um Hilfe bitten mußten, als wäre ich unschuldig.

Ich wurde mit Essen überhäuft. Seit über einem Monat hatte ich nicht richtig gegessen. Meine Eltern würden bis zur Neuverhandlung bleiben, und wir würden viel Zeit zum Reden haben, und so rüstete sich alles zum zweiten Mal an diesem Tag geschäftig zum Aufbruch. Meine Mutter zog mit zitternden Händen ihre Lippen nach, mein Vater steckte sein Hemd in die Hose, Joe räumte seine Aktentasche ein. Manuel sprach mit Alberto, niemand sah mir in die Augen. Manuel brach plötzlich in ein Gelächter aus, das den ganzen Gang entlanghallte. »Du meine Güte, Susan, Sie haben also den Wärtern Englisch beigebracht und sie Ihnen Spanisch. Bald werden Sie reden wie ein ganz ordinärer Mexikaner.« Und alle Erwachsenen lachten, und ich sagte: »Diese ganz ordinären Mexikaner, sie schauen mir in die Augen und sehen mein Herz, sie sind solide wie die Erde, sie geben. Sie kümmern sich um mich, sie lehren mich etwas, sie sind gut. Sie kümmern sich um meine Seele. Ich bin ihnen dankbar.« Niemand sagte etwas, plötzlich aber brach Alberto das Schweigen stolz mit seinem neugelernten Englisch; er hob seinen Blick zu mir und erklärte laut und deutlich: *»I lab you.«*

16

Maya, bisher war mein Leben nichts als Maya gewesen, nichts als fließende Phantasien, Sehnsucht nach Dingen, die nicht real sind und dennoch mein Leben? Bin ich zur Askese fähig? Ich bezweifle es ernsthaft – ich will frei sein, morgen bin ich sechs Wochen im Gefängnis, *bastante tiempo* – manchmal glaube ich, daß ich nach Los Angeles gehe, wenn ich frei bin, um dort zu bleiben und meine Musik zu schreiben. Ich bin meinen Eltern eine Menge schuldig, aber ist das mein Glück wert? Ich bin zu alt, um mir sagen zu lassen, was ich zu tun habe.

Die Tage glitten an mir vorbei, wurden heißer und heißer. Ich verbrachte meine Zeit, indem ich mit Alberto und Francisco über die Kleinigkeiten des Lebens lachte und mit meinen Eltern ernste Gespräche über die Ethik des Lebens führte. Meine Mutter war zu diesem Zeitpunkt wirklich zu unlogisch, um etwas Vernünftiges zu sagen, sie wollte lediglich wissen, ob ich meinte, daß sie bei meiner Erziehung einen Fehler gemacht hätte. Da diese Gespräche jedoch schon lange überfällig waren, wollte ich unsere Energie nicht an Diskussionen über die Vergangenheit verschwenden. Es fiel mir verdammt schwer, meinem Vater beizubringen, daß ich Geld in den *deal* investiert und keine Angst gehabt hatte, erwischt zu werden, weil das Gesetz mir nichts bedeutete. Und sie verstanden mich nicht. Wo sind die absoluten Kategorien? Ich begann mich nämlich tief in meinem Innern zu fragen, was ich aus dieser ganzen Geschichte wirklich lernte. Was mich persönlich betraf, lernte ich, daß in meinem Leben eine Änderung notwendig war, denn ich konnte mich nicht länger einfach treiben lassen. Ich mußte meiner Existenz ein Ziel setzen, eine Bedeutung geben, damit ich mich nicht in Situationen brachte, die mein Leben gefährdeten. Ich mußte lernen, zwischen Recht und Disziplin und Unrecht und Bequemlichkeit zu unterscheiden. Wenn ich aber so schnell aus dem Gefängnis kam, was würde ich wirklich lernen? Ich log den B. A. an, meine Anwälte, den Richter, meine Eltern. Die einzigen, die ich nicht anlog, waren Alberto und Francisco, weil es sie nicht interessierte, ob ich schuldig war oder nicht. Sie waren an mir interessiert, weil ich ein menschliches Wesen war, das sich um sie kümmerte und lachen, lernen und ihnen etwas beibringen konnte. So log ich, um meine Schuld zu verbergen. Und dennoch, was war eine schlimmere Lüge?

Sollten mir andere die Freiheit verschaffen, nach der ich mich so unendlich sehnte, die ich aber nicht verdiente, weil ich schuldig war, was die anderen auch wußten? War nicht das der größere Wahnsinn? War das nicht ein weiteres Beispiel dafür, wie ich aus allem mit einem Minimum an Leiden und einem Anruf an Daddy herauskam? Ich wollte nicht im Gefängnis bleiben, wußte aber tief in meinem Inneren, daß ich niemals meine Lebensweise bessern, sondern nur in andere Kanäle leiten würde, wenn ich so leicht davonkam. Aber Gott, hör' nicht auf diese Narretei, hilf mir raus, ich will mich ändern, ich verspreche es, ungeachtet der Tatsache, daß ich so rauskomme, wie ich reingekommen bin, unsicher und wacklig. Wie soll ich jemals für meine Handlungen verantwortlich sein, wenn jemand anderes die Verantwortung für mich übernommen hat? Und mein Morgenlied, mein Schuldbewußtsein vor dem Tag der Verhandlung, wurde unterbrochen von meinem guten Vater und meiner Mutter mit einem Frühstückstablett für ihre Tochter und einem belegten Brötchen für Francisco, ihren kleinen Freund, und gezwungener Liebe und Lächeln für das Kind, das ihr Leben kaputtmachte. Ihnen dicht auf den Fersen und ohne daß sie es wußten, kam, bewacht von vier *federales,* der *comandante.* Als er hereinkam, überraschte er alle so sehr, daß absolutes Schweigen herrschte. Francisco salutierte und stand stramm, meine Mutter sah mich an, als wollte sie fragen, wer dieser Mann sei, mein Vater hielt sich zurück. Der *comandante* sah sich rasch im Raum um, ging auf den Balkon, kam wieder zurück in seiner makellosen grauen Uniform und mit seinen Pistolen. Ich hatte den *comandante* und seine Wildwest-Nummern vergessen oder verdrängt, ich hatte auch das Gefängnis fast vergessen, weil es Realität nur in der Gegenwart gibt. Deshalb ist Zeit den Mexikanern so gleichgültig; sie drängen nicht in die Zukunft, sondern leben für den Augenblick und genießen ihn. Den *comandante* hatte es nicht gedrängt, meinen Brief zu beantworten, er hatte auf den passenden Augenblick gewartet, um die Sache zum Drama hochzuspielen. Und dieser schlaue Mann mit seinen Leibwächtern und seiner finsteren, gewalttätigen Ausstrahlung wußte genau, was er tat. Er machte eine dramatische Pause und fragte dann meine Eltern: »Sie wollen Susan tot oder lebendig?« Heiliger Strohsack, der hatte wohl zu viele Wiederholungen von ›Rauchende Colts‹ gesehen, mein Vater sah meine Mutter an, sie schaute entsetzt zurück, dann sahen beide zu mir, und der *comandante* sagte: »Wenn Sie sie wollen lebendig, dann sie muß gehen zurück in Gefängnis«, und meine Mutter fing an zu weinen, und der *comandante* schaute weg und holte aus seiner Tasche den Brief, in dem ich ihn gefragt hatte, wozu er bewaffnete Wärter brauche, und sagte: »Jemand, Mafia, ruft Hospital an, sagt Susan totmachen, braucht *federales* hier, sie nicht sicher.« Und mein Vater versuchte ihm zu antworten, es käme nicht in Frage, daß ich zurück ins Gefängnis ginge, ich sei auch nicht von der Mafia, und da müsse wohl ein Versehen vorliegen. Was für ein Melodrama! Der verfluchte *comandante* wollte mich im Gefängnis haben, damit er keine Extrawachen im Hospital aufzustellen brauchte. Joe, mein Anwalt, hatte mit dem guten Onkel Doktor gesprochen, und ich wußte, daß ich das Krankenhaus nicht verlassen mußte, zumindest vorerst nicht. Der gute Doktor hatte meine guten Eltern voll und ganz verstanden, es würde schon alles gut werden. Ganz toll, die Wildwest-Nummer, *comandante,* ganz toll, und jetzt leb' wohl. Er versuchte mehrere Male, meinem Vater zu erklären, in welcher Gefahr ich schwebte. Schließlich wurde mir klar, daß der *comandante,* der so wenig zu tun und so viel Energie hatte, ganz gerne ein kleines Melodrama inszenierte. Wirklich passiert, wie ich mir zusammenreimen konnte, war nur, daß irgend ein Amerikaner angekommen war und nach mir gefragt hatte, wahrscheinlich ein Tourist, und der *comandante,* aufs Schlimmste gefaßt, hatte angenommen, daß mich jemand umbringen wollte. Er verschwand in einer Rauchwolke. Wenigstens wußte ich jetzt, weshalb die *federales* mich nachts bewachten. Ich wußte Bescheid, meine Eltern waren aufgeregt, und Franciscos Augen waren groß wie Untertassen. Es wurde zunehmend schwerer, mit der Situation fertig zu werden. Wie sollte ich irgend jemanden respektieren? Wahrscheinlich log der *comandante* oder übertrieb; wir würden es nie erfahren.

Meine Eltern gingen, um sich im Hotel auf die Neuverhandlung vorzubereiten, und ich wurde ganz schön überrascht von einem zweiten Besuch des *comandante,* der kam, um mit mir zu reden. Herrje, einen Monat lang sehe und höre ich nichts von dem Mann, trotz meiner Bitten, und dann kommt er zweimal an einem Tag. Er kam, um sich bei mir für seine SS-Taktik zu entschuldigen und sagte mir, er sei fürchterlich überarbeitet gewesen. Mumpitz, als würde das alles erklären. Wir unterhielten uns jedoch, ich kam mir total unecht und verlogen vor, ich konnte ihn nur beeindrucken, indem ich Unschuld vortäuschte. Glaubt dieser Mann wirklich, daß ich nichts von dem Haschisch wußte? Komischer Mensch. Er sah den *Steppenwolf* auf meinem Bett liegen und sagte mir, daß er ihn auch gelesen hatte. Dann diskutierten wir über die Wahl, vor die der Mensch gestellt ist, und über Gut und Böse. Es war sehr eigenartig, über solche Dinge mit diesem Mann zu sprechen, der für mich einen Sheriff darstellte, und dennoch war seine Intelligenz offensichtlich. Was für ein vielschichtiges Leben er führt. Er ist sensibel, sagt mir aber: »Susana, Sie müssen Respekt vor meinen Männern haben – sie denken, Sensibilität ist, was Sie sagen, für die Weiber, sie verstehen nur *machismo.* Ich versuche, sehr oft ich will weinen, ich muß, um eine Lüge zu leben.« Und ich sah langsam ein, daß viele Menschen Lügen als Lebensweise akzeptieren. Viele Male sah er mich an und sagte: »Warum will jemand Sie töten, Susana, Sie Mafia?« Und ich wußte, daß ich niemals aufrichtig sein konnte, ganz gleich, wie nahe ich mich ihm fühlte. Er ging, ich fühlte mich einer weiteren Illusion beraubt, zack, weg, der *comandante* führte ein Doppelleben. Später schickte er mir Männer, die mich zu meiner Neuverhandlung brachten.

Die Neuverhandlung war scheußlich und ganz gewöhnlich, wie Neuverhandlungen eben so sind. Der gute Onkel Doktor brachte mir eine Valium, damit meine Hände nicht zitterten, meine Mutter brachte mir ein Kleid, damit ich hübsch aussah; die faulen Empfehlungsschreiben sprachen für sich selbst. Der Ventilator kreiste langsam und kraftlos. Ich konnte nicht glauben, daß ich wieder vor Gericht stand, nur waren diesmal meine Eltern da, um mir zuzuschauen. Ich kam mir vor wie unter einem Mikroskop, würde ich jemals rauskommen? Ich wollte aufschreien, ich sei schuldig, und es hinter mich bringen, konnte es aber nicht. Dann sah ich Andrew und wußte, wie ihm zumute war, er würde es nie schaffen, rauszukommen, seine Eltern hatten kein Geld. Andrew sah mich sehnsüchtig an; aber mein Anwalt schlug mich auf den Arm, sobald ich auch nur in seine Richtung zu blicken wagte. Meinen Eltern tat Ted leid, der wahre Sündenbock, aber wer war ich, um an diesem Punkt Schuldsprüche zu fällen? Joe und ich waren die Fragen durchgegangen, von denen wir annahmen, daß sie an diesem Morgen auftauchen würden. Der Richter war noch nicht einmal selbst da. Die dicke Frau hämmerte wie wild auf ihrer Schreibmaschine, als Dolmetscher fungierte Ernesto, der mir insgeheim versicherte, daß er meine Haltung verstand. Nacheinander wurden die Punkte, die zu meinen Gunsten sprachen, aufgeführt. Der Aero-Cargo-Mann sagte aus, daß ich niemals auf- und abgesprungen war und Andrew geküßt hatte, als er das Telegramm ablieferte, wie er beim ersten Mal ausgesagt hatte. Er log natürlich auch. Meine Eltern hatten am Abend zuvor mit ihm gesprochen. Dann kam ein Brief von meinem Arzt, der besagte, daß ich aller Wahrscheinlichkeit nach an dem Tag, als die Sendung ankam, bereits Typhus gehabt hatte und daher das Land nicht verlassen wollte, um in L. A. *connections* zu machen, sondern nur, um einen Arzt aufzusuchen. Ich erfuhr nie, ob ich nun Typhus gehabt hatte oder nicht, wußte aber an diesem Punkt, daß alle logen. Alle *federales* sagten einer nach dem anderen aus, daß ich den Schrank nie berührt hatte, und ich nickte, hatte vor Hitze und Valium den Kopf auf der Schulter hängen. Alles lächelte mich aufmunternd an. Anlaß zum Lachen an diesem Tag (überschattet von Nebel und Tränen) bot nur das Sermönchen, das Joe über Innerclean hielt, er erklärte dem B. A. und dem Protokollführer, was es mit pflanzlichen Abführmitteln auf sich hatte. Alle Männer mußten über diese zwielichtige Vulgarität kichern, derweil Ted und ich die ganze darmträge Welt verfluchten. Ich versuchte, Andrew meine Gefühle zu übermitteln, wußte aber, daß ich ihn irgendwo wirklich im Stich gelassen hatte, weil ich mit meiner Familie zusammenarbeitete, indirekt also gegen ihn, nur damit ich gut dastand. Eine weitere Lüge, Weinen, neue Verwirrung, aber Andrew verstand das Spiel gut und warf mir eine Kußhand zu. Ich begegnete dem Kuß mit einer Umarmung in der Luft, die nirgendwo hinging. Und dann war die Verhandlung vorbei, mein Vater zog seine Krawatte aus, meine Mutter ließ ihre Perlen los. Noch einmal hatte der Richter achtundvierzig Stunden Zeit, um über meine Schuld oder Unschuld zu entscheiden. Joe machte ihm klar, daß er nur mein Anwalt war und mit Andrew und Ted nichts zu tun hatte. Die *federales* fuhren mich zurück ins Krankenhaus, hielten unterwegs an, um mir ein Eis zu kaufen.

Als ich zurück ins Krankenhaus kam, wartete Francisco mit einem Geschenk für mich, frisch gebackenen Tortillas von seiner Frau und zwei Avocados. Er fragte mich, wie es gegangen sei und spielte mit, als ich ihm sagte, wie schlecht Andrew doch sei. Ich wußte, daß ihm das egal war, er wünschte sich nur, daß ich freikam. Während wir gemeinsam unser gutes Essen verspeisten, versuchte er mir klarzumachen, daß meine Eltern und ihr Geld mich herausholen würden, keine Sorge, Geld bringt alles zuwege. Ich sagte ihm, der Richter sei nicht käuflich – Joe hatte sich bereits erkundigt –, aber er schüttelte den Kopf und sagte, die Zeit würde alles heilen. Wenn ich herauskommen sollte, käme ich auch heraus. Und wir lachten die dürre Juanita aus, die mir ein spätes Mittagessen brachte, Bohnen und Kartoffeln. Francisco flirtete mit ihr, und als ich sie um zwei Marmeladengläser und ein paar Zahnstocher bat, sah sie verdutzt aus, aber Francisco sagte: »*Sí, Juanita, ella está bene.*« Sie brachte sie mir, ich nahm zwei Avocadosamen von Francisco, goß Wasser in die Gläser und steckte drei Zahnstocher in jeden Samen, damit sie im Wasser blieben. Ich stellte meine kleinen Pflanzen auf den Vorderbalkon, in die Sonne, wo sie wachsen und stark werden würden, wie Francisco. Sie sollten ihm gehören, für das Essen, die Wahrheit und die Freundschaft, die er mir gab. Er wurde sehr verlegen, als ich ihm das sagte, griff aber nach meiner Hand und hielt sie fest. Ich zog meinen Ring aus alten Zeiten ab, zwei verschlungene silberne Hände, und gab ihn ihm. Er lächelte. (Inzwischen schlossen weder er noch Alberto mich ein, sondern setzten sich vor die offene Zelle und paßten auf mich auf.) Dann ging ich ins Bad, zog mich aus, schlüpfte in mein Krankenhaushemdchen und legte mich ins Bett. Ich schlief gut. Verschwunden waren die Lügen und Ängste, denn ich begann, mich in das Schicksal zu fügen, das mir auferlegt worden war. Vielleicht war dies das einzige, was ich lernen würde.

Die Antwort, oder der Spruch des Richters, war »schuldig«. Schuldig noch immer, oder immer noch schuldig, oder schon immer gewesen und auch weiterhin für diesen Richter in seinem Gerichtssaal in La Paz. Es war eine gewaltige Niederlage für meine Eltern, ein Hinweis auf die Zukunft für mich und nur eine kleine Verzögerung für Joe, der an mexikanische Gerichte gewöhnt war. Meine Hoffnungen begannen zu schwinden, vielleicht würde ich die Strafe bekommen, die ich von Rechts wegen verdiente und hier siebenundzwanzig Jahre bleiben. Dieser Gedanke legte sich wie ein Alptraum auf meine Brust. Ich hatte schreckliche Angst. Meine Eltern mußten am nächsten Tag abreisen. An diesem Abend hatten wir eine Besprechung mit Joe. Sein nächster Schritt – er würde alles tun, um eine langwierige Berufung in Hermosillo zu vermeiden – war, eine Petition für meine Freilassung einzureichen. Diese Petition würde ein umständliches, schrecklich juristisches Dokument sein, das aufgrund meiner Unschuld und dem Mangel an Beweisen meine Freilassung forderte. Die Petition würde nur mich, nicht Andrew und Ted betreffen, und Joe war sicher, daß seine raffinierte Verteidigung, die alle Anzeichen von Schuld tilgte, meine Eltern und ihre hochanständige Ausstrahlung, meine Loslösung von Andrew, der mir Unrecht angetan hatte, und die Charakterreferenzen den Richter umstimmen würden. Eine raffinierte Verteidigung, die auf trickreiche Weise und über Verfahrensfragen meine Unschuld beweisen sollte, die die Ausstrahlung meiner Eltern benutzte, nicht meine, und meine Loslösung von Andrew (die nicht mein Wunsch war), dazu die faulen Charakterreferenzen. Es war Mitte Juli; die Petition für meine Freilassung würde Mitte August beantwortet werden, ich mußte rund dreieinhalb Wochen warten. Joe steckte seine Papiere weg und sagte meinen Eltern, er würde sich später mit ihnen treffen.

Ein letztes Gespräch mit meinen Eltern. Meine Mutter wurde hysterisch, weil sie ihr Kind zurücklassen mußte, sie wurde richtig wild, versprach mir die Welt, sobald ich frei war. Mein Vater räusperte sich und meinte, ich solle mir keine Sorgen machen, ich hätte das Beste, was man mit Geld kaufen kann. Er ließ mir etwas Geld da. Ich hätte am liebsten gesagt, daß ich jemanden brauchte, der mir aus meinem moralischen Dilemma half. Aber war es nicht an der Zeit, daß ich mich selbst rettete? Im Grunde befürchtete ich, er würde mich nicht mehr unterstützen, wenn ich das sagte, so erklärte ich, wie dankbar ich für seine Hilfe sei, und das verstand er. Er wollte über Manuel in Mexico City Bücher bestellen, zwei hatte er mitgebracht. Ich schaute sie an, mein armer Vater, er hatte die gleichen mitgebracht, die er mir schon einmal gegeben hatte, *The Greening of America* und *The French Lieutenant's Woman.* Ich tat so, als wären sie mir neu.

Nach dem hysterischen Ausbruch meiner Mutter und der vernünftigen Ansprache meines Vaters herrschte Schweigen. Klein-Francisco saß an der Zellentür und beobachtete alles. Plötzlich begann er zu sprechen, ich kann nicht sagen, ob er es nur tat, um das Schweigen zu brechen oder nicht. Ich wurde in die Position des Dolmetschers gedrängt. Den größten Teil seiner Rede richtete er an meinen Vater. Ich übersetze hier, so gut ich kann.

»Susana, sag deinem Vater, manchmal im Leben muß ein Mann sich sagen, daß er es nach besten Kräften versucht hat, und der Rest liegt bei Gott. Sag deinem Vater, daß er sein Bestmöglichstes getan hat. Sag ihm, daß mein Vater starb und noch nicht einmal wußte, daß ich als Mann geboren werden würde.« Dann stand Francisco auf und wölbte seine kleine Brust: »Sag deinem Vater, daß das Leben nicht immer so einfach ist. Sag deinem Vater, daß ich elf, ahhh, dreizehn Kinder habe, und mein ältester Sohn will studieren. Sag deinem Vater, daß ich mir das nicht leisten kann.« Franciscos Stimme wurde brüchig. »Sag deinem Vater, daß ich mir oft wie ein Versager vorkomme, weil ich meinen ältesten Sohn nicht studieren lassen oder meine Tochter nicht auf die Schwesternschule schicken und meine Frau nicht ins Kino führen kann. Aber sag deinem Vater, daß ich trotzdem ein Mann bin, ich weiß, daß Gott versteht, daß auch ich ein Mann bin, auch wenn ich nur von kleiner Statur bin. Sag deinem Vater, daß Kinder nicht alles sind, ach, Susana, ich weiß die Wörter nicht.« Und er setzte sich vor meinen Vater, in seiner winzigen Polizeiuniform, der Schweiß lief ihm übers Gesicht, er wischte sich mit seinem kleinen rotweißen Tuch über die Augenbrauen, während ihm die Tränen über die Wangen kullerten. Und meinem Vater klebte das weiße Hemd am Leib, und er hatte Tränen in den Augen, als er mich bat, Francisco zu sagen, daß er über die Probleme des Lebens Bescheid wüßte, trotzdem den

Morgen freudig begrüßte und tief atmete, aber sich dann wieder geschlagen fühlte, weil er sich mit mir solche Mühe gegeben hatte und ich ihn nicht verstand. Und mein Vater fing an zu weinen, meine Mutter brach in Tränen aus, und dann heulte auch ich los. Dann schliefen wir alle ein, Francisco auf seinem Stuhl, meine Mutter und ich auf dem Bett, mein Vater im Sessel.

In jener Nacht war Francisco nicht da. Dafür kam Alberto mit der Nachricht, daß ich mit meinen Wärtern im Innenhof des Hospitals spazierengehen und mir die Bäume betrachten dürfe. Joes Plan hatte funktioniert, der *comandante* war von meinen Eltern dermaßen beeindruckt, daß er mir fast vertraute. Ich zog mich an, Alberto schloß hinter mir die Zellentür zu, und wir gingen den langen Korridor entlang. Wie oft hatte ich mich nach dieser Luft gesehnt. Als wir aus der Tür traten, duftete die kühle Abendluft wie Parfum, berauschte mich und machte mich benommen. Der Innenhof war voller Bäume, Büsche und Gras. Er war mit einem Zaun umgeben, und als wir den Hof überquerten, sah ich auf der anderen Seite der Straße meine alte Wohnung. Ich erinnerte mich, wie oft ich aus dem Fenster geschaut hatte, total bekifft, Schokoladenpudding gegessen und gedacht hatte, das Hospital sei eine Nervenheilanstalt. Alberto nickte zu meiner Wohnung hin und schüttelte den Kopf, ich schaute weg. Wir gingen zurück ins Hospital. Alberto erklärte mir, wie wichtig es sei, die Luft zu spüren, denn in der Luft, in den Bäumen lebte die Hoffnung. Er holte zwei Mangos aus seinem Essensbeutel, und wir setzten uns in den Gang und aßen unsere Mangos, zwei Freunde in der Nacht, hörten den jungen Assistenzärzten zu, die einsam am anderen Ende des Korridors dem Mond mit Liebesliedern ein Ständchen brachten. In dieser Nacht war das Leben so süß wie die Mangos. Ich hatte einen Freund, ich war zu Hause. Ich hatte das Gefühl, daß alles richtig war. Wenn ich nur die Wahrheit sagen und frei sein könnte, aber das war mir nicht erlaubt. Wieder überfiel mich die Verzweiflung. Ich ging in meine Zelle und fragte mich, ob es möglich ist, mit der Lüge zu leben und sich dennoch zu ändern.

17

Grüne Erde, grüner Wind, gleißendes Licht. Der Innenhof des Hospitals, die verdorrenden Bananenpflanzen. Ich trage mein weißes Krankenhausgewand, wie ein Geist, durchdrungen von der spanischen Literatur. Da ist so vieles, was ich an diesem goldenen, luftigen Abend sagen möchte, wo alles so märchenhaft aussieht. Aber ich weiß, daß unter dieser Ruhe die Gewalttätigkeit lauert, Blutdurst, Machthunger. Ich frage mich, ob – wie Hemingway sagte – man den Tod nur erkennen kann, indem man Blut trinkt, am frühen Morgen, frisch vom Schlachthaus. Denn hier vermischt sich alles, ist endlos. Wann bin ich frei? Und was tue ich *dann*? Wie lange kann ich in diesem Zustand der Verwirrung verharren, dort draußen in der frischen Luft? Ich muß mir ein Ziel setzen. Ich frage mich... Und so entglitten mir die Tage, wurden zu wunderlich-seltsamen Wochen, und ich fand mich in einer neuen Blase aus Hitze und Untätigkeit. Mein Anwalt hatte eine Petition eingereicht, die meine Freilassung forderte. Der Richter hatte einen Monat Zeit, um über mein Schicksal zu entscheiden. Der Anwalt meinte, die schlagenden Beweise zu meinen Gunsten würden den Richter ganz bestimmt dazu bewegen, mich freizusprechen. Die ganze Prozedur war langwierig, kompliziert und etwas vollkommen Neues für dieses Kleinstadtgericht. Im Laufe der ersten Woche, nachdem die Petition eingereicht worden und meine Eltern und der Anwalt abgereist waren, ließ ich mir einen Sondertermin bei dem Richter geben.

Ich hatte den Eindruck, daß mir das Leben zunehmend schwerer fiel, als ich mich für meinen Termin am Nachmittag mit dem Richter anzog. Ich machte entscheidende Veränderungen in meinem Leben durch, erkannte, daß die Tage, an denen ich mir die Haare unterm Himmel trocknete, wenn ich *high* war, vorbei waren. Ich saß im Gefängnis, und trotz der kleinen Vergünstigungen, die man mir zugestand, wie Spaziergänge im Innenhof und nette Wärter, war ich doch eingesperrt, hatte keine Freiheit, kein Privatleben und keinen Kontakt mit Sonne, Mond und Sternen. Mein größtes Dilemma jedoch war mein eigenes Ich – nicht meine physische Umgebung. Ich wollte ins Amtszimmer des Richters gehen und ihm entgegenschleudern: »Hey, Mann, ich spuck's aus. Ich kenn' den Trip – bleib mir weg mit deinem Recht – ich weiß, ich trocknete mir die Tränen mit *dope*, das führt zu nichts, aber, *Señor*, ich habe mich geändert, ich weiß, was gut ist und was schlecht, ich weiß, was mit den Drogen los ist, sie sind Drogen –

nada más –, und Drogen verkaufen ist schlecht, weil Leuten dabei etwas passieren kann, und so selbstsüchtig bin ich nicht, daß ich Geld kassiere für etwas, für das ich nicht einmal gearbeitet habe. Also, ich hab' mich geändert, laß mich gehen...« Daran dachte ich, als ich unter den neugierigen Blicken der Leute den *federales* durch die Tür und in den Bus folgte, aus dem Hospital und ins Amtszimmer des Richters. Und als ich ihm gegenüberstand, seine kleinen Augen sah, sein zerknittertes Hemd, wußte ich, daß ich ihm niemals, unter keinen Umständen, die Wahrheit sagen konnte. Ich versicherte, daß ich völlig unschuldig sei, ich hätte nur mit Andrew gelebt; ich wußte nicht, was er mit seinem Geld anfing oder wo es herkam. Der Richter nickte und sagte mir, wie sehr viel mehr er mir glaubte, seit er meine Eltern kennengelernt hatte, und was das für gute Leute seien, und ich trieb es auf die Spitze und sagte ihm, ich sei so unschuldig wie frisch gefallener Schnee. Ich sagte ihm, daß ich meine Freiheit brauchte, und er nickte im Takt mit dem Ventilator, der sich in der Hitze endlos langsam drehte, und entgegnete mir, er würde alle Fakten in Betracht ziehen und hoffen, daß alles in Ordnung ginge.

Ich verließ sein Amtszimmer und folgte den *federales* zurück zum Bus. Ich wäre so gerne zum Strand gefahren, aber es ging nicht. Ich wußte, daß die Wärter nicht mitmachen würden, und ehe ich mich versah, war ich wieder im Krankenhaus in der fürchterlichen Hitze, Francisco lächelte eifrig, bedeutete mir, rasch wieder mein Krankenhaushemdchen anzuziehen. Als ich nach dem Umziehen wieder aus dem Bad kam, strahlte Francisco, ich schaute in den Gang und sah zehn Kinder, eine Frau und Berge von Tortillas. Franciscos nußbraune kleine Kinder kamen eines nach dem anderen anmarschiert und gaben mir die Hand – sie rochen alle nach Erde und Chlorox, waren großäugig und voller Phantasie und hatten dunkelbraune, winzige Hände mit sauberen Fingernägeln. Da waren die Zwillinge in kurzen Mickey-Maus-Kleidern und der kleine Junge, ein Kämpfer, zukünftiger *policía*, mit einem blauen Auge, und so weiter, schließlich eine massige, schokoladenbraune Frau mit einem schwarzen Zopf und sanftem Lächeln, die mir zu verstehen gab, daß ich mich setzen sollte, und mir einen Teller mit Tortillas und Fleisch und Gemüse gab, es war würzig und schmeckte göttlich. Francisco stellte das Radio an, Musik erklang, und alle Kinder fingen an zu tanzen, leise, leise, damit niemand auf meine Zelle aufmerksam wurde, immerhin konnte Francisco wegen dieser kleinen Party verhaftet werden. Wir aßen und tanzten und spielten und sangen und aßen. Francisco marschierte herum und führte Aufsicht, stolz wie ein Pfau. Ich wollte diesen Leuten, die mir so viel gegeben hatten, so gerne etwas schenken. Ich schlüpfte in meine Zelle und holte allen möglichen Krimskrams heraus: einen Aufsteckkamm aus Schildpatt für eine Tochter, ein Hemd für einen Sohn, einen Ring für einen anderen, Parfum für die älteste Tochter, die gerade zur Frau wurde, und schließlich, für seine Erdmutter-Frau, gab ich mein Chino-Original-Kleid, weil ich wußte, daß sie sich so etwas niemals würde leisten können. Ich fühlte mich diesen guten Menschen so nahe, diesen freundlichen Menschen, die schläfrig ihre Körbe und Radios und sauberen Leintücher und Kinder an ihren Busen zogen. Sie sagten mir, die Mutter und alle die Kleinen, daß sie jeden Abend für mich beteten, weil sie wußten, daß ich aufrichtig und wahrhaftig sei, und ich gab allen Kindern im Dunkeln einen Abschiedskuß, fühlte mich bis in die Tiefe meines Herzens schuldig für das, was ich war, und das, wofür sie mich hielten. Ich mußte in diesen Tagen oft daran denken, daß ich wahrhaftig sein wollte und es nicht konnte, weil ich lügen mußte, um zu überleben.

Je mehr ich ein Teil des täglichen Einerleis im Krankenhaus wurde, desto mehr begann der *comandante* mir zu vertrauen. So hatte er arrangiert, daß eine Witwe von beachtlicher gesellschaftlicher Stellung mich dreimal pro Woche in meiner Zelle besuchte und mir Spanischunterricht erteilte. Rosa, meine Lehrerin, war nicht nur von Amerika, sondern auch von gesellschaftlichem Rang fasziniert. Sie war der perfekte Snob, hochgewachsen und drall, immer in matronenhaften Kleidern und Nylons. Damenhaft und feinsinnig trat sie in meine Zelle, verzweifelt über meinen Intellekt, mit dem es ihrem Gefühl nach bergab ging. Sie verabscheute mein Straßenspanisch, ohne Konjugationen, das alle armen Leute verstanden. Außerdem schärfte sie mir ein, nicht so auf die Wärter zu hören, die kämen aus der Unterklasse.

Diese unechten Werte wurden mir zunehmend deutlicher, als der August kam, mit verwelktem Salat und geschmolzener Eiscreme. Der Richter konnte jetzt jeden Tag seine Entscheidung treffen. Jede Nacht betete ich um eine Antwort: die Entlassung aus dem Gefängnis – wenn man mich überhaupt entließ –, die Ungewißheit, ob ich mit dem Leben draußen zurechtkommen würde oder nicht, machten mich zunehmend nervöser. Ich war fast drei Monate im Gefängnis gewesen, hatte nur meinen Wärter gehabt, der mit mir über die Erde und die Sterne redete. Nachts führten sie mich im Innenhof des Krankenhauses herum. Dort, in der Kühle der tiefen Nacht, unter mächtigen Bäumen mit fallenden Blättern, berieten wir uns über das menschliche

Schicksal. Und ich fragte mich, ob meine Wandlung nicht zu spät gekommen war. Manchmal schmuggelten Francisco oder Alberto ein paar Biere herein, und wir sahen zu, wie die letzten Alkoholiker am Zaun entlangfielen, oder wir hörten einen Hund die Hähne in den Höfen herumscheuchen oder gelegentlich die einsamen Rufe zweier Katzen, die sich paarten. Und die ganze Zeit über versicherten mir meine Freunde, die Polizisten, bald, Susana, bald bist du draußen. Ich lag wach bis in die frühen Morgenstunden, stellte mir Fragen. Warum hatte ich aufgehört, Andrew zu lieben, warum verstand ich ihn nicht mehr? Ich wollte wieder weglaufen, der Schmerz in meinem Kopf war unerträglich. Was würde ich verlieren, wenn ich an diesem Punkt stürbe? Weißt du, wie lange ich brauchte, um wieder logisch und zusammenhängend zu denken? Ich weiß es auch nicht genau. So verbrachte ich meine Nächte, allein mit der Verzweiflung, die mich verfolgte.

5. August, ich wachte auf und wußte, daß eine tiefgreifende Veränderung stattgefunden hatte, nicht nur in mir, sondern auch in der Natur. In La Paz hatte es immer viele Schmetterlinge gegeben, und während ich längere Zeit in Einsamkeit und Hitze verbrachte, lernte ich, mich an die Schmetterlinge heranzuschleichen, sie mit den Händen einzufangen und durch die Lamellen der Jalousie freizulassen. Als ich an diesem Tag erwachte, sah ich, daß es vor den Korridorfenstern von Schmetterlingen wimmelte. Am Himmel waren buchstäblich Millionen, goldene, orange, grüne, blaue, rotbraune. Es war wie ein Schmetterlingsfestival, mit Vertretern jeder Schmetterlingsfarbe im Spektrum. Ich fragte Salvatore, was der Anlaß sei, und er sagte mir, daß einmal im Jahr, aus Gründen, die ihm unbekannt waren, Millionen von Schmetterlingen in La Paz zusammenkamen, mag sein, um sich zu paaren oder um auf ein Zeichen von Jesus zu warten, das ihnen sagte, wohin sie fliegen und ihre Seelen zur Ruhe bringen sollten. Es war ein wunderschönes Festival. Ich wußte, daß ich jemanden brauchte, der mir sagte, wo *ich* meine Seele zur Ruhe bringen sollte.

Vor einigen Tagen war mein Vater angekommen. Er hatte all seine Zeit mit mir verbracht, für den Fall, daß ich den Verstand verlor, was aber nicht passierte. Zum ersten Mal in meinem Leben sah ich klar. Mein Vater und ich sprachen nicht viel; er fühlte sich unbehaglich bei mir und machte sich Sorgen um seine Integrität, als würde sie durch die ganze Situation aufs Spiel gesetzt. Ich konnte ihm nicht in die Augen sehen. Wir spielten unaufhörlich Karten mit meinen Wärtern, die die Spannung spürten, spielten, um uns von den Problemen abzulenken. Eines Tages hatte mir mein Vater eröffnet, was er wirklich von mir hielt, als er mir sagte: »Du hurst mit dem Leben.« Er fand, daß meine selbstzerstörerische und dekadente Art ihn und meine Mutter in eine unmögliche Situation gebracht hatte. Das stimmte, wie ich wußte; aber seine Situation war zu paradox, um sich lösen zu lassen. Wenn er die Position, niemals jemanden zu bestechen oder zu belügen, beibehielt, konnte ich einfach im Gefängnis verrotten. Wenn der Richter oder der Bezirksstaatsanwalt wüßten, daß ich schon einmal erwischt worden war, weil ich Haschisch nach L.A. geschmuggelt hatte, gab es keine Hoffnung für mich. Ich hatte also außer mir auch meine Eltern in Gefahr gebracht. Es stand ihnen nicht frei, eine philosophische oder moralische Wahl zu treffen. Ich hatte diesen Mann so lieb und sah ihn als Menschen, zum ersten Mal in meinem Leben. Auch mein Anwalt war aus Mexico City hergeflogen, um anwesend zu sein, wenn der Richter seinen Spruch verkündete. Das Bizarre an der Situation war, daß mein Vater angekommen war, um mich »heim«zuholen, ich aber nicht wieder würde heimgehen können. Das Heim, in dem ich aufgewachsen war, blieb hinter mir zurück, als ich nach und nach alle jene sogenannten bürgerlichen Werte zurückwies und mein Leben vertat. Er war da, um mich heimzuholen, falls ich freigelassen wurde. Ich würde also niemals die Wahrheit sagen können. Davon wollte niemand etwas hören.

Mein Vater tauchte gegen elf Uhr auf, gelassen und schick in seinem Sportsakko. Er gab mir einen Kuß, »hallo, Susan«, sehr förmlich, dann zog er sein Jackett aus. »Wie geht es dir?« Verwirrt, hätte ich am liebsten geschrien, sehr verwirrt, wußte aber, daß mein Vater mir sagen würde, daß ich auch allen Grund hätte, verwirrt zu sein, seinen Grund natürlich: warum ich es zum Beispiel so weit hatte mit mir kommen lassen, und warum meine Werte so weit von seinen entfernt waren. Meine Verwirrung jedoch ging sehr weit über das hinaus. Wir führten keine lange Unterhaltung, weil Francisco, in letzter Zeit überglücklich, meinen Vater täglich zu sehen, ihn fragte, ob er dem Gärtner des Krankenhauses beim Reparieren der Berieselungsanlage helfen könnte. Und der alte, dürre, braune, runzlige, bedächtig schreitende Mexikaner, der die Erde liebte und in Braun- und Grautönen gekleidet war, und mein Vater in seinem rosé Hemd, maßgeschneidert von Brooks Brothers, der gewandt vorgehende, erfolgreiche Geschäftsmann, die beiden boten ein so widersprüchliches Bild, als ich ihnen durch die Jalousien im Gang zusah. Drei Schmetterlinge kamen auf die Jalousie zugeflogen, und ich betete darum, daß sie sich nicht versehentlich zwischen den Plastikstreifen hindurch in den drückend heißen Gang wagen würden, der ihnen keinen Ausweg bot. Aber Hitze und Einsamkeit hatten mich langsam und bedächtig werden lassen, die überwältigende Angst und die lange Zeit hatten mich erschöpft und ausgelaugt; so ging ich ruhig auf sie zu, näherte mich ihnen langsam mit gewölbten Händen, meine Hände bildeten eine Art Netz, und ließ diese Schmetterlinge durch die Jalousie-Lamellen ins Freie. Sie flogen hinüber zu dem Gärtner und meinem Vater, die sich bemühten, die Sprachschwierigkeiten zu überwinden. Die beiden redeten mit zum Himmel gerichteten Händen, deuteten damit an, daß es regnen könnte, der Himmel könnte sich öffnen und das kostbare Wasser freigeben. Dann wäre es überflüssig, die Berieselungsanlage anzustellen. Mag sein, *Señor,* daß es regnet. Ich wartete darauf, daß mein Vater deprimiert durch die Krankenhaustüren kam und mit mir und Francisco Gin-Rommé spielte. Francisco und ich hatten zahllose Runden gespielt, und er fand es aufregend, mit meinem Vater zu spielen. Mein Vater setzte sich in den Sessel, den Francisco ihm hastig zurechtgestellt hatte, und wischte sich den Schweiß von der Stirn. Franciscos Polizeiuniform war beige, seine Haut bräunlich, die Hand meines Vaters war kalkweiß, meine Hände fingen wieder an zu zittern. »*Susanita, mucho calor, tu padre no está bien feliz.*« Ich wollte mich bei Francisco bedanken, weil er etwas gesagt hatte, das ich bereits wußte. Ich wußte, wie unglücklich mein Vater war.

Wenn ich mir ins Gedächtnis zurückrief, wie mein Vater mir gesagt hatte, ich hätte mit dem Leben »gehurt«, und wie ich mich bemüht hatte, leise zu sprechen und ihn zu fragen, ob er es denn für besser hielte, Leute zu bestechen, und er mir gesagt hatte, daß er niemanden bestochen hätte, kam ich mir vor wie ein Häuflein Dreck. Und dann bekam ich scheußliche Angst, daß er mir nicht mehr helfen würde, wenn ich seine Werte zu sehr in Frage stellte. Nun mußten wir auf den Spruch des Richters warten, ob ich frei war oder nicht, ob der Petition für meine Freilassung entsprochen worden war. Dann, wie an fast jedem anderen Tag, fiel der Strom aus, der blöde kleine Ventilator blieb stehen, die Zeit beschloß, eine Pause einzulegen.

Mein Anwalt, Freund Joe, kam herein, rotgesichtig und jovial. Das Kartenspiel wurde unterbrochen, Francisco bot Joe nervös seinen Stuhl an, und mein Vater, der kaum jemals rauchte, griff sich eine Zigarette, und Joe schüttelte den Kopf und sagte: »Susan, die Antwort des Richters ist nein – Sie können Ihre Freiheit nicht haben. Aber langsam, ehe Sie hysterisch gehen« (sein Englisch war gerade so wie mein Spanisch), »jetzt ist alles gut, sein nächster Schritt, ich gebe ihm vier Wochen Zeit, nach Gesetz zu beweisen, wie kommt, daß Sie schuldig sind. Und er kann nicht, zack, Sie sind frei. Und er sagt mir, keine Sorge, sie wird frei, sieht jetzt nur schlecht aus, wenn ich sie lasse gehen für Öffentlichkeit, also ein bißchen länger Zeit...« Mir ging es besser, ich hatte genau verstanden, was Joe gesagt hatte. Der Richter machte sich Gedanken darüber, wie er in den Augen der Öffentlichkeit dastehen würde, er wollte nicht den Eindruck erwecken, als wäre er bestochen worden. Und wegen der rechtlichen Schritte, die Joe eingeleitet hatte, mußte jetzt der Richter meine Schuld beweisen. Das würde ihm sehr schwerfallen, da es wirklich keine handfesten Beweise, sondern nur Indizienbeweise gab. Noch ein Monat im Gefängnis, das war nicht so schlimm. Plötzlich aber, er lachte, nachdem er Klein-Francisco in raschem Spanisch erklärt hatte, was vorgefallen war, lehnte Joe sich zurück und sagte: »Nur passiert jetzt noch, Richter schreibt an Zentrale von Interpol, will wissen, ob die haben Akte über Susan, Andrew oder Ted. Prüfen, ob einer von euch Festnahme hat in anderen Ländern wegen Drogen oder so... Aber kein Problem für Sie, Susana, Vater sagt, Sie haben keine andere Sachen. Also, vier Wochen, dann ich bin wieder da. Kein Angst, Susana, alles ist...«

Ich stand auf, ging ins Bad und erbrach mich. Mein Gott, wenn die mexikanische Polizei Erkundigungen anstellte und herausfand, daß man mich in L.A. erwischt hatte, war alles aus. Meine Lügen über meine Unschuld würden keinen Glauben mehr finden, und die Leute, denen ich sie erzählt hatte, wie der Richter, der B.A., der Anwalt, die würden sich wie Deppen vorkommen, wie Gelackte. Alle würden wissen, daß ich schuldig war. Die Tage der Sorge, ob ich es verdiente, aus dem Gefängnis zu kommen oder nicht, würden vorbei sein, denn ich hatte nicht die Wahrheit gesagt, alles würde herauskommen, alle moralischen Entscheidungen würden für mich gefällt werden, bestimmt von anderen Handlungen, die ich begangen hatte. Du kannst nicht in einem Vakuum leben, alles, was du tust, fällt irgendwann auf dich zurück. Ich fühlte mich wie der Steppenwolf, der Hunderte von Zimmern betritt, jedes angefüllt mit mehr Phantasie, mehr Dekadenz und Häßlichkeit. Alle Lügen waren sich gleich, das gleiche Spiel, in dem alles wahnsinnig wird. Ich mußte jetzt mit einer neuen Angst leben, die alle meine alten Ängste bestätigte: Lügen ist sinnlos und schadet mehr, als es jemals nützen kann. Wenn die Wahrheit zutage kam, konnten wir vielleicht alle unsere Masken abnehmen und die Sache unter demselben Himmel angehen, lachend, in Liebe und menschlich. Ich fürchtete mich vor der Wahrheit, ich fürchtete mich vor Lügen.

Dann fiel mir ein alter griechischer Mythos ein – wenn jemand stirbt, ist es, als erhöbe sich seine Seele in Gestalt eines Schmetterlings, die reine Essenz seines Lebens erhebt sich und fliegt hoch hinauf in den Himmel, befreit von Körper und physischen Problemen. Vielleicht waren alle diese Tausende von Schmetterlingen, die über dem Krankenhaus schwebten, Seelen, die gekommen waren, um mir bei der Erkenntnis zu helfen, daß wirkliches Leben körperliche und geistige Freiheit bedeutet. Ich wußte, daß mein altes Ich für immer gestorben war, jenes, das geglaubt hatte, es könne ewig intrigieren, träumen und lügen, sich mit jedem alles erlauben, der ganzen Welt der Gesetze, Disziplin und, nebenbei bemerkt, des Seelenfriedens, den Rücken kehren. Jetzt war mir nur noch meine eigene Wahrheit geblieben, als ich hinaus in den Gang und mitten in den Schmetterlingsschwarm trat. Ich suchte mir einen lavendelfarbenen Schmetterling aus, um mein altes Ich wegzutragen, damit es sich als die neue Susan erheben konnte. Von all den Tausenden von Schmetterlingen, die sich im Innenhof gesammelt hatten, kam sie durch die Jalousie hereingeflogen, direkt auf meine wartenden Hände zu, ließ sich sanft auf ihnen nieder. Auch sie kannte mich. Sanft schloß ich sie ein und dachte an Gefängnisse und Verhaftungen und Schuld und Lügen und wußte, daß die wahre Katastrophe sich in deinem Kopf abspielt, wo nur du Kontrolle ausübst. Und ich sagte *good-bye* zu meinen Eltern und Anwälten und Polizisten und Schulen und Freunden und Feinden und sagte Hallo zur Erde, dem Himmel, den Bäumen und dem Meer, ich schloß die Augen und sandte meine Seele mit dem Schmetterling aus dem Fenster. Und ich ließ mich auf den Schwingen dieser sanften Lady, die auch ich selbst war, hinaustragen an einen Ort, wo ich würde lernen können, meine Augen zu grüßen, mit einer Kraft, die aus mir selbst kam.

Susan Beth Nadler wurde am 22. September 1972 aus dem Gefängnis entlassen. Ihre Freilassung wurde durch die Bemühungen ihres Verteidigers und eine Berufung, die sich auf Einzelheiten mexikanischen Rechts und Beweisnormen stützte, erreicht. Es gab keine Bestechungen, kein Wunder, keine spektakuläre Flucht. Sie hat Glück gehabt.